# TOCHTER DES Himmels

## Die Töchter der Elemente

**Band IV**

*von A.L. Knorr*

# Impresssum

*Titel: Tochter des Himmels*
*Originaltitel: Born of Aether*
*Autor: Abby L. Knorr*
*Verlag: VVM*
*ISBN: 978-3-948684-13-6*
*Cover: Damonza*
*Deutsche Erstveröffentlichung: Berlin 2020*

# Prolog

Das Stöhnen der Sterbenden erfüllte das Tal. Wer konnte, hatte sich längst vom Schlachtfeld geschleppt. Nur der Vollmond war als Zeuge des Elends geblieben und malte mit seinem kalten blauen Licht den Pfeilen und Speeren, die aus dem Schlamm ragten, lange Schatten. Krähen sammelten sich in den Bäumen und ihre kehligen Schreie lockten andere Aasfresser an. Ein paar mutige Vögel staksten bereits zwischen den Leichen umher, um sich ihr Abendessen zu suchen und ihren Beitrag am Zyklus des Lebens zu leisten.

Der dunkle, kleine Umriss einer Füchsin huschte am Waldrand entlang. Sie witterte die Luft, erregt vom Geruch des heißen Bluts, das immer noch aus den Adern der Sterbenden strömte. Als ein Stöhnen erklang, floh sie so flink in den Schatten der Bäume. Sie spannte ihre Ohren in Richtung des Geräuschs und trippelte dann auf lautlosen Füßen näher.

Ein sterbender Krieger wandte das Gesicht dem Mond zu. Flache Atemzüge hoben seine gepanzerte Brust. Unaufhaltsam strömte das Blut aus einer Wunde unter seiner Achselhöhle und versickerte in der Erde.

Die Füchsin hielt inne, um seinen letzten Atemzügen zu lauschen. Dann näherte sie sich mit gesenktem Kopf und nach vorne gerichteten Ohren der noch warmen und duftenden Blutlache. Als dem Samurai ein langer, letzter Seufzer entfuhr, stürzte ihre rosa Zunge vor, um die Flüssigkeit zu kosten und das Leben des Menschen in sich aufzunehmen. Denn dies war der Ruf der Natur. Ein Ruf so alt wie die Erde selbst.

Nachdem sie sich gesättigt hatte, huschte die Füchsin davon. Sie war alt. Acht Würfe hatte sie großgezogen und tausende Nagetiere erlegt; sie war wieder und wieder größeren Raubtieren entkommen und oftmals in Schnee und Regen geraten. Nun kroch sie zum letzten Mal in ihre vertraute Höhle unter dem Wacholderstrauch. Die Erinnerung an das Schlachtfeld verblasste in ihrem Fuchsgedächtnis, ein fast bedeutungsloses Ereignis in ihrem Leben. Es gab nur noch Platz für den gegenwärtigen Augenblick, für den Tod, der in ihren Knochen nistete und sie zittern ließ. Sie wickelte ihren dicken Schwanz über ihre Pfoten und verkroch die Schnauze darunter. Durch die dicken Nadeln des Wacholders beobachtete sie den Vollmond, so wie der Krieger in seinen letzten Momenten. Ihr Atem wurde flach und kurz. Sie spürte, was kommen würde, und sie stellte sich dem großen Unbekannten allein, ohne Angst und ohne Selbstmitleid. Sie war müde. Sie stieß einen Seufzer aus, und ihre Rippen sanken, als sie sich ergab.

Bei einem normalen Fuchs hätten sich ihre Rippen nicht wieder gehoben.

Doch als die irdische Füchsin starb, erwachte der Geist des Samuraikriegers in ihr.

# Kapitel 1

Gibt es eine Obergrenze dafür, wie viele Lügen eine Person erzählen kann?

Ich glaubte nicht. Denn mein Leben war so voll von Lügen, dass ich Angst hatte, den Mund zu öffnen. Angst, mich in eine von Großvaters Unwahrheiten zu verstricken.

Manche Menschen sagen, dass wenn man lange genug lügt, man seine Worte irgendwann selbst glaubt. Aber das würde mir nicht passieren. Das konnte mir nicht passieren. Ich würde nie vergessen, wer ich war, woher ich kam und was ich erlebt hatte. Es spielte keine Rolle, wie viele Lügen Großvater mich erzählen ließ. Ich würde die Wahrheit kennen und niemals vergessen. Die Wahrheit.

Wegen solcher Gedanken mochte ich es nicht, nach der Schule allein nach Hause zu gehen. Normalerweise ging ich mit Saxony nach Hause. Aber heute hatte meine beste Freundin ein Telefoninterview mit der Au-pair-Agentur, bei der sie sich beworben hatte, und so hielt mich nichts von meinen finsteren Grübeleien ab.

Nachdem ich mich von meinen Freundinnen Targa und Georjayna verabschiedet hatte, verließ ich die Saltford High allein. Obwohl schon April war, lagen immer noch Schnee und Eis auf den Straßen, und kahle Äste reckten sich theatralisch in den bewölkten Himmel. Der Vorort, in dem wir lebten, war heute noch ruhiger als sonst. Nur sehr wenige Autos fuhren an mir vorbei, und niemand außer mir ging auf dem Bürgersteig. Draußen war es einfach zu ungemütlich, selbst für Kinder; der Spielplatz, an dem ich vorbeikam, war verlassen.

Unser Bungalow war das vorletzte Haus in unserer Straße. Schon von weitem sah es wenig einladend aus. Die Fenster waren dunkel und die Vorhänge zugezogen. Ich durchquerte unseren Vorgarten, trat auf unsere kleine Terrasse, schloss die Tür auf und kam in unsere Garderobe.

„Ich bin zu Hause“, rief ich auf Japanisch, als ich meine Stiefel auszog. Ich schlüpfte in meine Hausschuhe und hängte meinen Parka an den Haken.

„Akiko“, drang Großvaters Stimme aus dem kleinen Wohnzimmer. Ich steckte meinen Kopf um die Ecke.

„Ich bin hier“, wiederholte ich. „Brauchst du etwas?“

„Setz dich“, sagte Großvater und deutete auf die Couch gegenüber seines Stuhls. Sein Laptop war geöffnet und hüllte sein Gesicht in blaues Licht.

Ich runzelte die Stirn. Wenn Großvater mich bat, mich zu setzen, bedeutete das für gewöhnlich, dass wir ein längeres Gespräch führen würden. Er hatte mich seit Jahren nicht mehr gebeten, mich zu setzen. Wenn wir miteinander sprachen, ging es normalerweise um bloße Besorgungen – Lebensmittel einkaufen, etwas für ihn übersetzen, Abendessen kochen, Wäsche waschen, das Haus putzen.

Ich setzte mich und wartete.

Er streckte seine verdorrten Hände aus und starrte mich von der anderen Seite des Couchtisches an.

„Mein Name ist Daichi Hotaka“, sagte er.

Mein Mund klappte auf. Ich starrte ihn an. *Daichi Hotaka.* Nach all der Zeit nannte er mir endlich seinen Namen. Aber warum? Warum jetzt? Ich wusste nicht, was ich sagen sollte, also wartete ich.

„Ich habe nach etwas gesucht, das mir vor vielen Jahren gestohlen wurde.“ Seine Miene änderte sich nicht, aber ich spürte eine Schwingung der Erregung von ihm ausgehen, wie ich sie noch nie zuvor gespürt hatte. „Ich habe es endlich gefunden.“

Er drehte den Laptop zu mir um. Mein Blick fiel auf den Bildschirm. Er zeigte ein Video mit dem Titel *Ryozen-Museum zur Ausstellung von Artefakten aus der Bakamatsu-Periode. Frühsommer.*

Daichi hatte den Videoclip bei der Nahaufnahme von vier Samuraischwertern auf einem Holzgestell gestoppt. Drei von ihnen steckten in schwarzen Scheiden, das letzte in einer blauen Scheide. Daichi zeigte mit einem knotigen Finger auf das Schwert in der blauen Scheide. Das Muster wirkte, als könnte es Bäume darstellen, aber der Bildschirm war zu verschwommen, um es genau zu erkennen.

„Bring mir dieses Wakizashi“, sagte er.

Ich schluckte hart. Dutzende Fragen fluteten durch meinen Verstand. Dies war mehr als nur eine Besorgung. Dies war eine Mission, und wahrscheinlich eine illegale.

„Das Schwert ist in Kyoto, Großvater“, sagte ich. „Du willst, dass ich nach Japan zurückkehre?“ Nach all dieser Zeit wollte er mich unser Heimatland besuchen lassen? Ganz allein? Wir waren seit unserer Abreise vor einer Ewigkeit nicht mehr in

Japan gewesen. Großvater hatte nie den Wunsch geäußert, zurückzukehren, aber andererseits äußerte er selten Wünsche, die komplexer waren als Appetit auf irgendetwas Essbares. Ich hatte schon lange die Hoffnung aufgegeben, Japan jemals wiederzusehen.

Er nickte. „Das Schwert wird bald ausgestellt, und nicht für sehr lange.“ Er legte seine Hände flach auf seine Oberschenkel und beugte sich vor. „Jetzt haben wir die Chance, es zu holen. Ich habe Jahre damit verbracht, nach diesem Schwert zu suchen. Vielleicht ist das unsere letzte Gelegenheit.“

„Ich soll …“ Ich hielt inne. „… es stehlen?“

Seine Augen schimmerten. „Bring mir dieses Wakizashi. Und ich gebe dir deine Freiheit zurück.“

In dieser Nacht fand ich kaum Schlaf. Wieder und wieder fragte ich mich, ob Großvater mir irgendeinen Streich spielte oder ob er sich wirklich an die Vereinbarung halten würde. Ob er wirklich Daichi Hotaka hieß …

Tagsüber saß ich wie betäubt im Schulunterricht und gab während der Pause vor, noch Hausaufgaben machen zu müssen, damit meine Freundinnen nicht merkten, dass etwas nicht stimmte. Vor allem Georjayna hatte praktisch einen sechsten Sinn dafür, und Targa schien mir oft anzusehen, was in mir vorging, auch wenn sie nichts sagte. Saxony war von den dreien am wenigsten sensibel für die Gemütszustände anderer, weshalb wir am besten zusammenpassten. Doch heute würde selbst sie meine innere Abwesenheit bemerken.

Nach der letzten Stunde verabschiedete ich mich

rasch von ihr, Georjayna und Targa und entschied, auch heute allein nach Hause zu gehen, damit ich nachdenken konnte. Ich schrammte mit meinen Füßen über den Bürgersteig und kickte Eissplitter vor mir her. Morgen musste ich mich wieder zusammenreißen und mehr Zeit mit meinen Freundinnen verbringen, oder jemand würde Verdacht schöpfen.

Daichi bellte mich aus der Küche an, sobald ich das Haus betrat. „Akiko?"

„Hier", rief ich und zog Jacke und Stiefel aus. Mein Herz schlug mir bis zum Hals, und ich versuchte, meine Furcht zu unterdrücken. Nur weil er etwas zu sagen hatte, bedeutete das nicht, dass er sein Angebot zurückziehen würde. Ich holte tief Luft, steckte meinen Hut und meine Handschuhe in den Holzkasten unter der Garderobe und zog meine Hausschuhe an. Auf dem Weg den Flur hinunter in die Küche fing ich sofort an, mich aufzuwärmen. Daichi hielt die Heizung immer aufgedreht, egal zu welcher Jahreszeit.

Er saß am Küchentisch und starrte hinaus in unseren schneebedeckten Garten. Ein kleiner Pappkarton lag vor ihm auf dem Tisch. Er sah mich an, als ich eintrat. „Setz dich."

Mein Puls pochte in meinen Ohren. *Bitte*, flehte ich in Gedanken. *Bitte überleg es dir nicht anders.*

Er schob den Karton quer über den Tisch zu mir. „Das hier wirst du brauchen."

Ich atmete schwer aus, zog den Karton heran und öffnete ihn. Beim Auffalten des Seidenpapiers kam schwarzer Stoff zum Vorschein. Verwirrt hielt ich ihn hoch. Er war so weich und dünn, dass er mir wie Luft durch die Finger glitt. Es war ein so kurzes Kleid, dass ich bezweifelte, dass es überhaupt bis zur Mitte meiner Schenkel reichen würde.

„Ein Bademantel, Großvater?“ Bei Georjayna würde er nicht einmal ihren Hintern bedecken. Zugegebenermaßen war meine Freundin aber auch praktisch doppelt so groß wie ich. „Äh ... vielen Dank.“

Ich entdeckte eine kleine Wölbung in der Tasche auf der Vorderseite. Ich fischte ein Paar dünne Hausschuhe aus dem gleichen Material heraus. Als Schuhwerk würden sie innerhalb weniger Tage auseinanderfallen.

„Sie sind zu hundert Prozent aus Seide“, sagte Daichi. Er nahm mir das Gewand aus den Händen und kam steif auf die Beine. Dann legte er das Gewand flach auf den Tisch, steckte die Hausschuhe wieder in die Vordertasche und begann, den Bademantel von unten nach oben zu rollen. Zuletzt faltete er ihn zu einem Streifen und schlang ihn um meinen Hals. So eng, dass ich kaum noch Luft bekam. Er band die Enden zu einem Knoten zusammen und trat zurück.

Ich blickte zu ihm auf und befühlte das seltsame Tuch. Verlor der alte Mann allmählich den Verstand? Ich schluckte und fühlte, wie sich die Seide spannte.

„Großvater“, begann ich. „Ich bin verwirrt.“

„Verwandle dich in einen Vogel“, sagte er.

Wenn er mir einen Befehl gab, war ich gezwungen ihn auszuführen. Ich verwandelte mich also augenblicklich in ein kleines graues Huhn, wobei meine Kleidung an meinem gefiederten

Körper abfiel und zu Boden glitt. Ich hüpfte auf die Kante meines Stuhls, rutschte fast von dem glatten Holz ab, krächzte und flatterte. Die Seide löste sich um meinen Hals, aber sie blieb um meine Hühnerschultern drapiert.

„Werde ein Vogel, der fliegen kann“, befahl Daichi.

Ich verwandelte mich in eine Krähe, sprang auf den Tisch und neigte meinen Kopf. Das seidene Gewand hing an meinem Hals, aber ich konnte sein Gewicht kaum spüren.

Daichi öffnete unsere Gartentür und kalte Luft fegte durch die Küche. „Flieg zum Meer und kehre wieder zurück“, befahl er. „Verlier die Seide nicht!“

Ich sprang an die Tischkante, stieß mich ab und flatterte durch die offene Tür. Ein Windstoß nahm mich auf und ich schwebte nach oben. Die Seide hing von meinem Hals wie ein langer dritter Flügel. Als Vogel fühlte ich die Kälte nicht annähernd so stark wie als Mensch. Ich flog mit kräftigen Flügelschlägen Richtung Meer. Zu fliegen hatte mir schon immer ein trügerisches Gefühl von Freiheit gegeben, aber ich erlaubte mir, es zu genießen.

Der Wind nahm zu, als ich mich dem Atlantik näherte. Ich fegte über den Strand hinweg und krächzte heiser vor Vergnügen. Ausgelassen kreiste ich über den Wellen, ehe ich mich auf den Weg zurückmachte. Gepflegte, mit Schnee bedeckte Gärten zogen unter mir vorbei, als ich unseren Vorort überquerte. Die Hintertür zu unserer Küche öffnete sich, und ich flog hinein.

„Geh in dein Zimmer und werde menschlich“, befahl Daichi.

Ich sauste an ihm vorbei, landete im Flur und hüpfte in mein Schlafzimmer. Langsam und mit großer geistiger Anstrengung kehrte ich in meine menschliche Gestalt zurück. Als ich aufblickte, stand ich schwer atmend und nackt vor dem Spiegel. Das seidene Gewand war wieder eng um meine Kehle geknotet. Daichi hatte meine Kleider auf mein Bett gelegt. Ich zog sie an und ging zurück in die Küche, wo er am Tisch saß und wartete.

„Du hast das Gewand nicht verloren“, sagte er.

„Nein.“

„Immer noch verwirrt?“, fragte er und beugte sich vor.

„Ein wenig.“ Ich setzte mich ihm gegenüber. „Ich verstehe, dass ich Kleidung für meine Ankunft in Japan haben muss, aber ...“

„Es wird nicht verloren gehen“, schnitt er mir das Wort ab. „Im Äther.“

Ich runzelte die Stirn. Ich wollte ihn fragen, wie er das wissen konnte, aber er würde mir nur dieselbe Nicht-Antwort geben, die er mir immer gab.

Daichi strich über meine Hände. Ich sah ihn überrascht an. Er berührte mich sonst nie. Er stand auf und ging auf seine langsame, tapsige Art ins Wohnzimmer, wo er warten würde, bis ich unser Abendessen zubereitet hatte.

„Was möchtest du essen, Großvater?“, fragte ich.

Er hielt inne und schaute zurück. Sein Gesicht war eine ausdruckslose Maske, aber ich kannte sie so gut, dass mir das winzige, belustigte Mundzucken nicht entging. „Hühnchen.“ Er verschwand um die Ecke.

Ich lächelte und löste den Seidenknoten an meiner Kehle. Komisch, wie es nach so vielen Jahren meiner Gefangenschaft immer noch eine Art Humor zwischen uns geben konnte.

# Kapitel 2

Saxony schloss ihren Spind und zog die Kapuze über ihre wilden, roten Locken. Dann hakte sie sich bei mir ein. „Komm, ich bringe dich nach Hause. Es ist zu lange her." Wir verließen die Schule und Saxony blickte zum düsteren Himmel auf. „Warum habe ich meine Wintersachen weggeräumt? Letzte Woche war es so schön."

„Du packst sie immer zu früh weg", sagte ich lächelnd. Jedes Jahr war es dasselbe. „Wir leben in der Nähe des Atlantiks. Wie kann dich Regen überraschen?"

„Ich bin eben Optimistin", sagte sie und zog ein gefaltetes gelbes Dokument aus ihrer Tasche. „Schau, was heute kam." Sie hielt es vor mein Gesicht.

„Eine Vorladung?"

„Neeeeeeeeiiiiin!"

„Ein Strafzettel?"

„Nein. Hör auf damit."

Ich keuchte übertrieben. „Geschworenenpflicht?"

Ihre Augen wurden groß und sie keuchte auch. „Woher wusstest du das?"

Ich gaffte Saxony an.

Sie schlug mir auf die Schulter. „Nein. Halt die Klappe und hör zu, ja?"

„Ein Liebesbrief?", unternahm ich einen letzten Versuch lustig zu sein.

„Ja!", rief Saxony und hüpfte auf und ab. „Von der Au-pair-Agentur in Toronto. Sie haben eine Wohnung für mich in Venedig. Rate mal, wer den

Sommer in *bella Italia* verbringen wird!“

„Unglaublich!“ Ich freute mich aufrichtig für sie.

„Ich kann nicht früh genug dort ankommen“, sagte Saxony und zog sich den Kragen um die Ohren hoch. „Niemand sollte hier wohnen. Brrrrrrrrrrrrrr.“ Sie zitterte. „Wirst du mich besuchen kommen?“

„Äh ...“ Die Vorstellung, mit Saxony den Sommer in Italien zu verbringen, war himmlisch. Allerdings: „Großvater …“, sagte ich.

„Ich weiß, ich weiß“, unterbrach sie. „Er wird dich nie nach Europa gehen lassen. Ich war völlig schockiert, als er dich letztes Jahr an Georjies Geburtstag bei ihr übernachten ließ. Das ist das Einzige, was er dir je erlaubt hat. Habe ich dir jemals gesagt, dass ich deinen Großvater nicht besonders nett finde?“

Ich lächelte, als wir vom Schulgelände auf die Straße abbogen. „Du hast es bei manchen Gelegenheiten erwähnt. Auch wenn du ihn nie kennengelernt hast.“

„Ah“, sagte sie und hielt einen langen Finger hoch, „und wessen Schuld ist das?“ Sie hielt einen zweiten Finger hoch. „Ich mag ihn aus Prinzip nicht. Er lässt dich nie etwas Lustiges tun. Es ist, als hielte er dich an einer unsichtbaren Leine.“

Ich musste über ihre Beschreibung lächeln. Denn leider traf sie zu. Die Wahrheit war natürlich schlimmer als eine Leine. Ich fragte mich, was sie sagen würde, wenn sie wüsste, dass er mein *Tamashī* gestohlen hatte. Ich räusperte mich. Ich war verpflichtet, nichts dergleichen jemals zu verraten. Stattdessen sagte ich: „Dann dürfte es dich überraschen, dass er mich nach Japan schickt."

„Er hat mich nicht einmal zu sich eingeladen, dein ...", fuhr Saxony fort, hielt dann aber inne und starrte mich an. „Warte. Warte! Was?" Ihr Gesicht war noch blasser geworden, eine ziemliche Leistung für eine Rothaarige mit Porzellan-Teint.

„Nicht für immer", versicherte ich schnell. „Nur den Sommer über."

„Wirklich? Ich nehme alles zurück. Wie kam es dazu?"

Ich erzählte Saxony die Lüge, die Daichi mir zu erzählen aufgetragen hatte: „Er will, dass ich den Sommer bei der japanischen Seite meiner Familie verbringe. Sie leben in einem kleinen Dorf in den Bergen. Es soll dort wunderschön sein."

Saxony schmälerte die Augen und studierte mein Gesicht.

„Was?", fragte ich. Ich zerrte an ihrem Arm, damit wir weitergehen konnten.

„Ich versuche nur herauszufinden, ob du dich darüber freust." Sie packte meinen Ellbogen und versuchte weiter in meinem Gesicht zu lesen.

Mein Herz beschleunigte sich, wie immer, wenn ich unter Beobachtung stand, sogar von denen, denen ich vertraute. Zu viele Lügen waren mir über die Lippen gekommen, als dass ich mich jemals mit jemandem, der nach mehr Informationen grub, wohl fühlen könnte. Die Ironie der Situation war, dass ich darauf brannte, meinen Freundinnen meine Geschichte zu erzählen. Was für eine Erleichterung wäre es, das Leid und den Verlust, den ich erlitten hatte, endlich jemandem anzuvertrauen. Ich war schon so lange damit allein.

Ich machte große Augen. „Und?"

Sie seufzte. „Ich habe wie immer keine Ahnung." Sie lockerte ihren Griff. „Also bist du glücklich darüber? Willst du überhaupt gehen?"

Ich zuckte die Schultern. Ich war zu einer Meisterin im Verbergen meiner Gefühle geworden. Einer der Gründe dafür, dass ich gerne Zeit mit Saxony verbrachte, war, dass sie normalerweise nicht allzu viel über mich wissen wollte. Sie war die Extrovertierte, hinter der ich mich sicher versteckte. Aber je älter sie wurde, desto besser war sie im Fragenstellen geworden.

„Es ist, was es ist", sagte ich schließlich.

Sie stöhnte. „Ich hasse es, wenn du das sagst. Aber gut, wie du willst." Sie trat um eine Eisfläche herum und zog ihren Kragen wieder bis zum Kinn hoch. „Habe ich dir erzählt, dass Jack gestern Abend die Toilette mit Plastik umwickelt hat? War ich mit fünfzehn auch so hirngeschädigt?"

Während Saxony von ihrem kleinen Bruder redete, entspannte ich mich und verlor mich in ihrer Welt. Ihre Familie war so normal, so liebevoll. Ihr Leben war ein Leben, das ich von außen mit Neid beobachten konnte. Georjayna kämpfte mit einer Mutter, die sich kaum um sie kümmerte, und Targa kämpfte mit einer Mutter, für die sie selbst die Mutterrolle übernommen zu haben schien. Nur Saxony hatte die Stabilität einer intakten Familie. Ich fragte mich, ob sie ihr Weltvertrauen und ihr Selbstbewusstsein daraus schöpfte. Ich hatte gesehen, wie sie auf eine Party ging, auf der sie niemanden kannte, und innerhalb einer Stunde den Namen von jedem wusste, Freundschaft mit

Mädchen geschlossen hatte und die meisten Jungs hinter sich herdackeln ließ wie Welpen. Sie ärgerte auch einige Leute, weil sie immer redete, lachte und im Mittelpunkt stand. Sie war die perfekte Begleiterin, um den Blick von mir abzulenken. Sie, Georjie und Targa waren mein Anker geworden und das einzig Gute in meiner Gefangenschaft. Während Saxony weiter plapperte, wanderten meine Gedanken zurück zu Daichis Worten.

*Bringen mir dieses Wakizashi und ich schenke dir deine Freiheit.*

Meine Freiheit.

Ich hatte mich schon beinahe damit abgefunden, ein endloses Leben in Unfreiheit zu führen. Dienerin der Launen eines alten japanischen Mannes, der seit hundert Jahren tot sein sollte und der die Beweggründe für seine Entscheidungen nie mit mir teilte. Der mir nie gesagt hatte, warum er mich hierhergebracht hatte, was er wollte oder wie ich eines Tages mit meinem Leben weitermachen könnte. Bis jetzt.

Es gab keine Möglichkeit, wie Daichi mit unserem Leben glücklich sein konnte. Ich hatte ihn nie wirklich lachen gesehen. Warum jemand, der so griesgrämig war wie Daichi, überhaupt unsterblich sein wollte, war mir unbegreiflich. Er verschwendete die Ewigkeit und das machte mich krank. Jahrzehntelang hatte Daichi mich jede Nacht in einen Vogel verwandeln lassen und tagsüber in einen Käfig gesperrt. Alles, was ich damals wollte, war, ein Mensch zu sein, wieder menschliche Träume zu haben und in einem weichen, warmen Bett zu schlafen. Als er mich dann endlich menschlich bleiben ließ, begannen die Albträume. Also begann ich von selbst wieder in meinen Käfig zu gehen. Das Vergehen der Zeit war als Vogel leichter zu ertragen, und ich hatte keine Albträume. Jetzt war es ein bisschen besser. Manchmal verbrachte ich die Nacht in meinem Käfig, manchmal in meinem Bett, je nach Stimmung.

Als er mich in der Schule einschrieb und mich zwang, stundenlang Englisch zu lernen, diente das zwei Zwecken. Er rüstete mich dafür, sein Vermittler an dem fremden Ort zu sein, an den er uns versetzt hatte, und er beschäftigte mich so sehr, dass ich erschöpft ins Bett fiel und von Grammatik träumte, anstatt von jenem verhängnisvollen Tag im Wald, an dem meine Schwester mich verraten hatte.

Als ich die High School auf der Südseite von Saltford beendete, verlegte er mich auf eine Schule im Norden und ließ mich von vorne anfangen. Ich war mehr als drei Jahre in meinem Zyklus an der Saltford High School, und diesmal war es unmöglich, nicht in jeder Klasse eine Eins zu bekommen. Ich hatte keine Spur mehr von einem japanischen Akzent, und die nordamerikanische Lebensweise war zu meiner eigenen Lebensweise geworden. Ich konnte mir nicht erlauben, davon zu träumen, was ich tun würde, wenn ich mein Leben zurückhätte. Ich fragte mich, ob Daichi auch nur einen Hauch von Schuldgefühlen verspürte, weil er eine so mächtige Kreatur wie mich für seinen eigenen erbärmlichen Egoismus gefangen hielt ...

Eine alte Wut stieg in mir hoch und schlug mir von innen in die Rippen, als ich darüber nachdachte.

„Hey." Saxony drückte meinen Arm.

„Was? Entschuldigung.“ Ich blinzelte. Wir standen vor meinem Haus.

„Ich fragte, wann du gehst.“

„Wir haben mein Ticket noch nicht gebucht, aber es wird wohl direkt nach Ende des Schuljahres sein.“

Saxony nickte. „Zur selben Zeit wie ich. Lass uns sicherstellen, dass wir vier uns treffen, bevor wir verschwinden.“

„Klar, das wäre toll.“

Wir verabschiedeten uns und ich wanderte die Blockstufen hinauf zu unserem Bungalow. Ein Schauer der Vorfreude durchzog mich, als ich an meinen bevorstehenden Flug dachte. Ein Flugticket würde ich allerdings nicht benötigen. Ich würde diese Reise auf meinen eigenen Flügeln unternehmen, den Flügeln eines der wenigen Vögel, die hoch genug fliegen konnten, um den Äther zu erreichen. Dreißigtausend Meter hoch, irgendwo in der Nähe der Ozonschicht der Erde, lag die Heimat aller spirituellen Energie und der Kraft, die meine Schwester und mich zu dem gemacht hatte, was wir waren.

# Kapitel 3

„Sie sind im Hinterhof“, sagte Liz und hielt die Haustür für Saxony und mich auf. Das blonde Haar von Georjies Mutter war immer noch perfekt frisiert, selbst am Ende eines langen Tages, aber die dunklen Schatten unter ihren Augen verrieten ihre Erschöpfung selbst durch ihre Prada-Bifokalbrille. Liz war vor einigen Jahren Partnerin in ihrer Anwaltskanzlei geworden. Seitdem hatte ich sie nicht mehr ohne Augenringe gesehen. „Geht einfach durch. Es ist der wärmste Abend, den wir bisher hatten“, sagte Liz. „Aber es ist immer noch kühl. In der Feuergrube findet ihr Decken für euch.“

„Danke, Mrs. Sheehan“, sagte Saxony, als wir den massiven, mit Marmor ausgelegten Flur betraten. Vier große Paneele mit verspiegelten Schiebetüren verbargen ihren Garderobenschrank, und eine breite geschwungene Treppe führte hinunter zu ihrem Hallenbad und dem Spielzimmer, wo ich Saxony und Georjayna zum ersten Mal getroffen hatte.

„Nennt mich Liz“, antwortete Georjies Mutter und schloss die Tür hinter uns. „Viel Spaß.“ Sie schenkte uns ein steifes Lächeln und verschwand durch den Flur in Richtung ihres Büros.

Ich folgte Saxony an der riesigen Küche vorbei und durch die Schiebetüren in Georjies Garten. Ein paar Sterne waren im Mantel der Dunkelheit über Saltford zu sehen, und eine sanfte Brise küsste meine Haut, als wir die Terrasse überquerten. Georjaynas Haus war auf einer Klippe mit Blick auf das Meer errichtet worden, und die Lichter unserer kleinen Stadt lagen unter uns. Dahinter erstreckte sich das Meer schwarz und endlos bis zum dämmrigen Horizont.

„Hey!“, rief Targa von ihrem Platz am Feuer, die Arme weit ausgebreitet. Sie hatte eine Tüte Marshmallows in einer Hand. „Da seid ihr ja!“

„Ja, wir haben gehört, dass es hier noch ein paar Marshmallows gibt“, sagte Saxony, als wir das Gras überquerten. Das Feuer knisterte fröhlich und schickte Funken in Richtung des sich verdunkelnden Himmels. Targa und Georjayna wurden vom tanzenden Feuerschein erleuchtet, und beide hatten Decken über ihre Beine gelegt. Wenn ich mich nicht irrte, ging von beiden eine Aufregung aus, die ich in der Schule noch nicht an ihnen gespürt hatte.

„Kommt und setzt euch.“ Georjie klopfte auf den Adirondack-Stuhl neben ihr. „Eistee?“

„Unbedingt“, sagte ich.

Saxony und ich setzten uns in unsere Stühle, während Georjayna uns Getränke einschenkte. „Targa hat Neuigkeiten“, sagte Georjie.

„Lass mich raten“, sagte Saxony. „Du hast dich in den Neuen verknallt, den sie in der Karosseriewerkstatt eingestellt haben?“ Sie nahm ihren Eistee von Georjayna und stupste mit ihrem Strohhalm an den Eiswürfeln.

„Es gibt einen Neuen in der Karosseriewerkstatt?“, fragte Georjie. „Woher weißt du solche Dinge immer?“

„RJ“, sagte Saxony und nahm einen Schluck von ihrem Drink. RJ war ihr großer Bruder. „Ich war bei ihm, als er gestern ein Teil für sein Auto abgeholt hat. Der Kerl ist süß. Der neue Typ, nicht mein Bruder“, stellte sie klar.

„RJ ist auch ziemlich süß“, lachte Georjie. ‚Ziemlich süß‘ wurde ihm nicht gerecht, der Typ war ein dunkelhaariger Adonis.

Saxony rollte mit den Augen. „Dieser neue Typ hat dieses gequälte Mechanikerding drauf.“ Saxony griff nach zwei Bratstäbchen, die an Georjies Stuhl lehnten, und reichte mir eines.

„Ah, ja“, lächelte Georjie. „Der gequälte Mechaniker. Targas Traumtyp.“

Targa lachte. „Gut geraten. Aber nein, das sind nicht meine Neuigkeiten“, sagte sie und reichte die Tüte Marshmallows weiter. „Ich gehe nach Polen.“

„Das wäre meine nächste Vermutung gewesen“, sagte Saxony sarkastisch. „Wohin?“

„Danzig“, sagten Targa und Georjie zusammen.

„Und Danzig ist ein ...?“ Saxonys Augen waren groß wie Teller.

„Das ist eine Hafenstadt“, sagte ich. „An der Ostsee.“

Es war leicht, superschlau auszusehen, wenn man hundert Jahre alt war.

„Kein Wunder, dass du alles darüber weißt, Jeopardy.“ Saxony warf einen Marshmallow nach mir. Ich fing ihn auf, durchbohrte ihn mit meinem eigenen Spieß und hielt ihn über die Flammen. „Warum gehst du da hin, T?“

„Die Blue Jackets führen dort einen Bergungsauftrag durch. Meine Mutter sagte Simon, sie würde nur mitkommen, wenn sie mich mitnehmen darf.“ Targa zuckte die Achseln und grinste. „Wir brechen in ein paar Tagen auf.“

„Das ist unglaublich, Targa“, lächelte ich meine Freundin über das Feuer hinweg an. Sie lächelte zurück. „Danke, Akiko.“ Ihr Blick wanderte zu Georjayna. „Georjie hat auch Neuigkeiten.“

„Du gehst doch nach Irland?“, fragte ich.

„Auf keinen Fall!“, sagte Saxony. „Wirklich, Georjie?“

„Wirklich“, sagte Georjie. „Ich habe es Liz noch nicht gesagt, aber ...“

„Sie wird begeistert sein“, sagte Saxony und verdrehte die Augen. „Endlich hat sie das Haus für sich allein.“

„Saxony“, sagte Targa leise.

„Was?“ Saxony setzte sich aufrechter hin. „Es stimmt doch.“ Sie drehte sich zu Georjie um. „Sagtest du nicht, dass deine Mutter dich für den Sommer loswerden will?“

„Es ist eine Sache, wenn Georjie es sagt“, mischte ich mich ein. „Es ist eine andere Sache, wenn jemand anderes es sagt.“

„Entschuldigung.“ Saxony presste die Lippen zusammen.

Georjie seufzte. „Nein, es ist schon gut. Wir nennen die Dinge beim Namen, ja?“

„Irland ist grün und wunderschön. Wie schlimm kann es schon sein?“, sagte Targa. „Ich liebe den irischen Akzent.“

„Abgesehen von Akiko werden wir alle in Europa sein“, sagte Saxony und hüpfte auf ihrem Sitz. „Wir müssen versprechen, einander zu schreiben, in

Ordnung?“

Georjayna und Targa stimmten sofort zu. Aber ich runzelte die Stirn. Ich wusste noch nicht, was mich in Japan erwarten würde.

„Ich werde es versuchen“, sagte ich. „Ich bin mir nur nicht sicher, wie gut das Signal dort sein wird. Soweit ich weiß, lebt meine Familie ziemlich abgelegen.“

„Wer hat denn heutzutage kein W-Lan?“, fragte Georjayna mit einem entsetzten Blick. „Besonders in Japan. Im Ernst, wo schickt dich dein Großvater hin, in eine Höhle im Berg?“

Ich lächelte, um die Angst zu verdecken, die in meinem Bauch brodelte. „Wer weiß. Seine Fähigkeit, Orte und Leute zu beschreiben, ist eher gering ausgeprägt.“

„Wie kommt es eigentlich, dass dein Großvater nicht mitkommt?“, fragte Targa. „Will er seine Verwandten zu Hause nicht besuchen?“

Mein Gesicht versteinerte sich. Am besten wäre es, so schnell wie möglich vom Thema meiner Reise nach Japan und Daichi wegzukommen. „Er ist zu alt für diese Art von Reisen“, sagte ich und warf meinen Blick ins Feuer, um weitere Fragen abzuwehren. Wir verfielen in eine kameradschaftliche Stille, aber ich spürte mehrere Minuten lang Targas und Georjaynas Blicke auf mir. Ich wusste, dass sie mehr Fragen stellen wollten, aber sie wussten längst, dass sie von mir selten Antworten erwarten durften.

Saxony brach schließlich das Schweigen: „Lasst uns alle zusammen übernachten, wenn jede von uns zurück ist.“ Ihr Blick schweifte zu mir, der einzigen, die Gefahr lief, vielleicht keine Erlaubnis zu bekommen.

Ich lächelte ihr zu und dachte daran, dass ich zu diesem Zeitpunkt nicht mehr um Daichis Erlaubnis würde bitten müssen. Ich würde eine freie Frau sein.

Alle stimmten zu. Ich auch.

„Woher weißt du, dass der Äther mich nach Japan bringen wird?“, fragte ich Daichi, als ich meinen Rucksack auf den Küchentisch stellte. „Ich habe ihn noch nie für Reisen genutzt.“

„Vertrau mir“, sagte Daichi. Er hatte eine Handvoll japanische Yen auf den Tisch gelegt. Er stapelte die Scheine und steckte sie in einen Umschlag. „Präg dir diese Adresse ein“, sagte er und schob mir einen Zettel mit einer handgeschriebenen Adresse in Kyoto zu. „Die untenstehende Zahl ist die Kombination zum Öffnen einer Lagereinheit.“ Daichi legte ein weißes Blatt Papier und ein Stempelkissen auf den Tisch. Er öffnete es und streckte seine Hand aus. „Gib mir deinen Daumen“, sagte er.

Ich ließ ihn meinen Daumen in die Tinte drücken und stempelte dann mit meinem Daumenabdruck das Papier.

„Soll ich das einscannen?“, fragte ich.

Er schüttelte den Kopf. „Ich kenne mich mit technischen Geräten mittlerweile besser aus als du.“

Ich lächelte nur halb, als ich mir den Daumen am Waschbecken abwusch. Da hatte er wahrscheinlich Recht. Wer hätte es je für möglich gehalten, dass ein Mann, der im 18. Jahrhundert geboren worden war, so gut mit Computern umgehen konnte?

„Hast du alles Nötige gepackt?“

Ich nickte. „Ich glaube schon. Zwei Outfits, ein Paar Turnschuhe, eine kleine Geldbörse mit meinem Ausweis, eine Bankkarte, mein Reisepass, mein Mobiltelefon und mein Ladegerät.“ Ich warf einen letzten Blick in meinen Rucksack und runzelte die Stirn. „Ich bin mir ziemlich sicher, dass es illegal ist, einen Pass und Bargeld per Kurier zu schicken, es sei denn, man ist die Regierung. Was, wenn sie im Zoll stecken bleiben?“ Ich schauderte bei dem Gedanken daran, die Lagereinheit in Japan zu öffnen, sie leer vorzufinden und zu versuchen, meinen Befehl auszuführen, während ich nur einen seidenen Bademantel und nutzlose Hausschuhe besaß.

„Es ist auch illegal, ein Artefakt aus einem Museum zu stehlen“, sagte Daichi, neigte sein Kinn nach unten und warf mir einen Blick zu. „Wenn es Ärger gibt, finde einen Weg, mich anzurufen.“

Ermutigt davon, wie Daichi mich mit dieser Aufgabe ins Vertrauen zog, schlug ich eine Alternative vor – etwas, was ich noch nie getan hatte: „Wenn das Wakizashi so wichtig ist, warum machen wir dem Museum nicht einfach ein Angebot dafür? Ich kann die Transaktion durchführen.“ Ich hatte keine Ahnung, wie Daichi uns nach all den Jahren finanziell abgesichert hatte, aber er musste eine Menge Geld zur Verfügung haben. Soweit mir bekannt war, hatte er seit dem Tag, an dem er mich gefangen genommen hatte, nicht mehr gearbeitet.

Daichis Gesicht versank in einem Ausdruck, der

an Bedauern erinnerte. „Früher hätte ich das tun können. Aber jetzt ... es hat zu lange gedauert, es zu finden.“ Er straffte sich ein wenig. „Genug gefragt. Wenn du das Wakizashi hast, rufst du mich an.“

„Ich werde in einem Flugzeug zurückfliegen müssen“, sagte ich. „Es gibt keine Chance, dass das Schwert im Äther intakt bleibt, und ich könnte es nicht den ganzen Weg nach Hause als Vogel tragen.“

„Mach dir darüber keine Sorgen“, antwortete Daichi schroff. „Konzentriere dich einfach darauf, das Schwert zu bekommen, ohne erwischt zu werden. Um den Rest kümmere ich mich.“

Mein Magen verkrampfte sich bei dem Wort ‚erwischt‘ und ich schluckte schwer. Die Erkenntnis darüber, was ich vorhatte, begann einzusinken. Irgendwie sollte ich dieses Artefakt aus einem Museum herausholen, ohne einen Alarm auszulösen, ohne das Personal zu alarmieren und ohne dass irgendwelche Besucher mich dabei sahen. Würde mir die Fähigkeit, mich in einen Vogel zu verwandeln, in diesem Szenario überhaupt von Nutzen sein? Ich schloss meine Augen. Es ging um meine Freiheit. Ich musste einen Weg finden.

Daichi stand auf, als ob er die steigende Spannung in mir spüren würde. „Es ist Zeit“, sagte er.

„Ich bin bereit.“ Ich klang selbstbewusster, als ich mich fühlte. Ich wollte Daichi keinen Grund geben, an mir zu zweifeln. Es stand zu viel auf dem Spiel. Wir sahen uns einen Moment lang in die Augen.

„Das Glück, das Schicksal und der Äther sind auf unserer Seite“, sagte er. Er legte eine knorrige Hand auf meinen Arm. „Geh jetzt.“

„Auf Wiedersehen, Großvater“, sagte ich. Ich ging in mein Schlafzimmer und schlüpfte aus meiner Kleidung. Ich band mir das seidene Gewand um den Hals und verwandelte mich in einen gewöhnlichen Kranich. In meinen schlanken Flügeln steckte die Fähigkeit, höher zu schweben als fast alle anderen Vogelarten. Ich hüpfte durch den Flur und zurück in die Küche. Daichi stand an der Gartentür. Er öffnete sie und kühle frische Luft strömte in die Küche. Ich stolzierte an Daichis Beinen vorbei und durch den nun hoch aufragenden Ausgang. Über mir erstreckte sich der helle Nachmittagshimmel, endloser Raum und Freiheit.

Ich sprang von der Veranda, fing den Aufwind und richtete meinen Schnabel in den Himmel. Ich blickte nicht zurück, als das Haus und Daichi sich unter mir wegdrehten und auf die Größe von Monopoly-Stücken schrumpften. Dreißigtausend Meter hoch. In die Ozonschicht. Dort würde ich ihn finden – den Äther. Der Wind tobte um mich herum und half mir, immer höher zu steigen. Die Luft wurde kalt und nass, als ich in dicken Wolken verschwand und nichts als Nebel sehen konnte. Auf und auf flog ich, meine Flügel unermüdlich und kraftvoll.

Die Luft wurde dünn, aber ich flog weiter. Als ich die Wolken durchbrach, schraubte ich mich spiralförmig auf und ab, ruhte meine Flügel aus und schwebte auf den Winden. Die Atmosphäre über mir erstreckte sich wie ein endloses Meer. Eine Wüste der Stille.

Das Schnappen von fernem Donner und das

Aufleuchten eines Blitzes raubten mir den Atem. Meine Sicht verschwand. Oder war ich so hoch oben, dass es nichts mehr zu sehen gab? Die Stille schloss mich ein. Sicherlich musste ich nahe sein. So nah. Ich verlor jegliches Gefühl für oben und unten, links und rechts. Meine Sinne schalteten ab. Ich spürte keinen Wind mehr, keine Kälte. Das Brennen meiner Muskeln und der Luftdruck gegen meine Federn verschwanden. Ich fühlte nichts mehr. Nichts als einen kleinen, kalten, leeren Ort tief in mir. Als hätte ich einen Eiswürfel verschluckt. Ich gab mich dem Äther hin.

Ich vertraute darauf, dass er mich dorthin tragen würde, wohin ich gehen musste.

# Kapitel 4

Irgendwann war mir klar geworden, dass meine Eltern meine Schwester Aimi und mich nicht so behandelten wie andere Eltern ihre Kinder. Vor allem fiel mir auf, dass andere Eltern ihren Kindern befahlen zu schweigen, wenn wir uns ins Dorf hinauswagten.

Meine Schwester und ich hatten Aufgaben und Verantwortung, aber wir durften immer sprechen und wurden nach unserer Meinung gefragt. Es war uns erlaubt, unsere Tiergestalt anzunehmen, wie wir wollten, solange wir weit von der Stadt entfernt waren und sicher wussten, dass wir nicht beobachtet wurden. Aimi wurde immer ein Fuchs und ich ein Vogel. Wir spielten stundenlang im Wald und verbrachten unsere Jugend so glücklich, wie es sich Kinder nur wünschen konnten.

Als wir älter wurden, informierten uns unsere Eltern über die Geschehnisse im Dorf und über Veränderungen in Vaters Geschäften, ob gut oder schlecht. Ich begann ein Muster zu erkennen in dem, was danach geschah: Wenn etwas nicht zu unseren Gunsten lief, erklärten unsere Eltern uns die Situation beim Abendessen. Aimi hörte aufmerksam zu und sagte sehr wenig. Aber kurze Zeit später drehte sich der Wind des Schicksals und alles wurde gut.

Niemand sonst in unserem Dorf wusste, was wir waren, und darum gab uns niemand eine Sonderbehandlung. Am wenigsten der Sohn des

Nachbarn, Toshi, der mir schonungslos Streiche spielte. An windigen Tagen riss er mir die Nadeln aus den Haaren, sodass meine langen schwarzen Strähnen umher peitschten und sich hoffnungslos verhedderten. Einmal warf er mir eine Kröte in den Schoß und rannte lachend weg, während ich mich vor Ekel schüttelte. Ein anderes Mal wartete er hinter unserem Plumpsklo und warf Raupen durch das mondförmige Fenster auf mich. Der Weg, den ich in den Wald nahm, um Pflanzen und Pilze für meine Mutter zu sammeln, schlängelte sich an seinem Haus vorbei und er wartete in den Büschen, um mich anzuspringen und zu erschrecken. Ich begann den Weg um sein Haus herum zu verabscheuen, also gab ich mir große Mühe, einen neuen und geheimen Weg zu finden, um nicht in seine Fallen zu tappen. Es folgte ein Katz-und-Maus-Spiel, bei dem Toshi wartete, bis er wusste, dass ich das Haus verließ, und mir folgte und versuchte, meinen geheimen Weg zu entdecken. Ich führte ihn durch den Wald, hinein in den Sumpf, über die Felsplatten hinauf und durch das Brombeerbeet, bis sein Vater nach ihm rief und er die Jagd aufgeben musste.

Irgendwann hörte er mit der Belästigung auf. Wochen vergingen, ohne dass er mich jagte, und ich begann mich zu entspannen. Dann fing ich an, seine Aufmerksamkeiten zu vermissen. Als ich ein Teenager wurde, lernte ich schnell, dass Toshi anders war als die anderen Jungen aus unserem Dorf. Er sah nicht auf Mädchen herab. Jungen und Mädchen lebten damals in Japan streng getrennt, aber das hatte Toshi nie von mir ferngehalten. Auch wenn er mir gnadenlose Streiche spielte, lag doch niemals Grausamkeit in seinem Lächeln.

Irgendwann dachte ich nicht mehr an Toshi. Das Leben ging weiter und meine Pflichten änderten sich von denen eines kleinen Mädchens zu denen einer jungen Frau. Ich wurde in die geheime Welt in unserem Haus eingeführt. Ich spielte nur noch mit Aimi, denn die anderen Mädchen in unserem Dorf waren im Vergleich zu ihr langweilig. Aimi flüsterte mir im Dunkeln in unserem gemeinsamen Zimmer die Geheimnisse des Äthers zu, und wir sprachen darüber, uns in unseren Tiergestalten weiter in die Ferne zu wagen, und sogar darüber, die geheimen Treffen zu belauschen, an denen die Männer des Dorfes teilnahmen. Nicht, dass wir das gemusst hätten. Vater sagte uns ohnehin alles, was dort besprochen wurde.

Mehrere Sommer vergingen, bis ich mich spontan beim Kräutersammeln entschied, den alten Weg zu nehmen, den, der an Toshis Haus vorbei führte. Das rhythmische, scharfe Geräusch einer Axt, die gegen einen Baumstamm schlug, hallte von den Felsplatten wider. In der Erwartung, seinen Vater zu finden, ging ich um die Biegung. Mein Körper wurde still, als mein Blick auf den Mann fiel, der die Axt schwang, aber in meinem Geist wütete ein Sturm. Breite, viereckige Hände ergriffen den hölzernen Stiel, und sein dickes schwarzes Haar war halb zurückgebunden, damit es ihm nicht ins Gesicht fiel. Die hohe Stirn und die Witwenspitze erinnerten mich an alte Zeichnungen, die ich von Samurai gesehen hatte. Ich hätte mich um nichts in der Welt davon abhalten können, ihn anzustarren.

Er bewegte sich mit der Anmut von jemandem, der sich selbst gefunden hatte, nicht mit der schlaksigen Ungeschicklichkeit des Jungen, an den ich mich erinnerte. Wie konnte dieser Mann Toshi sein?

Ein Zweig brach unter meinem Fuß und er sah auf. Sein Blick fiel auf mich. Da war er, schweißglänzend. Toshi. Er blinzelte, die Sonne in seinen Augen. Es dauerte einen Moment, aber als er mich erkannte, verschwand die Falte zwischen seinen Brauen und ein enormes Grinsen erhellte sein Gesicht. Er hob einen Arm, scheinbar ohne Scham darüber, nackt bis zur Hüfte vor mir zu stehen.

„Akiko!“, rief er ein wenig außer Atem.

Ich keuchte, als er seine Axt fallen ließ und den Hof überquerte. Er bahnte sich seinen Weg durch die Bäume und blieb in den Schatten nicht weit von mir stehen. „Fast hätte ich dich nicht erkannt. Wann bist du eine Frau geworden?“

„Wann bist du ein Mann geworden?“, konterte ich, unfähig mein Grinsen zu unterdrücken. Ich wusste, dass kein anderes Mädchen in unserem Dorf es wagen würde, einem Mann auf diese Weise zu antworten. Der Respekt, den mein Vater Aimi und mir in der Abgeschiedenheit unseres Hauses entgegenbrachte, verlieh mir mehr Selbstbewusstsein, als sie anderen Mädchen zu eigen war.

Toshi wurde von meiner Kühnheit ermutigt. Seine braunen Augen strahlten mich an. Sie waren der einzige Teil dieses Mannes, der mich an den Jungen von früher erinnerte. „Aber du bist wunderschön!“

Ich lachte. Es schien, dass auch Toshi nicht viel von Formalitäten hielt. Männer sprachen nicht auf diese Weise mit Frauen. Ich war schon überrascht, dass er sich mir überhaupt genähert hatte.

„Und du bist mutig“, gab ich zurück, Hitze in meinen Wangen.

Er lachte und erinnerte mich an den Jungen von einst. „Wir sind alte Freunde.“

„Freunde? Du hast mich gequält.“ Ich hob meine Augenbrauen und verschränkte meine Arme, den Kräuterkorb über meinem Gelenk. „Wenn das Freundschaft war, hoffe ich, dass wir nie Feinde werden.“

Er ließ seinen Blick fallen und kicherte, eine schwarze Haarsträhne fiel über sein Gesicht. „Weißt du nicht“, sagte er, während sein Blick zu mir zurückschnellte, „dass es das ist, was Jungen tun, wenn sie ein Mädchen mögen?“

Mein ganzer Körper erbebte von einer unerwarteten Hitze. Woher hatte der kleine Toshi sein Selbstvertrauen bekommen? Mein Herz schwoll an, und einfach so hatte er mich. Sein gutmütiges, schiefes Grinsen riss mir den Boden unter den Füßen weg. Ich wusste damals schon, was ich wollte. Mehr als den Äther wollte ich Toshi.

„Und Männer?“, fragte ich atemlos. „Was machen Männer, wenn sie eine Frau mögen?“

Seine Augen weiteten sich vor Überraschung. „Ich sehe, ich bin nicht der Einzige, der heute Mut gefunden hat“, flüsterte er.

Er machte einen Schritt vorwärts und ich einen Schritt zurück, wir beide lächelten. Mein Puls raste und alles in mir war auf eine Weise lebendig geworden wie noch nie zuvor. Ich wusste nicht, dass solche Gefühle möglich waren.

„Männer nehmen sich, was sie wollen", sagte er und stürzte sich spielerisch auf mich.

Ich quiekte, rannte davon und hob mein Kleid an. Meinen Korb warf ich weg, während ich durch den Wald lief. Lachend stürzten wir unter den Bäumen dahin. Toshi war mir dicht auf den Fersen. Seine Fingerspitzen streiften meine Schulter und meine Taille, aber immer wieder wich ich ihm aus. Seine Überraschung über meine Geschwindigkeit erfreute mich. Was mich verblüffte, war, dass ich ihm völlig vertraute, als die Bäume vorbeirauschten und ich über die Felsplatten kletterte. Der einzige andere Mann, in dessen Gesellschaft ich mich bis zu diesem Zeitpunkt sicher und respektiert gefühlt hatte, war mein Vater. Warum ich Toshi so vertraute, wusste ich nicht. Vielleicht lag es daran, dass ich ihn schon mein Leben lang kannte.

Mit klopfendem Herzen und Toshis Schritten in den Ohren stieg ich die Felsbrocken hinauf, die zu der größten Felsplatte führten. Es war mein liebster Platz auf der Welt. Denn von hier aus konnte man die Küste der Insel Tai sehen. Der Platz wäre vielleicht auch bei anderen beliebt gewesen, aber es war schwierig, dorthin zu gelangen.

Als ich den letzten Felsbrocken erklommen hatte, zitterten meine Beine, mein Körper war so heiß wie Kohle und meine Brust hob und senkte sich schnell. Toshi erwischte mich schließlich und schwang mich im Sonnenlicht herum. Moos polsterte unsere Schritte und Kieselsteine flogen auf, als wir umeinander stolperten wie nachlässige Tänzer. Der

Wind sammelte Strähnen unserer Haare auf und kühlte meinen Nacken.

Sein Gesicht war so nah an meinem. Ich dachte, ich würde vor Glück platzen. Toshis Brust und Schultern hoben sich unter meinen Händen, als er zu Atem kam, seine glatte Haut wie Seide. Ich hatte noch nie zuvor einen Mann auf diese Weise berührt, doch irgendwie fühlte es sich natürlich an.

Seine Hände schlossen sich um meine Taille und er sah auf mich herab. „Warum bist du so lange weggeblieben?“ Er ließ es eher wie eine Bemerkung als wie eine Frage klingen.

„Nun“, sagte ich und strich die Haarsträhnen aus meinem Gesicht, „ich bin dir aus dem Weg gegangen. Du warst mir ein Dorn im Auge.“ Ich schluckte, mein Herz klopfte immer noch heftig.

„Akiko“, sagte er und legte seine Stirn an meine. Die Sonne spiegelte sich in seinem Auge und ließ die Iris golden wie Honig schimmern. „Sag mir, dass du es gewusst hast.“

„Es gewusst?“ Ich zog mich zurück und blickte ihn an, die Hände auf seinen Armen.

„Sag mir, dass du wusstest, dass ich dich liebe. Von dem Moment an, als ich zum ersten Mal in deiner Nähe stand und berauscht war von deinem Duft, von deinem Wesen. Ich habe dich immer geliebt. Ich liebe dich noch.“

Meine Nerven brachten mich zum Lachen, trotz der Ernsthaftigkeit in seinem Ausdruck. „Mein Duft?“, fragte ich.

Er beugte sich tiefer und sein Gesicht strich an meinem Hals entlang. Schauer liefen mir den Rücken hinab, als ich seinen Atem spürte. „Wie die

Luft nach einem Gewitter. Niemand sonst duftet so.“

Ich schloss meine Augen. Wenn meine Mutter mich gesehen hätte, wäre sie entsetzt gewesen, vielleicht sogar beschämt darüber, wie sehr ich mich mit ihm einließ. Aber das war mir egal. Ich fühlte mich lebendig, und niemand würde uns hier jemals sehen. Dies war meine Klippe, meine und Aimis, und jetzt gehörte sie auch Toshi.

„Ich hatte keine andere Möglichkeit, dir näher zu kommen, als dir Streiche zu spielen“, sagte er leise, sein Atem streifte immer noch meinen Hals. „Nur so konnte ich dich sehen. Deinen Duft und dein Lächeln erleben.“

Ich lachte und trat zurück. „Ich erinnere mich nicht daran, dich angelächelt zu haben – ich habe dich eher verflucht.“

„Du hast gelächelt“, sagte er bestimmt und nahm meine Hand, als wir zum Rand der Felsplatte gingen, um das Meer zu überblicken. „Du hattest immer ein Lächeln für mich, auch wenn ich schrecklich war. Sag mir, dass ich dieses Lächeln für den Rest meines Lebens haben werde.“

Ich keuchte. „Unsere Eltern ...“

„Ja, ich weiß. Wir müssen ihre Zustimmung bekommen. Das wird nicht schwierig sein, Akiko. Wir passen perfekt zusammen. Und mein Vater hat immer gesagt, dass die Susumu-Mädchen etwas Besonderes an sich haben. Du wirst schon sehen.“ Er zog mich herum, so dass ich ihn ansah. Er steckte seine Finger unter mein Kinn und hob mein Gesicht an. „Sag ja. Ich werde mein Leben dafür einsetzen, dich glücklich zu machen, dich zu beschützen und dafür zu sorgen, dass es dir an nichts fehlt."

Ich glaubte, mein Herz würde aus meiner Brust in seine Hände springen. Er war völlig unwiderstehlich. Ich konnte mich nicht daran erinnern, ihn geliebt zu haben, als ich ein kleines Mädchen gewesen war, aber in diesem Augenblick tat ich es. Es war unmöglich, nein zu sagen. Also sagte ich ja. Und dort, auf der Felsplatte, unter der heißen Sommersonne und mit dem Meer vor uns, hielt Toshi mein Gesicht und küsste mich.

# Kapitel 5

Mein Bewusstsein kehrte als ein helles weißes Licht zu mir zurück. Ich konnte wieder sehen und die alten Ängste und Fragen stiegen in mir auf. Das Gehirn eines Vogels ist ein kleines Ding, wie kam es also dazu, dass ich so vollgepackt war mit Gedanken?

Die eckigen Schatten, künstlichen Lichter und quadratischen Parks einer Stadt nahmen unter mir Gestalt an. Ich konnte nur hoffen, dass ich in Kyoto war. Es war nicht so, dass ich GPS-Koordinaten in den Äther eingeben konnte. Wenn diese Stadt nicht Kyoto war, dann stand ich vor einer Herausforderung. Ich hatte kein Geld und kein Telefon, bis ich es zu dem Schließfach schaffte, das Daichi vorbereitet hatte. Wäre ich in Tokio oder Hiroshima, müsste ich mir überlegen, in welche Richtung ich fliegen müsste, ohne den Äther zu benutzen.

Was unter mir in Sicht kam, hatte nichts zu tun mit dem Japan meiner Kindheit. Ansammlungen von Hochhäusern und Verkehrslärm bildeten einen dichten Klangnebel, der weit über der Stadt hing.

Ich hatte jegliches Zeitgefühl verloren, während ich den Äther durchquert hatte. Ich musste darauf vertrauen, dass nicht zu viel Zeit vergangen war. Sobald ich auf das Dach des höchsten Gebäudes geflogen war, verwandelte ich mich in die Form einer grauen Taube, klein und unscheinbar. Bei dieser Größe spürte ich das Gewicht meines

Seidenkragens mehr, und er streifte die Vorderseiten meiner Flügel, während ich flog, was meinen Flug unbeholfen machte. Ich ließ mich fallen und flog tiefer, meine winzigen Lungen protestierten gegen die Veränderung der Luftqualität. Ich musste einen Ort finden, an dem ich mich verwandeln konnte, ohne bemerkt zu werden. Ich entdeckte ein offenes Einkaufszentrum, aus dessen Seite verschiedene Dachsparren ragten. Viele andere Vögel sangen und flogen zwischen den Dachsparren hindurch und halfen dabei, mich und mein seltsames Seidentuch zu tarnen. Ich hüpfte an den Balken entlang, mein kleiner Kopf schaukelte in diese und jene Richtung und sah sich aufmerksam um. Ein großer Bekleidungsdiscounter hatte lange Tische mit einem Haufen ungleicher Waren aufgestellt. Vier Umkleidekabinen befanden sich an den Ecken des Ladens. Bingo.

Ich flog hoch über die Umkleidekabinen, von denen drei in Gebrauch waren. Blitzschnell, bevor jemand eine Taube mit einem schwarzen Seidenkragen um den Hals bemerkte, ließ ich mich in die leere Umkleidekabine fallen. Das Gefühl von tausend Sternen schimmerte über meinem Körper, als ich auf menschlichen Füßen landete. Ich riss den Vorhang zu und band meinen Seidenkimono auf. Als ich ihn anzog, wickelte ich ihn eng um mich. Das Gewand war nicht dicker als ein Nachthemd, aber immerhin bedeckte es mich vom Hals bis knapp über die Knie. Auf seine Weise war es schmeichelhaft und konnte sogar ziemlich hübsch sein, wenn es mit den passenden Pumps kombiniert worden wäre. Aber es war definitiv nicht die Art von Outfit, das man an einem normalen Tag trug. Ich fischte in der Tasche an meiner Hüfte nach den seidenen Hausschuhen. Sie boten keinen wirklichen Schutz für meine Füße, aber zumindest würde ich mit ihnen weniger Aufmerksamkeit erregen, als wenn ich barfuß ging.

Ich holte tief Luft und öffnete den Vorhang und betete, dass niemand misstrauisch auf mich reagieren würde. Unauffällig sah ich mich um, doch niemand schenkte mir Beachtung. Also wanderte ich langsam an den Tischen entlang, tat so, als würde ich einkaufen, aber musterte in Wahrheit jedes Schild und jedes Zeichen, das ich finden konnte. Nichts gab mir einen Hinweis darauf, wo ich mich befand. In Japan, ja. Aber wo genau?

Ich verließ den Discounter und ging beiläufig durch das Einkaufszentrum, so als gehörte ich hierher. Ich bekam zahlreiche Blicke zugeworfen. Ein paar seltsame Blicke, ein paar starre Blicke und einige besorgte Blicke, hauptsächlich von älteren Frauen – Muttertypen, die sich fragten, warum dieses junge Mädchen in einem dünnen schwarzen Kimono durch das Einkaufszentrum wanderte. Durch die Kälte des Marmorbodens fühlten sich meine Füße kühl an. Plötzlich wurde mir schmerzhaft bewusst, dass ich keine Unterwäsche trug. Also verschränkte ich meine Arme über meiner Brust. Ich musste zu meinem Schließfach gelangen, und zwar schnell. Die Reise verlief bislang viel unbequemer, als ich erwartet hatte.

Ich entdeckte eine Frau mit weichen Wangen, die auf ihrem Handy herumwischte und allein auf einer Bank saß. „Entschuldigung“, sagte ich. Sie sah auf.

Als sie mich registrierte, zogen sich ihre Augenbrauen zusammen.

„Ich will nichts von Ihnen“, sagte ich rasch und hob meine Hand. „Ich frage mich nur …“ Ich steckte eine verirrte Haarsträhne hinter mein Ohr. „… Bin ich in Kyoto?“

Sie starrte mich an. „Geht es dir gut?“

„Ja, ich muss nur zu einer Lagereinrichtung hinter einem Postamt in Kyoto. Es ist im Hayashi-Viertel. Wissen Sie, ob ich in der Nähe bin?“

„Ich kenne die Gegend nicht sehr gut“, sagte sie. „Aber du bist in Kyoto.“ Sie holte tief Luft. Sie lehnte sich dabei nach vorne zu mir. *Roch* sie mich etwa? Den Duft, den Toshi so sehr geliebt hatte?

„Danke“, sagte ich und wandte mich ab.

„Warte“, sagte sie. „Möchtest du, dass ich die Adresse für dich auf meinem Handy suche?“

Ich blieb stehen. Ich wollte instinktiv ablehnen, doch das Angebot war zu gut. Als ich mich wieder zu ihr umdrehte, wirkte ihr Ausdruck ganz anders: begierig darauf mir zu helfen. „Würden Sie?“ Ich seufzte vor Dankbarkeit.

„Natürlich“, sagte sie und machte mir Platz.

Ich setzte mich hin und nannte ihr die Adresse. Ich schaute auf ihr Telefon und bemerkte das Datum auf dem Display. Der 5. Juli. Schock durchzuckte mich. Ich war ein Dutzend Tage lang durch den Äther geflogen. Ich sollte dehydriert sein, halbverhungert und unfähig, mich zu bewegen. Aber ich fühlte mich gut, sogar energiegeladen.

„Hier“, sagte die Frau und hielt das Telefon so, dass ich den Bildschirm sehen konnte. Auf der Karte erschien eine blaue Linie, die anzeigte, dass ich weniger als zehn Kilometer entfernt war. „Sieht aus, als ob es einen Zug gäbe“, sagte sie und wischte nach unten. „Nein, es gibt drei Züge, die du nehmen könntest, um dorthin zu gelangen.“

„Könnten Sie herauszoomen?“, fragte ich.

Sie drückte den Bildschirm, damit ich den Grundriss der Stadt sehen konnte.

„Noch etwas mehr, bitte?“

Sie warf mir einen seltsamen Blick zu, tat aber, was ich verlangte.

Ich konnte nun die Form des Hafens von Kyoto sehen und wusste sofort, in welche Richtung ich fliegen musste.

„Danke, Sie haben mir so sehr geholfen.“ Ich hatte genug Informationen.

„Das ist alles, was du brauchst?“, fragte sie mit gerunzelter Stirn. „Den Metroplan vielleicht?“

Ich lächelte. „Nein, aber trotzdem vielen Dank.“ Ich stand auf.

„Na gut, dann viel Glück.“

Ich konnte die Zweifel in ihrer Stimme hören und fühlte ihren Blick auf meinem Rücken, als ich mich auf den Weg zum Discounter machte. Ohne Geld, ohne Telefon und ohne Ausweis war meine einzige Möglichkeit zu fliegen. Ich trat wieder in die Umkleidekabine und flog kurz darauf erneut über der Stadt.

„Ausweis bitte“, sagte der Mann hinter dem Schreibtisch im Lager schroff.

Ich schluckte hart. „Mein Großvater Daichi, er hat Ihnen meinen Daumenabdruck als Identifikation geschickt. Ich sollte keine Dokumente vorlegen müssen. Wir haben diese Einrichtung wegen ihres hochmodernen ID-Systems ausgewählt.“

Ich hoffte, dass meine Worte ihm schmeichelten. Denn wenn er auf einen Ausweis bestand, befand ich mich augenblicklich in der nächsten Krise.

Der Mann runzelte die Stirn und schob seinen Stuhl nahe an den Computer. „Nachname?“

Ich wiederholte meinen Namen. Sekunden vergingen und ich fing an zu schwitzen, und das nicht nur wegen des warmen Sommernachmittags.

„Okay, hier“, sagte er. „Du hast Recht. Fingerabdruck-ID.“ Er schob mir eine kleine schwarze Box mit einer durchsichtigen Scheibe oben drauf entgegen. „Rechte Hand.“ Ich gab ihm meine rechte Hand und er nahm meinen Daumen und drückte ihn an die Tafel, wobei er ihn von einer Seite auf die andere rollte. Eine blaue Lichtlinie rollte über die Tafel.

Er nickte zufrieden. „Tür rechts“, sagte er. „Du kennst den Code? Wenn nicht, kann ich dir nicht helfen“, warnte er.

„Ja, ich kenne ihn.“

Eine Metalltür schwang auf und ich ging hindurch. Ein langer Flur mit kleinen Spinden breitete sich vor mir aus. Ich fand den richtigen Spind ohne Probleme und gab den Code ein.

Erleichterung durchströmte meine Glieder, als die Tür aufsprang und ich meinen Rucksack vor mir sah. Ich öffnete ihn und wühlte mich durch den Inhalt. Ich fand mein Handy, Bargeld, einen Fotoausweis, meinen Reisepass, meine Turnschuhe, zwei Outfits und die Bankkarte zu einer Bank, die ich nicht erkannte. Etwas knisterte und ich grub tiefer und holte einen Müsliriegel heraus. Ich lächelte. Daichi konnte durchaus fürsorglich sein, wenn er es darauf anlegte.

Eine Bewegung auf der anderen Seite der Tür riss mich aus meinen Gedanken. Ich versteckte mich hinter einem Ständer mit Schließfächern und tauschte meine Seidenrobe gegen Unterwäsche, eine Twillhose und ein T-Shirt aus. Ich war gerade dabei mir die Schuhe anzuziehen, als sich die Tür öffnete und eine Stimme rief: „Mädchen? Bist du fertig?"

„Ja", antwortete ich. Ich schloss meinen Rucksack und warf ihn über meine Schulter. „Alles erledigt." Ich ging um die Ecke. Sein Blick streifte mich von Kopf bis Fuß.

„Können Sie mir sagen, ob es in der Nähe ein Hotel gibt?", fragte ich.

„Soiko Hotel", grunzte er. „Zwei Blocks." Er zuckte mit dem Kopf und zeigte die Richtung an. „Du kannst die Lichter nicht übersehen."

Soiko war keineswegs ein Luxushotel, und mein Zimmer war eher eine Kabine mit kaum genug Platz zum Stehen. Aber es gab Steckdosen, eine Flasche Wasser, ein sauberes Einzelbett und W-Lan. Ich steckte mein Telefon ein, warf meine Schuhe in die Ecke und schnappte mir das Wasser. Ich leerte das ganze Ding in einem Zug und klappte dann rückwärts auf das Bett. Ich war müde, aber wenn man bedachte, wie weit ich gereist war, fühlte ich mich bemerkenswert gut. Ich war in der richtigen Stadt, ich hatte meine Sachen geholt, und es war nicht so viel Zeit vergangen, dass das Schwert mittlerweile an einen anderen Ort gebracht worden wäre. Bislang lief meine Expedition wider Erwarten einfach.

Ich schloss die Augen und zum ersten Mal, seit ich Kanada verlassen hatte, wanderten meine Gedanken zu meinen Freundinnen. Ich schaltete mein Handy ein und augenblicklich begann es zu vibrieren. Es zirpte so lange, dass ich mich fragte, ob es jemals aufhören würde. Die Nachrichten stammten alle aus unserem Gruppenchat.

Als ich die Nachrichten und Fotos überflog, begriff ich, dass die drei in ihren jeweiligen Ländern sicher angekommen waren und bereits in ihre eigenen Abenteuer verwickelt waren. Ich lächelte, als ich Saxonys Beschreibungen der Kinder las, um die sie sich kümmerte, und wie sie bereits einen süßen italienischen Mann namens Raf kennengelernt hatte. Targa hatte atemberaubend schöne Fotos von einer efeuumrankten Villa und kabbelig grauem Meer mit goldenen Sandstränden geschickt. Von Georjayna stammte das Bild eines großen, dunklen, attraktiven Mannes, der einen Haufen zerbrochener Fensterscheiben trug. Selbst schlechte Nachrichten brachten mich zum Lächeln. Meine Freundinnen waren in Sicherheit, gut versorgt und erlebten, was Teenagerinnen erleben sollten.

Ich überlegte, ob ich den Mädchen schreiben sollte, aber ich entschied mich zu warten, bis ich das Wakizashi hatte. Ich musste mich auf meine Aufgabe konzentrieren, denn mir stand viel mehr als ein Teenager-Abenteuer bevor. Ich schrieb eine E-Mail an Daichi, um ihn wissen zu lassen, dass der erste Teil unserer Operation geglückt war.

Dann schaute ich mir das Museum auf der Karte an. Ich konnte mit einem Hochgeschwindigkeitszug ins Stadtzentrum fahren und von dort aus zu Fuß weitergehen. Mit etwas Glück könnte das Wakizashi bis morgen in meinem Besitz sein. Allerdings hatte ich keine Ahnung, wie ich es stehlen sollte. Ich würde einen Plan ausarbeiten müssen. Aber zuerst musste ich herausfinden, womit ich es zu tun hatte.

Ich duschte im kleinsten Badezimmer der Welt, putzte mir die Zähne und kroch nackt und sauber ins Bett. Als meine Augen sich schlossen, verschwanden die Gesichter meiner Freundinnen und andere Gesichter nahmen ihren Platz ein. Die Gesichter von Toshi, Aimi und meinen Eltern. Ich war zurück in Japan, wieder zu Hause. Nur fühlte es sich nicht im Entferntesten wie zu Hause an. Das Land hatte sich verändert und meine Eltern und mein Verlobter waren schon lange tot und begraben. Und Aimi? War sie noch am Leben? Hatten sie und Toshi ein gutes Leben zusammengehabt, oder hatte sie ihn betrogen, so wie sie mich betrogen hatte?

# Kapitel 6

Ein paar Tage nach unserer heimlichen Verlobung kam Toshis Vater meinen Vater besuchen. Kito stammte wie wir von den Samurai ab und nachdem er bei einem Meister in Hiroshima Werkzeugbau studiert hatte, war er nun einer der wenigen verbliebenen Schwertschmiede, die unter dem *Nihonto Tanrenkai* arbeiteten, Japans neu gegründeter Schwert- und Schmiedegesellschaft. Toshi arbeitete als einer seiner Sakite, als ein Assistent. Kito wurde in Furano, Tottori und über die Tottori-Präfektur hinaus respektiert.

Meine Mutter führte Aimi und mich hinten raus, während die Männer ihre Pfeifen anzündeten und sich auf eine Diskussion von Mann zu Mann über Mitgift und Familienallianzen vorbereiteten.

„Und wagt es ja nicht, an den Fenstern zu lauschen. Ich werde wissen, ob ihr da seid“, flüsterte meine Mutter, während sie uns wegschickte. Sie meinte nicht das Lauschen in menschlicher Gestalt. Aimi und ich waren berüchtigt dafür, dass wir unsere Tiergestalt annahmen, damit wir uns verstecken und den Erwachsenen beim Reden zuhören konnten. Mutter hatte mich einmal erwischt, als ich vergessen hatte, dass Vögel nicht von einem Menschen zum anderen schauen. Aimi hätte niemals einen solchen Fehler begangen, aber sie war ein Fuchs gewesen, bevor sie jemals ein Mensch gewesen war, und ich war ein Mensch, der versuchte, sich wie ein Vogel zu verhalten. Ich protestierte dagegen, dass meine

Mutter uns rauswarf, aber sie duldete keinen Widerspruch. Meine Haut fühlte sich klamm an vor Angst und mein Magen drohte, mein Mittagessen aus gedünstetem Fisch und Reis hochzubringen. Toshis Vater Kito war ein grimmiger Mann, ein Mann, von dem ich wusste, dass er gut und stark war, aber auch hart und entschlossen, seinen eigenen Weg zu gehen. Was, wenn er an mir etwas auszusetzen hatte? Der Gedanke war lächerlich unvernünftig. Toshis Vater hatte kaum gewusst, dass ich existierte, bis Toshi ihn auf mich aufmerksam gemacht hatte.

„Komm schon, Akiko", sagte Aimi, nahm meine Hand und zog mich auf den Weg, der zum Meer hinunterführte. „Mach dir keine Sorgen. Wir wissen, wie die Sache ausgehen wird."

„Tun wir das?", fragte ich mit zittriger Stimme. Ich verrenkte mir den Hals, um zurück zu den erleuchteten Fenstern unseres Hauses zu blicken.

„Natürlich. Warum sonst wäre Kito gekommen? Wenn er etwas gegen die Ehe hätte, wäre er gar nicht erst gekommen. Lass uns schwimmen gehen. Das wird dich ablenken." Aimi pflückte ein Stück langes Gras, als wir durch den Wald in Richtung Meer gingen.

„Ich habe keine Lust zu schwimmen." Tatsächlich war mir so schlecht, dass ich Mühe hatte mich nicht zu übergeben.

Wir gingen schweigend zum Strand hinunter, wo riesige Felsbrocken entlang der Küste verstreut lagen, als ob ein Riese vor langer Zeit ein Murmelspiel gespielt hätte. Aimi kletterte auf einen der größten und hob ihr Kleid hoch genug, um ihre langen, blassen Beine freizulegen.

Wir setzten uns auf den von der Sonne gewärmten Stein. Aimi begann, das Gras zu kleinen grünen Locken zu schälen und zu einem Faden zu schnitzen. Sie betrachtete mich mit ihren seltsamen, moosfarbenen Augen. „Früher hast du Toshi gehasst."

„Ich habe ihn nie gehasst", sagte ich. „Er war schelmisch und nervig, aber ich habe ihn nie gehasst. Außerdem ist er nicht mehr dieser kleine Junge."

Sie hob die Augenbrauen und warf mir einen verschlagenen Blick zu. „Nein, das ist er nicht", sagte sie süffisant. Das war Aimi. Alles, was sie sagte, hatte immer mehr als nur eine Bedeutungsebene.

Ich klopfte ihr sanft auf das Bein und lächelte fast, aber ich hatte zu viel Angst, um tatsächlich zu lächeln.

„Du bist nicht die einzige Person in unserem Dorf, die das bemerkt", sagte sie. „Es gibt viele Mädchen, die Toshi mögen, Mädchen, die die letzten Jahre nicht damit verbracht haben, ihn zu ignorieren wie du."

„Welche Mädchen?", fragte ich scharf. An dem Tag auf der Felsplatte hatte ich keinen Zweifel daran gehabt, was Toshi für mich empfand und ich für ihn. Aber jetzt begannen sich Zweifel einzuschleichen. Aimi neigte den Kopf und blickte mich an, ohne zu antworten. Ihre Augenbrauen wanderten langsam in die Höhe. Da begriff ich.

„Du?" Ich blinzelte überrascht. „Das hast du nie gesagt!"

Sie zuckte die Achseln. „Die meisten Männer in unserem Dorf haben schwarze Herzen. Alle außer Toshi und seinem Vater. Sie sind die einzigen guten.“

„Alle?“ Mein Kopf zuckte überrascht zurück. „Das kann doch nicht wahr sein.“ Meine Gedanken schweiften zu den jungen unverheirateten Männern in unserem Dorf und ich rief ihre Gesichter in meiner Erinnerung auf. Es waren die Gutaussehenden, die mir zuerst in den Sinn kamen, feine Gesichter mit starken Knochen und guten Zähnen. „Was ist mit Mitsuo? Und Soichi und Yuji?“

„Mitsuo hat das emotionale Konstrukt eines Käfers, Soichi ist ein Perverser und ein Lügner, und rede mit mir nicht über Yuji. Er ist ein Pirat, ihm geht es nur um Geld. Er würde seiner eigenen Großmutter ins Gesicht treten, wenn er dächte, dass es ihm die Gunst seines reichen Onkels einbringen würde.“

Mir klappte der Mund auf bei der Schärfe in ihrer Stimme. „Woher weißt du das alles?“

Sie lachte. „Kleine Schwester, ich bin ein Geschöpf des Äthers. Ich kann in ihre Herzen sehen und ich sehe die Fäulnis.“

„Ich bin auch ein Geschöpf des Äthers“, sagte ich. „Ich sehe nichts dergleichen.“

„Das wirst du“, sagte sie, warf die Grashalme in die Wellen und schlug die Beine übereinander. „Gib dem Ganzen Zeit.“

„Und du kannst in Toshis Herz sehen?“

„Das kann ich“, sagte sie fest.

„Und?“

„Toshis Herz ist eine weiße Perle“, sagte sie. „Es schimmert in allen Farben des Regenbogens. Licht strömt aus dem Äther herab und in ihn hinein, als ob es zuerst durch einen Kristall gefiltert wird.“

Immer wenn sie so redete, starrte ich sie an und versuchte herauszufinden, ob sie mit mir spielte oder nicht. „Es gibt nur ein anderes Herz, das schöner ist.“

„Wessen ist das?“

„Deins“, sagte sie und lächelte mich auf ihre krumme Art an.

Ich lehnte mich gegen ihre Schulter. „Das ist nicht lustig. Wenn du Toshi gemocht hast, warum hast du nie etwas zu mir gesagt?“

„Es liegt nicht an mir, wen Toshi heiratet“, antwortete sie. „Das weißt du genauso gut wie ich.“

Ich runzelte die Stirn. „Du würdest ihn also heiraten, wenn unser Vater und Kito sich einig sind, dass ihr besser zusammenpasst?“ Leuchtend grüne Eifersucht strömte aus meinem Herzen bei dem Gedanken, dass Toshi eine andere heiraten würde, besonders meine Schwester.

„Wie ich schon sagte, Toshi ist ein guter Mann. Der beste, den man haben kann“, antwortete Aimi.

„Uäh“, stöhnte ich. „Dies ist nicht der Moment, dich zu wiederholen. Würdest du zustimmen oder nicht?“

„Wer bin ich, dass ich mich unseren Eltern widersetzen würde?“ Sie zuckte die Achseln.

„Tu das nicht“, sagte ich, hob einen Kiesel auf und peitschte ihn ins Meer.

„Was?“, sagte sie.

„Tu nicht so, als ob du den Gesetzen der

Menschen unterworfen wärst. Du bist eine *Kitsune*, du musst nichts tun, was dir jemand sagt. Du könntest morgen verschwinden und irgendwo anders ein ganz neues Leben beginnen, mit jemand anderem, wenn du wolltest."

„Und alles verlassen? Unsere Eltern? Dich?" Sie wich meiner Frage immer noch aus. Das war ihre Natur. Aimi war so ausweichend, wie sie schön war, so listig wie schnell.

„Komm schon", sagte sie, rutschte von dem Felsen herunter und sprang, wie sie war, in die flachen Wellen. Sie watete durch das Wasser zum Strand.

„Wo willst du denn hin?" Ich stand auf und lief an den Spitzen der Felsen entlang, um den Sand zu erreichen. Sie schlenderte von mir weg über den Strand, ihr dunkler Kopf wippte, als der Sand tiefer wurde. „Aimi", rief ich ihr hinterher.

Ihr dunkles Haar kräuselte sich und verschwand, ihr Kleid fiel zu einem Haufen im Sand zusammen. Ein großer Klumpen bewegte sich unter dem Gewirr aus Stoff und versuchte, einen Ausgang zu finden.

Ich seufzte. „Ich hasse es, wenn du das tust. Du weißt, dass ich diejenige bin, die deine schmutzige Wäsche wird waschen müssen." Als jüngerer Schwester oblag es mir, solche niederen Arbeiten zu erledigen.

Eine glänzende, blauschwarze Füchsin von der Größe eines großen Hundes schüttelte das Kleid ab und schaute mich über die Schulter hinweg an. Ihre Zunge räkelte sich, während sie lachte. Ihre Augen waren so hell wie Limonen und ihre scharfen Zähne schimmerten weiß. Sie schnippte mit dem Schwanz und huschte den Strand hinauf, über einen mit Moos bewachsenen Baumstamm hinein in den Wald.

Ich hob meine Hände zur Seite, zog meine Arme schnell durch die weiten Armlöcher meines Kimonos und meine Nacktheit schimmerte wie eine Fata Morgana in der Wüste. Flügel, Federn, Krallen und ein unglaublich scharfes Augenlicht nahmen den Platz meines weichen menschlichen Körpers ein. Ich hatte mich in einen kleinen, aber flinken Raubvogel verwandelt. Ich schnappte nach meinem Kimono, bevor er auf dem Boden aufkam, und trug ihn in meinen Krallen, um ihn über einen trockenen Felsen zu legen. Ich hob auch Aimis Kimono auf, legte ihn neben meinen und flog über den Wald. Mein Schrei ließ meine Schwester wissen, dass die Jagd begann.

Der Wald war so still wie ein Grab geworden. Die Anwesenheit eines großen Raubtiers hatte jedes Nagetier, jeden Vogel und jeden Hirsch in der Nähe zum Schweigen gebracht. Die Tiere kannten den Unterschied zwischen einem Fuchs und einer Kitsune nicht. Doch Aimi hatte kein Interesse daran zu töten. Sie wollte nur jagen, nicht mehr.

Mein Schatten glitt über die dichten Wipfel der Bäume, während ich mich auf den Weg zur Schlucht machte. Ein kleiner Fluss gluckerte über Steine und umgestürzte Bäume und rollte seinen Weg hinunter zum Meer. Die Trümmer jahrelanger Lawinen hatten natürliche Treppen entlang der Schlucht erschaffen. Das Geräusch von über Steine kratzenden Krallen hallte herauf. Ich wandte meinen Kopf nach links und entdeckte eine Spalte im Fels.

Von hier oben konnte ich sehen, was Aimi nicht sehen konnte, nämlich, dass sich der Raum zwischen den Felswänden vor ihr auf kaum eine Handbreit verengte und sie mit voller Geschwindigkeit auf diese Enge zusteuerte. Mein kleines Herz sprang mir in die Kehle und ich schrie einen Warnruf. Doch Aimi wurde nicht langsamer, sondern beschleunigte sich sogar noch. Sie raste auf den schmalen Spalt zu, ihre schwarze Gestalt verwandelte sich in einen Fuchs von der Größe eines Kätzchens. Sie passte durch die Öffnung, ihr Fell streifte die Felsen, dann landete sie auf den Pfoten eines normal großen Tieres. Aimis einzigartige Fuchsschritte hallten von den Wänden der Schlucht wider, und es klang, als kämen sie von überall her. Erleichtert schrie ich auf und sank tiefer, während Aimi unter einer Kante verschwand und weiter durch den Riss lief, über Steine kletterte und dann wie ein Geist in die Bäume sprang. Die Spalte endete im dichten Wald, in einem Meer aus hellen Baumkronen und dunklen Schatten. Ich tauchte in die Bäume ein.

Auf einer Lichtung im Sonnenlicht entdeckte ich meine Beute. Aimi lachte erneut und ich antwortete mit einem eindringlichen Schrei. Sie sprintete los und ich folgte ihr von oben, tauchte ab und drehte mich und versuchte mein Bestes, um nicht zu stürzen. Der Wald wurde immer dichter. Aimis Gestalt verschwand blitzartig im Blätterdickicht. Sie war zu schnell. Mit angewinkelten Läufen machte sie einen Sprung, um mir in der Luft zu begegnen. Sie schimmerte, ließ ihre Gestalt zu voller Größe wachsen und stieß mir mit ihrer Nase in die Brust. Ich purzelte als Gewirr von Federn durch die Luft, ihr kläffendes Gelächter drang von überall auf mich ein. Ich richtete mich auf und umkreiste die Lichtung.

Aimi saß auf ihren Beinen und beobachtete mich. Ihre hellen Augen blitzten in der Sonne. Sie hatte gewonnen und wir beide wussten es. Sie senkte sich auf ihre Vorderläufe, als ich tief genug flog, um den Staub vor ihr aufzuwirbeln. Sie stürzte sich auf mich, als ich landete, zerzauste meine Federn und schüttelte meine Flügel.

Der Klang einer menschlichen Stimme in der Ferne brachte Aimi dazu, ihren Kopf zu heben und ein Ohr nach oben zu spannen. Unsere Mutter. Aimi und ich starrten uns an und ließen voneinander ab. Sie stand still wie eine Statue, während ich wieder in die Luft stieg. Es dauerte nur Minuten, bis ich unsere Kleider gefunden hatte, aber als ich die Kimonos ergriff, merkte ich, dass sie für meine jetzige Form zu schwer waren. Ich verwandelte mich in einen Falken, damit ich die Last tragen konnte. Mit unserer Kleidung kehrte ich zurück zu Aimi, aber ich deponierte ihren Kimono auf einem Ast, außerhalb ihrer Reichweite. Sie senkte ihren Kopf und beobachtete mich, während ich mich wieder in einen Menschen verwandelte.

Sie stieß ein Wimmern aus.

Ich grinste sie an. „Du weißt, was ich will“, sagte ich. „Du hast die Jagd gewonnen, aber wenn du nicht splitternackt zu Hause auftauchen willst, dann wirst du mich in dieser Angelegenheit nicht hintergehen.“

Sie verdrehte die Augen und schüttelte den Kopf. Ihr Fell kräuselte sich, als würde ein scharfer Wind über sie hinwegfegen, und ihre mächtige Gestalt schmolz dahin und verwandelte sich in einen Fuchswelpen.

„Ohhhhhhhhhh“, quiekte ich.

Sie lehnte sich zurück und heulte in den Himmel, der Schrei verwandelte sich in ein kläffendes Lachen.

„Aaahh! Du bist so süß!“, rief ich.

Sie wackelte auf Babyfuchsbeinen auf mich zu und ich schöpfte sie auf und hielt ihren warmen Körper unter mein Kinn. Ihr Fell war daunenweich und heiß von der Sonne. Sie leckte mein Gesicht und meinen Hals, während ich sie hin- und herwiegte. Sie steckte ihre kalte, nasse Nase in mein Ohr und ich kicherte. Kitsune hatten selten Grund, die Form eines Welpen anzunehmen. Es war ein Liebesbeweis. Wenn sie so mit mir war, gab es nichts auf der ganzen Welt, das ich fürchtete. Sie hörte auf, mich abzulecken, reckte den Kopf und richtete ihre Nase nach Hause. Sie wimmerte ein wenig. Ich hatte mit meinen menschlichen Ohren nichts vernommen, aber ich wusste, dass Mutter wieder rief.

„Ja, schon gut“, sagte ich, setzte sie ab und flog auf den Baum, um ihren Kimono zu holen. Als ich mich wieder zu ihr umdrehte, erschien Aimi wieder in Menschengestalt und streckte ihre Hand nach ihrer Kleidung aus. Ein verschmitztes Lächeln spielte um ihre Lippen.

„Deine Flugfähigkeiten sind besser geworden“, sagte sie, während sie sich einwickelte und ihr

Kleid zu band.

„Immer noch nicht gut genug“, sagte ich.

Sie zuckte die Achseln. „Du wirst gut genug sein, wenn es darauf ankommt.“

# Kapitel 7

Meine Mutter hielt die Tür auf und erwartete uns, als wir außer Atem den Weg hochliefen. Bei unserem Anblick zogen sich ihre Augenbrauen zusammen und ihre Mundwinkel nach unten. Ihr Blick wanderte von unseren zerzausten Köpfen zu unseren schlammigen Füßen hinab.

Sie schüttelte ihren Finger. „Ihr seid schmutzig. Ihr habt Glück, dass Kito weg ist, sonst würde er seine Meinung gewiss ändern. Konntet ihr euch keinen anderen Tag für eure Buschspiele aussuchen?"

Wir waren an ihre Ermahnungen gewöhnt. Mein Verstand fokussierte sich auf das Wichtige. „Es hat eine Vereinbarung gegeben?", fragte ich, als sie uns ins Haus führte.

„Ja", sagte sie. „Bäder für euch beide, und wascht eure Haare. Kito kommt heute Nacht zurück."

Ich stöhnte. Ein Bad vorzubereiten war meine Aufgabe, und es dauerte lange, Topf um Topf zu erhitzen und die große Holzwanne zu füllen.

„Ich werde dir helfen", sagte Aimi, als meine Mutter uns verließ, um mit unserem Vater im anderen Zimmer zu reden. Wir schauten zu, wie sie die Tür zwischen den beiden Räumen zuschob. Sie und Vater würden ihre Stimmen so leise halten, dass wir nicht lauschen konnten, jedenfalls nicht in menschlicher Gestalt.

Aimi erlaubte mir, das erste Bad zu nehmen, ein Luxus, den ich als Jüngste der Familie noch nie zuvor gehabt hatte. Zuerst schrubbte ich mich überall mit nasser Seife ab und versank dann mit einem Seufzer im dampfenden Wasser. Kratzer an meinen Beinen, die ich nicht bemerkt hatte, begannen zu stechen. Ich hob mein Haar über die Rückseite der Wanne und ließ meinen Nacken sich entspannen, während Aimi die Knoten aus meinen langen schwarzen Strähnen herauskämmte. Ich schaute zu ihr auf, während sie arbeitete. Es war ungewohnt, ihr Gesicht aus diesem Blickwinkel zu sehen. Ihre Lippen waren nach unten gezogen und sahen traurig aus. Mein Herz schmerzte. Ich wollte Toshi, mehr als alles andere, aber ich hasste es, Aimi unglücklich zu sehen.

„Du bist die Älteste“, betonte ich. „Es ist Tradition, zuerst die ältere Schwester zu verheiraten.“ Meine Stimme bebte so sehr, dass ich verstummte.

Ihre Augen blitzten mich an. „Wie viele ältere Schwestern sind Kitsune? Würdest du wissentlich zustimmen, eine Kitsune mit einem Mitglied deiner Gemeinschaft zu verheiraten? Es ergibt Sinn, dass sie nicht mich für Toshi wollen.“

„Du könntest ihm ein großes Vermögen einbringen“, sagte ich.

„Ich könnte ihm auch großes Unglück bringen“, konterte sie. „Wir kennen meine wahre Natur noch nicht.“

„Doch, die kennen wir!“, widersprach ich heftig und setzte mich in der Wanne auf. Wasser spritzte über den Rand.

„Schsch“, sagte sie, legte eine Hand auf meine Schulter und drückte mich sanft wieder nach unten.

„Du bist eine Zenko!“, sagte ich und spürte Hitze

in meine Wangen steigen, vielleicht wegen dem heißen Bad, vielleicht aber auch wegen der Empörung. Es gab zwei Arten von Kitsune, und Zenko war die wohlwollende Art. Es war undenkbar, dass Aimi die böswillige Art war, bekannt als Nogitsune.

Aimi ergriff meine Haare. „Kopf runter."

Ich neigte den Kopf zurück, während sie mit einem Krug Wasser schöpfte und es über mein Haar goss. Ich schloss meine Augen und genoss das Gefühl ihrer Finger, die meine Kopfhaut massierten.

„Wenn du so redest, klingst du so, als wolltest du, dass ich Toshi heirate", sagte Aimi.

„Nein", antwortete ich. „Du weißt, dass ich ihn liebe. Du liebst ihn nicht."

Als sie nicht antwortete, richtete ich mich auf, um mich umzudrehen und sie anzuschauen. Ich wischte mir über die Augen. „Du liebst ihn doch nicht, oder?"

Sie kippte einen weiteren Krug Wasser über meinen Kopf und ich musste meine Augen schließen und mein Gesicht bedecken.

„Mach dir keine Sorgen um mich, kleine Schwester."

Wie ich so in der Wanne saß, die Hände über dem Gesicht, und das Wasser auf meinen Kopf strömte, kam mir alles vertrackt und unsicher vor. Würde unser Vater wissentlich eine Kitsune in eine andere Familie verheiraten? Kitsune waren so komplex wie die Krieger, von denen sie abstammten, niemals alle gut oder alle schlecht. Es kursierten Legenden über Zenko, den wohlwollenden Kitsune, die Kranke heilten und Familien, die hoch verschuldet waren, mit Reichtum versorgten und zu Glück verhalfen. Aber es gab ebenso viele Legenden über Nogitsune, die ihre Liebsten um all ihren Reichtum betrogen und spurlos verschwanden. Aimi war die Tochter meiner Eltern geworden, bevor ich geboren worden war; ich konnte mir ein Leben ohne sie nicht vorstellen. Vater war derjenige, der Aimi ins Haus gebracht und damit das Risiko auf sich genommen hatte, eine Nogitsune großzuziehen. Unsere Mutter hatte unserem Vater erzählt, dass Aimi mir ein *tamashī* geschenkt hatte – das Herz eines Geschöpfes des Äthers. Denn in mir lag die Kraft zur Jagd von Dämonen. Was das für meine Zukunft bedeutete, wusste ich nicht, und selbst Aimi schien nicht in der Lage zu sein, mich vollständig darauf vorzubereiten.

Der Wasserstrom versiegte und ich öffnete meine Augen. Aimi nahm ein Stück Seife und rieb sie in ein nasses Tuch. Sie fing an, meinen Arm zu schrubben, den Blick auf ihre Arbeit gerichtet, ihr Ausdruck teilnahmslos. Die Wahrheit, die wir beide kannten, war, dass in dieser Situation ein Szenario genauso wahrscheinlich war wie das andere. Ich legte meine Hand auf ihre und sie hörte auf, zu schrubben. Ihr Blick traf meinen. In diesem Moment schien die Schwesternschaft, die wir seit meiner Geburt teilten, wortlos zu enden, so wie ein Spinnenfaden im Wind reißt.

„Versprich mir“, sagte ich und meine Stimme zitterte, „dass wir uns nicht entzweien werden. Wir werden immer Schwestern sein, immer zusammenhalten.“

Aimi hielt meinen Blick fest, und der seifige

Waschlappen blieb auf meiner Schulter liegen. „Akiko“, sagte sie. „Du bist kein kleines Mädchen mehr. Irgendwann musst du aufhören, in einer Traumwelt zu leben. Du weißt, dass ich dir das nicht versprechen kann, ebenso wie du es mir nicht versprechen kannst.“

Ich keuchte angesichts der Brutalität ihrer Worte. Sie hatte sie so sanft, fast süß gesagt, aber sie trafen mich wie Peitschenhiebe.

„Nein“, brachte ich leise hervor.

Ihr Gesichtsausdruck wurde weich. Sie schloss ihre Hände um meine Wangen. „Ich sage das nicht, um dich zu verletzen, kleine Schwester. Aber unsere Natur wird uns auf verschiedene Wege führen.“ Ihre Stimme nahm ein Geräusch wie Wind an. Er wehte um und durch mich hindurch. „Wir sind unsterblich. Die Ewigkeit breitet sich vor uns aus. Es wäre töricht zu denken, dass wir die Ewigkeit miteinander verbringen können.“

„Warum?“ Meine Sicht verschwamm, als Tränen meine Augen füllten. Wollte Aimi mich verlassen? Ich wusste nicht, was ich ohne sie tun sollte.

„Sei jetzt still“, sagte sie und gab mein Gesicht frei, küsste meine Wange und nahm wieder den Waschlappen. „Mutter kommt.“

„Aimi, seid ihr schon am Baden?“, hörte ich die Stimme unserer Mutter.

„Ich gehe gerade rein, Mutter“, sagte sie.

„Ihr trödelt.“ Wir hörten, wie sie in die Hände klatschte, so wie immer, wenn sie versuchte, uns anzutreiben.

„Ja, Mutter“, sagten Aimi und ich einstimmig.

Aimi strich mir eine Träne von der Wange,

lächelte und hob den Krug auf, um mich abzuwaschen. „Kopf hoch. Wir haben einen Verlobten zu treffen."

Doch Kito kam ohne Toshi. Enttäuscht stand ich hinter meinen Eltern, die Augen auf den Boden gerichtet, wie es sich für ein junges Mädchen gehörte. Ich hätte allerdings sicher nicht zu Boden geblickt, wenn er hier gewesen wäre.

Aimi und ich standen Seite an Seite, die Haare nach hinten gekämmt in der traditionellen Frisur unseres Dorfes. Wir trugen unsere besten Kimonos – Aimi einen moosgrünen, der ihren Augen schmeichelte, und ich einen in meinem Lieblingsblauton.

Wir verbeugten uns, als mein Vater Kito in unserem Haus willkommen hieß. „Dies sind meine Töchter, Aimi, die Älteste, und Akiko. Gute Mädchen, alle beide." Die Brust meines Vaters schwoll bei diesen Worten an.

„Deine Worte werden der Schönheit deiner Töchter nicht gerecht", sagte Kito mit einer Stimme, die erstaunlich zärtlich war. Ich sah zu Kito auf und schnell wieder zu Boden. Mein Herz stürzte ab. Sein Blick war auf Aimi gerichtet gewesen.

„Hätte ich Töchter und keine Söhne bekommen, wäre ich dankbar für Mädchen wie diese", sagte Kito. Sein Schatten fiel über mich, als er vor mir stand. „Hab keine Angst, mir in die Augen zu schauen." Ich gehorchte. Kitos Augen waren grau, mit einem braunen Ring um die Pupille.

Ich kämpfte gegen den Drang an, mich unter seiner Beobachtung zu winden. Unter den Ärmeln meines Kimonos schloss ich fest die Hände um meine Ellbogen.

„Du bist sehr klein“, sagte Kito.

Ich sagte nichts. Eine Frau, die zu klein war, galt in den ländlichen Gegenden als nicht so begehrenswert. Unsere Familie stammte allerdings von der Klasse der Samurai ab, was meine rettende Gnade war. Ich würde niemals die Knochenarbeit einer Bäuerin auf mich nehmen müssen, aber die Aufgabe des Gebärens fiel jeder Frau zu, und die größeren, stärkeren Frauen konnten mehr Kinder gebären und würden eher große Jungen bekommen, hieß es.

„Toshi sagt mir, ihr schätzt einander, ist das wahr?“, fragte er.

Meine Lippen teilten sich, um zu antworten, aber mein Vater sprach zuerst: „Akiko ist die Jüngste, es ist Aimi, auf die wir uns heute Morgen geeinigt haben.“

„Ich weiß“, antwortete Kito, ohne in Verlegenheit zu geraten, dass mein Vater seinen Fehler behutsam korrigiert hatte. „Was sagst du dazu, Mädchen?“

Mein Herz klopfte so laut in meinen Ohren, dass ich ihn kaum hörte. Mein Vater hatte Aimi angeboten. Dies könnte meine einzige Chance sein, Widerspruch einzulegen.

„Ich schätze Ihren Sohn nicht nur“, sagte ich zittrig. „Ich verehre und liebe ihn.“ Meine Stimme wurde durch den Ausdruck der Freude auf Kitos Gesicht stärker. „Ich würde ihm überallhin folgen, ihm Kinder schenken und alle mir zur Verfügung stehenden Mittel einsetzen, um seine Position zu fördern.“

„Akiko“, sagte meine Mutter leise.

„Nein, ich mag ein Mädchen, das seine Meinung sagen kann, wenn es gefragt wird.“ Kito trat zurück. „Ich bin ein Nachkomme einer *Onna-bugeisha*. Ich kenne die Vorteile, die eine kluge Frau erwirken kann, und die Männer unseres Alters ignorieren das allzu oft. Ich will eine Frau mit Geist für meinen Sohn.“

„Wenn ich darf“, sprach Aimi und Kitos Blick richtete sich auf sie. „Ich glaube, ich bin eine bessere Partie für Ihren Sohn. Ich bin älter, stärker, weiser, ich kann Toshi helfen, eine bedeutende Position in unserem Dorf zu erlangen, mit meiner Hilfe wird ihm Respekt entgegengebracht werden.“

„Das ist höchst ungewöhnlich“, sagte mein Vater fassungslos. Die Situation war in eine Richtung gegangen, die keiner von uns erwartet hätte. Töchter wurden nicht nach ihrer Meinung gefragt.

Kito wandte sich Aimi zu. „Willst du damit sagen, dass Toshi diesen Respekt ohne dich an seiner Seite nicht verdienen würde?“

Aimi zögerte. „Nein, das nicht. Ich wollte Sie nicht beleidigen. Es ist nur so, dass ich Toshi mehr bieten kann.“

Ich starrte zu Boden, aber ich musste Aimi nicht anschauen, um zu wissen, welchen Gesichtsausdruck sie hatte. Ich konnte es an ihrem Ton erkennen. Sie hatte sich entschuldigt, aber ihre Stimme war, wie ihre Augen, voller Geheimnisse. Aimi war Kitsune, ein Geschöpf der Macht, fähig, das Schicksal anzuschubsen, wenn sie sich dazu geneigt fühlte.

Aber auch ich war ein Geschöpf des Äthers und

fähig dazu ... und da zögerte ich. Zu was war ich fähig? Das war mein Problem, ich wusste es noch nicht. Bitterkeit stieg in mir auf, aber meine Angst war stärker. Aimi versuchte, Kitos Wahl mit ihren Worten zu beeinflussen. Wie weit würde sie gehen? Würde sie ihre Macht nutzen, um den Ausgang zu ihren Gunsten zu lenken?

Kito gab ein langes, nachdenkliches Grunzen von sich. „Aber du liebst ihn nicht."

Aimi öffnete ihren Mund, um zu antworten, doch Kito bedeutet ihr zu schweigen. „Noch wichtiger ist, dass er dich nicht liebt." Er wandte sich von uns beiden ab. „Entschuldige mich für diese unerwartete Wendung der Ereignisse, Okaasan. Ich habe heute Nachmittag mit meinem Sohn gesprochen." Kito hob sein Kinn. „Ich spreche von Liebe, aber ich bin kein sentimentaler Narr. Ich war einmal in einer ähnlichen Lage. Ich kenne den Wert von wahrer Zuneigung. Ich hätte gern eine Frau für meinen Sohn, die ihn so sieht, wie meine Frau mich sieht. Wenn du nichts dagegen hast."

Mein Vater wurde durch diese Ehrerbietung besänftigt. Er nickte. „Ich bin nicht gefühllos."

Die beiden Männer griffen einander an den Unterarmen und damit war es zu Ende. Meine Mutter führte uns aus dem Zimmer, während die Männer weitere Details besprachen. Meine Beine zitterten und ich dachte für einen Moment, ich würde zusammenbrechen.

Sollte ich wirklich Toshis Braut werden? Als wir ins Schlafzimmer gingen, das Aimi und ich teilten, starrte meine Mutter uns beide an.

„Kein Wort mehr, bis er geht", sagte sie. Sie

schob unsere Tür zu und ließ Aimi und mich allein dort stehen.

Ich fühlte mich außer Atem. Eine Vielzahl von Emotionen erfüllte mich. Freude über das Ergebnis, Ärger über Aimi, aber auch eine kalte Ernüchterung. Ich hätte vielleicht dasselbe getan, wenn ich an ihrer Stelle gewesen wäre. Schließlich hatte unser Vater sie für Toshi ausgewählt, nicht mich. In gewisser Weise hatte ich ihn ihr gestohlen. Der Ältesten. Aimi kniete sich hin und kroch auf ihr Schlaflager. Ohne sich die Mühe zu machen, ihren Kimono auszuziehen, legte sie sich auf die Seite, der Wand zugewandt.

Ich legte mich ebenfalls mit dem Rücken zu ihr hin.

# Kapitel 8

Das Ryozen-Museum war ein L-förmiges, zweistöckiges Gebäude, das zwischen grünen Sträuchern lag und mit elegant geschwungenen Dächern geschmückt war. Es sah nicht nach einem Ort mit modernster Sicherheitstechnik aus, was mich etwas erleichterte. Aber die Ungeheuerlichkeit meines Vorhabens stimmte mich immer noch mulmig. Im Inneren dieses Gebäudes lag der Schlüssel zu meiner Freiheit. Oder ihr definitives Ende.

Ich stand auf der Straße und schaute zum Eingang des Museums hinauf. In meiner Tasche befand sich ein Farbausdruck des blauen Wakizashi. Das Bild war von schlechter Qualität. Ich atmete tief durch und versuchte nicht darüber in Panik zu verfallen, wie unvorbereitet ich war.

Daichi hatte mich noch nie gebeten, für ihn zu stehlen. Und in meinem Leben davor hatte ich ebenfalls nie gestohlen. Meine Eltern hatten mich dazu erzogen, meine Hände von Dingen zu lassen, die nicht mir gehörten. Jetzt sollte ich stehlen. Von meinem Land, von diesem Museum und vom japanischen Volk – von meinem Volk. Mit weichen Knien ging ich die Stufen zum Eingang hinauf, trat durch die Türen und näherte mich der Kasse. Der Lärm der Straße verebbte und das Geräusch meiner Schritte wurde durch einen Teppichstreifen gedämpft, der zu einer Reihe von Drehkreuzen führte.

„Ein Ticket für eine Person, bitte“, sagte ich zu

der Kassiererin. Ich zahlte vierhundert Yen für mein Ticket und steckte es in das Drehkreuz. Ich ging durch die Metallstange. Das Museum war sauber und ruhig. An den Wänden hingen Transparente mit Werbeplakaten. Ich nahm eine Broschüre von einem Stand hinter dem Drehkreuz, in der eine Karte abgebildet war. Verschiedene Abteilungen waren beschriftet mit Titeln wie: ‚Männer, die Japan verändert haben' und ‚Shogune am Ende von Tokugawa'. Ich runzelte die Stirn. Nichts auf der Karte wies darauf hin, wo ich Schwerter finden würde.

Also suchte ich eine Abteilung nach der anderen ab. Alles von Wert war hinter Glas eingeschlossen, und die Artefakte waren nicht nach Kategorien, sondern nach Jahren geordnet. Daichi hatte mir nicht gesagt, wie alt das Wakizashi war, sodass es schien, als müsste ich jede Abteilung durchkämmen, um es zu finden. Meine Augen verfolgten die geschwungenen Formen der Katanas und Wakizashi, aber es waren nur wenige und sie lagen weit voneinander entfernt. Ich wanderte weiter, scheinbar gelassen und an allem interessiert. Wenn es an diesem Ort Kameras gab, musste ich ruhig bleiben. Ich nahm mir Zeit und betrachtete jede Vitrine mit Sorgfalt. Erst als ich sicher war, dass sich das blau ummantelte Wakizashi nicht im Erdgeschoss befand, begab ich mich in den ersten Stock.

Aus dem oberen Stockwerk drangen gedämpfte Stimmen und ich nahm die Treppe am Ende der Auslage. Einige Paare standen beisammen und diskutierten über die Artefakte vor ihnen. Eine Frau in einer Museumsuniform bewachte das obere Ende der Treppe. Ich nickte ihr zu, als ich vorbeiging, und hielt mein Ticket in der Hand, sodass sie es sehen konnte. Sie schenkte mir ein höfliches Lächeln. Ich ging an einer rostigen Metallhülle aus dem Boshin-Krieg vorbei und hielt an, um das Etikett zu lesen, ganz die aufmerksame Besucherin. Ich ging langsam weiter und machte mich auf den Weg zum Eingang des nächsten Raumes und der einzigen Abteilung, die ich noch nicht gesehen hatte. Ich ging durch die Tür. Ein Mann mit weißem Bart in einer Hausmeisteruniform stieß gegen meine Schulter, als er an mir vorbeiging. „Entschuldigen Sie bitte“, sagte ich.

Er drehte sich um und sagte: „Verzeihung.“

Ich ging weiter. Als ich mich umdrehte, bemerkte ich aus dem Augenwinkel, dass er mich anstarrte. Meine Nervosität wuchs. Das Schwert schien auch hier nicht zu sein. Ich studierte die Karte, um sicher zu sein, dass ich keine Abteilung übersehen hatte. Aber das hatte ich nicht. Das Wakizashi war nicht hier. Meine Finger fühlten sich eiskalt an und ich schob meine Hände in die Taschen, um sie zu wärmen. Daichi und ich hatten nicht besprochen, was wir tun würden, wenn ich das Schwert erst gar nicht fand. Ich kaute auf meiner Lippe, mein Verstand raste. Ich würde das Museumspersonal fragen müssen. Was hätte ich sonst tun können? Es würde mich später zur Hauptverdächtigen machen, aber wenn sie meine scheinbar unschuldige Frage nach dem Schwert mit dem Diebstahl desselben verbinden würden, wäre ich schon längst über alle Berge. Hoffentlich.

Ich machte mich auf den Weg zurück zu der Frau in der Museumsuniform, vorbei am Hausmeister, der immer noch ein Auge auf mich zu haben schien. Ich lächelte die Frau an, als ich mich ihr näherte.

„Ja?“ Sie stand auf und trat näher an mich heran, bereit zu helfen.

„Ich bin hier, um ein bestimmtes Wakizashi zu sehen ...“ Ich holte den Ausdruck der Waffe aus meiner Tasche. „Es ist ein wirklich schönes Artefakt und ich hatte so gehofft, es zu sehen, aber ich kann es nicht finden. Es war in Ihrem Werbevideo. Können Sie mir zeigen, wo es ausgestellt ist?“

Sie zog eine Brille aus der Innentasche ihrer Jacke und setzte sie auf. Sie nahm das Papier und schaute sich den Druck genau an. Ihr Lächeln verschwand und eine Falte erschien zwischen ihren Augenbrauen. „Dieses Schwert wurde von seinem Besitzer zurückgeholt. Es tut mir leid, aber es ist nicht mehr Teil der Ausstellung.“ Sie trat einen Schritt zurück, nahm ihre Brille ab und steckte sie in ihre Tasche. Täuschte ich mich, oder lag ein Ausdruck von Angst in ihren Augen?

„Vor dem geplanten Datum?“, fragte ich. „Ich bin extra gekommen, um dieses Wakizashi zu sehen.“

Sie schüttelte entschieden den Kopf. „Es tut mir leid. Das kann manchmal passieren. Wir sind unseren Förderern dankbar, dass sie uns erlaubt haben, ihre Schätze auszustellen.“ Ihre Stimme klang so tonlos wie die eines Roboters. „Wenn sie aus irgendeinem Grund ihre Leihgaben vorzeitig zurückholen müssen, ist das ihr Recht. Wenn du mich jetzt entschuldigen würdest.“ Sie machte auf dem Absatz kehrt und ging zügig weg, wobei sie den Saum ihrer Jacke hektisch zurecht zog.

„Warten Sie bitte“, rief ich ihr nach. „Wer ist der Besitzer?“

Ohne sich umzudrehen, eilte sie davon.

Besorgt blickte ich ihr nach. Ihre Reaktion war ganz und gar nicht normal. Was war mit dem Schwert passiert? Warum sollte sein Besitzer es frühzeitig zurückfordern? Wussten sie, dass ich kommen würde? Ich schüttelte den Kopf. Das war unmöglich. Daichi verließ sich auf meinen Erfolg; er würde niemandem von unseren Plänen erzählen, und ich hätte unseren Plan nicht verraten können, selbst wenn ich es gewollt hätte.

Eine Bewegung fiel mir ins Auge. Der Hausmeister erschien in der Tür hinter mir. Sein Gesichtsausdruck war seltsam. So als überlegte er, ob ich jemand sein könnte, den er kannte. Ich studierte sein Gesicht, aber nein, ich kannte diesen Mann nicht. Dessen war ich mir sicher.

Er kam ein paar Schritte näher und plötzlich wurde seine Neugier zu Misstrauen, das Misstrauen zu Schock und der Schock zu Freude. Er blieb wie vom Donner gerührt vor mir stehen.

„Kann ich Ihnen helfen?“, fragte ich, bemüht, nicht erschrocken zu wirken.

„Akuna Hanta“, flüsterte er. Seine Augenbrauen waren hochgezogen, seine Augen leuchteten auf. Es war keine Frage. Er wusste, was ich war.

Ich erstarrte, atmete dann scharf ein und suchte den Raum mit meinem Blick ab. Die anderen Museumsbesucher waren in ihre eigenen Unterhaltungen vertieft und schenkten uns keine

Beachtung. „Woher wissen Sie, was ich bin?“, flüsterte ich.

„Verzeih mir, ich habe dein Gespräch mit Frau Okina belauscht. Du suchst nach dem Wakizashi? Dem mit der blauen Scheide“, sagte er und trat noch näher.

Mein Herz trommelte wie der Hufschlag eines entlaufenen Pferdes. Die Alarmglocken in meinem Kopf läuteten so laut, dass ich kaum denken konnte. Woher kannte mich dieser Mann? Mein Instinkt sagte mir, dass ich davonlaufen sollte, aber mein Auftrag lautete, alles zu tun, um das Schwert zu finden. „Wissen Sie, wo es ist?“, fragte ich.

Er blickte sich um, als ob wir dabei wären, illegale Schmuggelware zu tauschen. Er steckte eine Hand in seine Tasche und holte eine zerknitterte Quittung heraus, zupfte einen Stift aus seiner Hemdtasche und kritzelte etwas auf die Rückseite des Papiers. Da bemerkte ich, dass ihm das Ende seines rechten kleinen Fingers fehlte.

„Komm zu mir. Heute Abend. Komm allein. Das ist meine Adresse. Dort können wir reden.“ Er schob mir das zerknitterte Papier in die Hand und ließ den Stift in seine Tasche fallen. „Bitte. Ich muss dir helfen.“

„Wer sind Sie?“, fragte ich atemlos. Doch gerade in diesem Augenblick erschien eine andere Mitarbeiterin des Museums am oberen Ende der Treppe.

Der Hausmeister tippte mit dem Zeigefinger auf das Papier. „Mein Name ist Inaba. Komm heute Abend. Zum Abendessen.“ Er wandte sich ab, warf der Mitarbeiterin einen verstohlenen Blick zu und verschwand hinter einer Tür.

Ich öffnete das zerknitterte Papier. Einfach eine Adresse. Sonst nichts.

Ich stieß meinen Atem aus.

Warum *musste* er mir helfen?

# Kapitel 9

Als Toshis und meine Hochzeit näher rückte, verbrachte Mutter viel mehr Zeit mit mir. Sie zeigte mir, wie man eine Teezeremonie für einen Mann vorbereitet, wie man einen Haushalt führt, wann man die besten Fleischstücke einkauft, wie man mit dem Schneider spricht, wie man die besten Stoffe für jede Art von Kleidung auswählt und was ein Ehemann in seiner Hochzeitsnacht erwarten würde. Jedes Gespräch hielt mich in Atem, und die vage Beschreibung meiner Mutter über die Art und Weise, wie Babys gemacht wurden, ließ mich erröten und ängstlich werden. Meine Mutter versicherte mir, ebenfalls beschämt, dass es manchmal einfach wunderbar sein könnte. Eines Tages, als wir nach einer Anprobe für meinen Hochzeitskimono beim Schneider auf dem Heimweg waren, gingen wir an Toshi und Kito auf der Straße in entgegengesetzter Richtung vorbei. Toshi hatte einen Korb auf seinem Rücken befestigt und ich konnte das Klirren von Metall hören, als er seine Last verlagerte. Wir quittierten einander mit einem anerkennenden Nicken und setzten unseren Weg fort. Bevor Toshi aus meinem Blickfeld verschwand, sah ich ein breites Grinsen auf seinem Gesicht und ich konnte nicht anders, als ebenfalls zu lächeln.

„Hör auf, wie eine Närrin zu grinsen“, sagte meine Mutter leise. „Es gibt schon genug junge Frauen, die eifersüchtig auf dich sind. Du brauchst dich nicht so offensichtlich zu freuen.“ Ihre Worte waren streng, aber ihre Stimme klang sanft.

Ich presste meine Lippen zusammen. Ich schaute mich auf der Straße um und bemerkte die Blicke mehrerer Leute auf mir, die meisten von Frauen meines Alters. Ich wollte nicht schadenfroh sein, ich verstand ihren Standpunkt. „Entschuldige, Mama."

„Meine liebe Akiko", sagte sie, als wir durch den belebtesten Teil der Stadt gingen und die Menge immer dichter wurde. „Bist du sicher, dass diese Ehe das ist, was du willst?"

Ich blieb stehen und riss die Augen auf. Ich dachte, dass ich sie falsch verstanden hatte. Für die jungen Frauen unserer Zeit war eine gute Heirat das ultimative Ziel; es gab nichts anderes. Mich zu fragen, ob es das war, was ich wollte, war undenkbar.

„Mama?", war alles, was ich hervorbrachte.

Doch sie sagte nichts mehr. Schweigend gingen wir nach Hause.

„Du bist eine Akuna Hanta", begann meine Mutter, während wir Wasser für den Tee kochten. „Aus welchem Grund auch immer, der Äther hat sich entschieden, dir diese Kraft zu schenken. Bist du sicher, dass du deine Rolle in dieser Welt erfüllen kannst, wenn du Toshi heiratest? Oder irgendeinen Mann?"

„Ich liebe ihn", sagte ich. „Ich verstehe nicht, was ich tun soll, wenn ich keine liebende Ehefrau sein soll."

Ihr Gesichtsausdruck verriet mir, dass auch sie es nicht wusste, und noch nie hatte sie so ratlos gewirkt. Alles, was sich eine Mutter für ihre

Tochter wünschen konnte, war ein Mann wie Toshi, aber ich war keine normale Tochter. Sie setzte sich mir gegenüber auf den Boden.

„Ist es nicht das, was du dir für mich wünschst?“, fragte ich.

„Das habe ich“, gab sie zu. „Bis zu dem Tag, an dem du zum ersten Mal die Form eines Vogels annahmst, war das alles, was ich mir für dich wünschte.“

Ich goss heißes Wasser in unseren gusseisernen Kessel und stellte ihn auf den Tisch. Wir warteten, dass der Tee zog.

„Als dein Vater Aimi fand, war sie kalt, nackt und hungrig. Sie wusste nicht, wie man spricht, und sie hatte nichts und niemanden.“

„Wusste Vater, was sie war?“

„Zuerst nicht“, sagte sie und strich ein paar Haarsträhnen aus ihrem Gesicht zurück. „Kitsune sind etwas, von dem man uns als Kinder erzählt hat. Sie hätten ein Märchen sein können oder auch nicht, und die Legende, dass sie den Familien oder Männern, die sie aufnehmen, entweder großes Glück oder große Zerstörung bringen, ist genau das: eine Legende.“

„Aber die Legende kommt von irgendwo her“, erwiderte ich. Dies waren Worte, die ich meinen Vater in der Vergangenheit viele Male hatte sagen hören.

Mutter nickte. „Die meisten Leute halten Kitsune für einen Mythos, dein Vater und ich damals eingeschlossen. Aber als wir Aimi gesund pflegten und ihre Intelligenz sahen und wie schnell sie sprechen lernte, begannen wir Verdacht zu schöpfen. Das Geschäft deines Vaters befand sich damals in Schwierigkeiten, und bald nachdem er sie aufgenommen hatte, schien alles gut zu laufen und wir wurden wohlhabender. Als ich an einem Sommertag von einem großen schwarzen Fuchs im Garten angesprochen wurde, wusste ich ohne Zweifel, dass ich unsere Adoptivtochter vor mir hatte. Sie musste uns nie mit Worten sagen, was sie war. Sie wusste, wann wir bereit waren, sie in ihrer wahren Gestalt zu sehen, und es war nicht einmal ein Schock. Bevor Aimi in unser Leben kam, wäre es unmöglich gewesen, eine Tochter mit jemandem wie Kitos Sohn zu verheiraten, ein Traum. Aber danach ..."

„Was kam danach?", forderte ich sie auf weiterzusprechen. Ich hob die Teekanne, um ihr Tee einzuschenken. Die dampfende Flüssigkeit füllte die Luft mit dem Duft von geröstetem Reis und grünem Tee.

Sie hob ihre Augen zu meinen. „Erinnerst du dich an irgendetwas aus der Zeit, als du noch in meinem Leib warst?"

Ich blinzelte überrascht. „Ist es für ein Baby möglich, sich an etwas aus der Zeit vor seiner Geburt zu erinnern?"

„Nicht für ein normales Kind, nein. Ich frage nur, weil ich noch nie etwas so gefühlt habe wie das, was ich fühlte, als Aimi dir ihren Segen gab. Es war so kraftvoll, dass ich dachte, dass du vielleicht eine Erinnerung daran hast." Sämtliche Muskeln meines Körpers spannten sich an. Den Tee hatte ich längst vergessen. „Was hast du gefühlt, Mutter?"

„Ekstase", sagte sie leise.

In diesem Moment sah das Gesicht meiner Mutter so jugendlich aus wie meins. Es war, als ob nur die Erinnerung an diesen Augenblick genügte, um die Sorgenfalten wegzuradieren, die sich im Laufe der Jahre in ihre Haut gegraben hatten. Meine Mutter war immer schön gewesen, auch als sie älter wurde, aber in diesem Moment sah sie traumhaft aus. Ich hatte Angst zu sprechen, Angst, dass meine Stimme den Zauber brechen würde.

„Ich befand mich im achten Monat und du warst ein so aktives Baby. Du hast immer vor Aufregung getreten, wenn Aimi ihre Hand auf meinen Bauch legte. Aber an diesem Tag legte sie ihre Hand auf meinen Bauch und brachte ihr Gesicht nahe an dich heran. Sie flüsterte: ‚Dafür, dass du mir ein Zuhause und eine Familie gibst, gebe ich deiner Tochter ein tamashī. Möge sie es nehmen und gesegnet sein'." Meine Mutter schloss die Augen, und eine Träne rollte über ihre blasse Wange. „Ich wusste nicht, was ein tamashī war, aber in diesem Moment überkam mich ein Gefühl von Liebe. Es war überall in mir und außerhalb von mir, es löschte jedes schlechte Gefühl und jeden schlechten Traum, den ich jemals gehabt hatte, aus. Es verjagte all meine Ängste und Befürchtungen, von denen es viele gab, und ich kannte nur Ruhe und Frieden." Sie wischte die Träne weg. „Seitdem wünsche ich mir einen weiteren kleinen Vorgeschmack auf dieses Gefühl, und ich frage mich, ob es das ist, was gute Menschen nach ihrem Tod fühlen." Sie konzentrierte sich auf mich. „Ich wusste nicht, was mich erwartete, aber du warst ein ganz normales Baby, rosa und perfekt, und selbst dein Vater war nicht enttäuscht, dass du als Mädchen geboren wurdest."

„Auch das war ein Geschenk von Aimi", sagte ich, und meine Mutter nickte zustimmend.

„Dein Vater und ich waren über alle Maßen schockiert, als du das erste Mal ein Vogel wurdest. Warum du dich entschieden hast, ein kleiner Pfau zu werden, um in unserem Garten zu wandern, weiß ich nicht."

Ich schenkte ihr ein halbes Lächeln. „Ich sah einen auf der Wanderausstellung, die durch Furano kam, als ich sechs Jahre alt war. Erinnerst du dich daran? Ich war so verzaubert von ihm."

„Oh, ist das der Grund?" Sie lachte wieder. „Ich nahm Aimi zur Seite und fragte sie, was es bedeutete, und sie war genauso überrascht wie wir. Sie sah blass und ernst aus, bis sie sah, dass es mich erschreckte, und dann sagte sie, ich solle mir keine Sorgen machen. Sie sagte: ‚Sie hat das tamashī, das ich ihr gegeben habe, genommen und ist eine Akuna Hanta geworden. Es ist nichts Falsches in ihr, denn der Äther hat sie auserwählt.'"

Es war schön, diese Geschichte zu hören, endlich zu erfahren, was mich zu dem gemacht hatte, was ich war. Aber ich spürte auch, dass meine Mutter besondere Erwartungen an mich hatte, und ich wusste nicht, ob diese gerechtfertigt waren.

Ja, ich konnte fliegen, aber darüber hinaus war ich ein ganz normales Mädchen. Ich hatte noch nie einen Akuna gesehen, ich wusste noch nicht einmal, wie ein Dämon aussah oder wie sie Menschen beeinflussten. Wie also sollte ich eine Akuna Hanta, eine Dämonenjägerin sein?

„Also“, unterbrach meine Mutter meine Gedanken. „Wenn ich dich frage, ob du dir sicher bist, dass die Ehe das ist, was du willst, dann ist es mit all dem im Hinterkopf. Da der Äther dich für einen Zweck auserwählt hat und du das Gute in dieser Welt beschützen wirst – wer sind wir, dass wir dich an das Leben einer Ehefrau und Mutter binden?“ Sie hob ihre dampfende Tasse an ihre Lippen.

„Vielleicht“, überlegte ich, „vielleicht ist es notwendig, Ehefrau und Mutter zu sein, damit ich in meine Hanta-Kräfte hineinwachsen kann. Denn was nützt es, eine Verteidigerin und Beschützerin der Menschen zu sein, wenn ich nicht selbst menschliche Erfahrungen gemacht habe?“

Meine Mutter starrte mich über ihrem Becher an und dachte über meine Worte nach. Sie nahm einen Schluck und stellte ihren Becher ab. „Ich vermute, etwas von deiner Hanta-Weisheit beginnt sich zu zeigen.“ Sie neigte ihren Kopf in einer Geste der Ehrerbietung, die Mütter ihren Töchtern nur selten entgegenbrachten. „Wie du willst.“

# Kapitel 10

„Du bist spät dran“, sagte ich zu Toshi, als er durch die Bäume und in das Sonnenlicht trat, das auf unsere Felsplatte niederschien.

„Es tut mir leid“, sagte er und atmete schwer. „Vater hat von mir verlangt, den Wert der Schwerter einzuschätzen, die wir in unseren Öfen schmieden. Das ist nicht so einfach, wie du vielleicht denkst. Ich muss jede Waffe, die wir herstellen, schwingen, bevor ich eine fundierte Preisempfehlung abgeben kann. Ich habe das Gefühl, dass er weiß, dass ich bald nicht mehr unter seinem Dach sein werde, und er versucht, noch so viel Nutzen aus mir zu ziehen, wie er kann.“ Toshis Worte hätte man als Beschwerde verstehen können, aber sein Tonfall war gutmütig. Er kam auf mich zu und verbeugte sich höflich, dann stürzte er sich auf mich und küsste mich auf die Wange.

„Aber du schwingst gern Schwerter“, sagte ich. „Ich habe dich noch nie glücklicher gesehen.“

„Mein Glück hat nichts mit dem Schwertkampf zu tun, das versichere ich dir“, lachte Toshi. „Und was hat mein kleiner Vogel in den letzten Tagen gemacht?“

Mein Herz schwoll immer an, wenn er mich bei diesem Spitznamen nannte. Toshi wusste nicht, dass ich eine Hanta war, und doch hatte er ‚kleiner Vogel‘ für mich ausgewählt. Ich wusste, dass es wegen meiner feinen Knochen und meiner winzigen Statur war, aber ich mochte den Gedanken, dass er meine andere Natur vielleicht auf irgendeine Weise spüren konnte.

Wir unterhielten uns und lachten miteinander, bis Toshi schließlich gehen musste. Es waren eher seine Pflichten als meine, die uns auseinanderhielten. Wir küssten einander zum Abschied und vereinbarten, uns in ein paar Tagen wieder zu treffen. Ich sah zu, wie seine Gestalt im Wald verschwand, und wandte ich mich wieder dem Meer zu. Ich setzte mich im Schneidersitz in einen Fleck Sonnenlicht und ließ mich aufwärmen. Vögel sangen und zwitscherten in einem großen Chor. Ich erspähte die Rückenflossen von zwei Haien im Wasser. Zwei Pelikane flogen über die Klippe, so nahe beieinander, dass sich ihre Flügel fast berührten. Jedes Wesen brauchte seinen Begleiter. Ein Schmerz ging durch meine Brust. Aimi und ich hatten seit Wochen nicht mehr miteinander gejagt. Wir hatten überhaupt kaum Worte gewechselt.

Die Vögel hörten auf zu singen und nichts als das Rauschen des Windes und der Wellen erreichte meine Ohren. Dann das Geräusch von knirschenden Kieselsteinen. Ich fuhr herum.

Ein blauschwarzer Fuchs vom Umfang einer großen Katze sprang auf mich zu. Aimi kam näher, den Kopf gesenkt, den Mund geschlossen.

„Du hast mich gefunden“, sagte ich. Meine sanften Worte täuschten über die Aufregung hinweg, die ich empfand.

Sie machte eine Show daraus, aufzustehen und an dem Moos um mich herum zu schnüffeln. Sie ging hinter mir vorbei und setzte sich auf meine andere Seite.

„Er ist gerade gegangen“, sagte ich.

Sie blies einen Atemzug aus der Nase und schaute auf den Ozean hinaus.

„Ich vermisse dich“, flüsterte ich.

Ihr Mund öffnete sich und ihre Zunge erschien. Ihre grünen Augen fixierten mich, und sie stand auf und kam näher. Sie stupste meinen Ellbogen mit der Nase an und ich hob meinen Arm, um sie an meine Seite zu lassen. Ich ließ meinen Arm auf ihren Schultern ruhen und alles war wieder in Ordnung.

„Du sprichst von uns als Geschöpfen des Äthers. Was ist der Äther überhaupt?“, fragte ich Aimi, als wir im Wald Blumen pflückten, um unser Haus mit dem Duft des Sommers zu füllen. „Mutter denkt, dass es der Ort ist, an dem der Glaube lebt – denkst du das auch?“

Aimi steckte sich eine Veilchenblüte in den Mund und kaute. „Ich würde ihn eher als Geist beschreiben.“ Wir bewegten uns durch ein Blumenmeer aus Veilchen, unsere Schritte wurden durch die weichen Stiele und Blumen zum Schweigen gebracht. „Für dich wird es anders sein als für mich, glaube ich.“

Das verwirrte mich. „Warum sollte es anders sein?“

„Du bist eine Akuna Hanta, ich bin nur eine Kistune. Ich bin ein Geschöpf mit Macht, aber ich bin so fehlerhaft wie jeder Mensch. Meine Motive können egoistisch oder altruistisch sein. Du als eine Hanta bist dagegen nur zum Guten fähig.“

Ich dachte an meine Kindheit zurück: An damals, als ich Aimi die Haare schnitt, während sie schlief, mitten in der Nacht einen Löffel Honig stibitzte, weil ich hungrig war, und mich in den teuersten Kimono meiner Mutter kleidete, wenn sie nicht zu Hause war, den Saum schmutzig machte und es dann auf Aimi schob. „Das ist nicht wahr."

„Nicht in deiner menschlichen Form", sagte Aimi lachend. „Aber wenn du eine Hanta wirst, bist du eine Dienerin der Götter, die in der Lage ist, die mächtigsten und bösartigsten Dämonen zu vernichten. Sogar Oni."

Oni. Ich schauderte, als mir das Bild der rothäutigen Teufel mit Hörnern und Reißzähnen und einer bösartig aussehenden Keule mit Stacheln in den Sinn kam. Diese hässlichen, furchteinflößenden Kreaturen wurden manchmal als Warnung auf Raumteiler und Gewänder gemalt. Legenden erzählten, dass sie den Bösen Gerechtigkeit widerfahren ließen und sich gern von Menschenfleisch ernährten. „Wie könnte ich einen Oni vernichten?"

„Du stellst so viele Fragen und denkst, ich hätte alle Antworten", sagte Aimi geduldig.

„Wen soll ich sonst fragen? Du bist diejenige, die mir das angetan hat."

„Aber ich wusste nicht, dass du eine Hanta werden würdest. Ich wollte dich segnen. Es ist dein eigenes Herz, das meine Gabe genommen hat und dich zu dem gemacht hat, was du bist."

„Ein Vogel", antwortete ich und verschränkte meine Arme. Ich ließ mein Kinn fallen und warf Aimi einen Blick zu, der sagte, dass ich nicht beeindruckt war. Ich hatte immer gedacht, dass Aimi mächtiger wäre als ich.

„Nein." Sie legte eine Hand auf meine Schulter. „Ich meine, ja, du kannst ein Vogel werden, aber weil du ein Geschöpf des Himmels bist, kannst du näher an den Äther herankommen als irgendjemand oder irgendetwas sonst. Du kannst den Himmel berühren. Der Äther speist uns beide mit Kraft, aber du kommst aus einer höheren Welt. Hast du jemals versucht, die Form eines Geiers anzunehmen?"

„Was?" Ich ließ meine Arme fallen. „Nein, warum sollte ich?"

Aimi trat zurück. „Versuch es. Tu es jetzt. Tu mir einfach den Gefallen, bitte."

Ich stellte mir einen Geier vor und wartete auf das Gefühl von tausend kleinen Sternen, die über meinen Körper tanzten, während ich eine geflügelte Form annahm. Nichts geschah.

Aimi zog eine Augenbraue hoch. „Nun?"

Ich blickte nach unten und dann verwirrt wieder hoch zu ihr. „Ich kann es nicht. Warum kann ich nicht?" Ich versuchte es wieder und scheiterte erneut. Nichts änderte sich.

„Geier sind aasfressende Vögel. Kreaturen, die vom Tod leben. Ein Fuchs ist ein Raubtier, aber er ist auch ein Aasfresser und ein Betrüger. Als Hanta gibt dir der Äther nur die Form von Kreaturen, die im höchsten Reich leben, und nicht von jenen, die vom Tod leben."

„Aber ich kann die Gestalt eines Falken, einer Eule und eines Habichts annehmen. Sie alle töten, um zu überleben."

„Ja, aber der Unterschied ist, dass sie Jäger sind. Sie nehmen etwas, das lebendig ist. Geier ernähren sich von Dingen, die bereits tot und verfault sind.

Die Formen, die du annehmen kannst, sind symbolisch. Vögel jagen vom Himmel aus. So wie du Dämonen jagen wirst. Verstehst du jetzt?“

In mir drehte sich alles. Aimi wandte sich um und ging weiter.

„Wie soll ich diese Dämonen jagen? Was soll ich mit ihnen machen?“ Ich stolperte ihr hinterher und holte sie ein.

„Ich kenne die Antwort nicht, aber ich habe Vertrauen, dass du sie finden wirst.“

„Wann wird das sein?“

„Wenn du die Hanta-Sicht bekommst, denke ich.“ Aimi bückte sich, um einen Blumenstrauß zu schneiden und in ihren Korb zu legen. „Und nicht eine Sekunde vorher“, kicherte sie. „So funktioniert der Äther. Die Antworten kommen, aber immer in letzter Minute. Es ist, als würde er immer wieder testen, wie stark unser Glaube ist.“

Ich beobachtete sie nachdenklich. Immer anmutiger als ich, mir immer ein wenig voraus. Sie hatte so viel Vertrauen in den Äther.

„Erinnerst du dich an irgendetwas aus den Tagen, bevor du eine Kitsune warst?“, fragte ich.

„Du meinst aus der Zeit, als ich noch ein Fuchs war?“ Aimi hatte einen Korb mit Gänseblümchen über ihren Arm drapiert. Mein Korb war voller Lilien. Zusammen banden wir zahlreiche Sträuße und brachten ein paar davon unseren Nachbarn. Das war etwas, was Aimi und ich jedes Jahr machten.

„Einige“, antwortete sie und bückte sich, um mehr Stiele zu schneiden. „Ich erinnere mich, wie ich auf ein Schlachtfeld lief und die Geräusche sterbender Männer hörte. Es waren ihre Schreie, die mich angezogen haben."

„Weißt du, wer gekämpft hat?"

„Ich habe keine Ahnung. Ich hatte auch kein Interesse daran. Alles, was ich wollte, war dem Geruch des Blutes zu folgen. Meine Gedanken waren nicht wirklich Gedanken, sie waren nur Instinkt."

„Was ist dann passiert?" Ich steckte mir den Stiel einer Blüte ins Haar.

Sie zuckte die Achseln. „Meine Erinnerung ist verschwommen, aber ich erinnere mich, wie ich an den Körpern entlangging, bis mich der Geruch eines Mannes anlockte. Er lebte noch, aber er lag im Sterben, und der Geruch seines Blutes war überwältigend."

Ich zitterte. „Du hast sein Blut getrunken?"

„Ja, aber ich wurde von dem Geräusch der Pferde verscheucht, die sich näherten. Ich habe nicht sehr viel getrunken." Sie zuckte die Achseln. „Ich schätze, die Menge ist nicht so wichtig."

„Und du hattest keine Ahnung, was es mit dir machen würde? Dass es dich in eine Kitsune verwandeln würde?"

„Natürlich nicht", sagte sie. „Ich war nur ein Fuchs wie jeder andere. Da war nichts Besonderes an mir."

„Hast du dich irgendwie anders gefühlt?"

„Nicht, dass ich mich daran erinnern könnte", sagte sie. „Nicht bis zu meinem Tod."

„Wie viel später war das?"

„Oh, ich habe alle Tage gelebt, auf die ein Fuchs hoffen kann. Ich war alt und gebrechlich, als ich starb."

„Das Blut ist die ganze Zeit in dir geblieben?“

„Ich weiß es nicht. Ich schätze, was immer du isst, wird auf irgendeine Weise ein Teil von dir, und ich hatte etwas gegessen, das mir ein tamashī gab. Oder vielleicht war es der Geist des Samurai, der seinen Körper verließ und in meinen eindrang.“ Aimi setzte sich auf einen Felsen und holte unseren Wasserbeutel heraus. Sie nahm das Tuch um ihren Hals, wischte sich das Gesicht ab und hielt mir den Beutel hin.

„Was genau ist ein tamashī?“, fragte ich und nahm einen Schluck.

„Du hast eines. Kannst du es nicht fühlen?“

„Ich glaube nicht.“ Ich runzelte die Stirn.

„Schau zu.“ Sie drehte sich zu mir um und öffnete ihre Handfläche. Ein Licht erschien in der Region ihres Herzens und leuchtete unter dem Stoff ihres Gewandes. Ich keuchte, sprang auf meine Füße und starrte auf ihre Brust. Das Glühen bewegte sich ihren linken Arm hinunter und ich folgte ihm mit dem Blick, während es unter ihrem Ärmel vorbeiging. Es rollte aus ihrem Ärmel und kam in ihrer Handfläche zur Ruhe. Seine Helligkeit ließ mich blinzeln.

„Was ist das?“ Der kleine, helle Lichtball sah aus wie ein Stern, und er funkelte in einem warmen gelben Licht.

„Mein tamashī“, sagte sie. „Meine Verbindung zum Äther und die Quelle meiner Kraft.“ Sie schloss ihre Faust um das Licht, öffnete sie wieder und das Licht war verschwunden. „Einige würden es meine Seele nennen.“

„Wie hast du das gemacht? Kann ich das auch?“

„Natürlich“, sagte sie. „Versuch es einfach.“

Ich öffnete meine linke Handfläche auf dieselbe Weise, wie sie es getan hatte. Nichts passierte. Ich schaute Aimi an.

Sie sah nachdenklich aus. „Versuch es mit deiner rechten Hand.“

Ich vollzog die gleiche Bewegung mit meiner rechten Hand, und ein Licht erschien in der Region meines Herzens. Ich keuchte und lachte auf. Da war es, warm und summend. Ich schickte den Lichtball meinen rechten Arm hinunter und in meine Hand. Mein tamashī war heller, weißer und größer als das von Aimi. Wir mussten beide die Augen zusammenkneifen, um es anzuschauen.

„Ein weiterer Beweis für den Unterschied zwischen dir und mir“, murmelte sie.

„Was?“, fragte ich und blinzelte sie über das Licht an.

„Die Tatsache, dass es aus deiner rechten Hand kam, nicht aus deiner linken.“ Irgendwie sah sie traurig darüber aus. Aber bevor ich sie bitten konnte, diesen Gedanken zu vertiefen, sagte sie: „Sei einfach sehr vorsichtig damit, kleine Schwester.“ Sie streckte eine Hand aus, um ihre Augen vor dem grellen Licht zu schützen.

„Warum?“

„Weil es der Sitz deiner Macht ist und … man es sich schnappen kann!“ Schnell wie eine Kobra schnappte sie sich mein tamashī und raste davon. „Genau so!“, rief sie lachend.

„Hey!“ Ich lief ihr lachend hinterher. „Komm zurück, du Diebin!“

Sie kicherte, als sie zwischen den Bäumen

umherhuschte, immer gerade außer Reichweite für mich. Wir rannten über die Wege, die wir beide so gut kannten, bis Aimi flink über die Trümmer und Geröllhalden zwischen den dichten Sträuchern und dornigen Büschen glitt. Die Dornen gruben sich in meine Kleidung und ich hörte ein Reißen. Es war mir egal und ich verdoppelte meine Anstrengungen, sie zu verfolgen. Zum ersten Mal seit meiner Verlobung mit Toshi spielten Aimi und ich miteinander. Ich schwebte vor Glück.

Aimi verschwand über den Rand eines Felsblocks. Als ich sie schreien hörte, packte mich Grauen. So schnell ich konnte, erklomm ich die felsige Erhebung, wo sie aus meinem Blickfeld verschwunden war.

Als ich oben ankam, erstarrte ich.

Ein älterer Fremder stand auf der kleinen Lichtung. Er hielt einen verdrehten Wanderstab in einer knorrigen Hand. Ein leuchtend gelbes Tuch war um seine Kehle gebunden, und ein passender Hut saß auf seinem Kopf.

Aimi stieß einen weiteren Schrei aus und verlor den Halt, als sich die Steine unter ihren Füßen bewegten. Sie fiel nach vorn und schrie vor Schmerz auf. Mein tamashī rollte aus ihren Händen und über die Steine auf den Mann zu. Sein schrumpeliges Gesicht blühte auf und seine Augen weiteten sich vor Überraschung. Das Licht meines tamashī spiegelte sich in seinen Pupillen. Er bewegte sich schneller, als es einem Mann seines Alters möglich sein konnte, riss sich den Hut vom Kopf, beugte sich und fing das Licht damit ein.

Ich wusste nicht, was ich tun sollte. Doch Aimi

reagierte augenblicklich. Sie verwandelte sich in einen Fuchs und verschwand im Haufen ihrer Kleider. Nachdem sie sich befreit hatte, knurrte sie laut, sprang auf den Mann zu und schnappte nach ihm. Er trat einen Schritt zurück und hob seinen Stock, um sie zu schlagen.

„Nein!“, rief ich.

Aimi stürzte sich auf ihn. Der Mann brachte seinen Gehstock hart nach unten, erwischte Aimi und schleuderte sie die Böschung hinunter. Es war die Gewalt seines Schlages, die mein Herz mit Angst erfüllte. Er hatte die Absicht, sie zu verletzen.

„Aimi!“, schrie ich. Mein Instinkt drängte mich, ihr zu folgen, aber ich konnte mein tamashī nicht verlassen.

„Was bist du?“, fragte der Mann. Seine Stimme war roh. Etwas in seinem Gesicht sagte mir, dass er durchaus wusste, was wir waren. Er hatte gerade gesehen, wie Aimi sich vor seinen Augen verwandelte.

Ich starrte ihn an und fühlte kalten Schweiß auf meiner Haut. „Das gehört mir.“ Ich streckte meine Hand aus. „Ich brauche es zurück, bitte.“

Er machte einen Schritt vorwärts. „Bist du eine Kitsune?“

Ich konnte das Licht meines tamashī nicht mehr sehen. Ich schüttelte den Kopf. Würde ich diesen Mann angreifen müssen, um meine tamashī wieder zu bekommen? Sollte ich ein Raubvogel werden und ihn mit meinen Flügeln schlagen? Den Hut mit meinen Krallen zerreißen? Allein der Gedanke genügte, um meinen Körper zu verwandeln. Mein Gewand fiel herunter und die Gestalt eines

Wanderfalken schoss vom Hals meines Kleides nach oben. Ich flog hoch und sammelte Schwung, um dann auf ihn herabzustoßen.

Er grinste furchtlos. „Eine Akuna Hanta“, flüsterte er, machte einen Schritt rückwärts und lüftete seinen Hut. Der Schein meines tamashī erhellte sein Gesicht und den Wald um uns herum.

Ich schoss auf ihn herab.

Er hob mein tamashī an seine Lippen und als ich begriff, was er vorhatte, beschleunigte ich. Doch zu spät. Ein durchdringender Schrei entfuhr meiner Kehle, als mein Licht in seinem Mund verschwand. Er duckte sich, als meine Krallen dort zuschnappten, wo sein Gesicht gewesen war. Ich stürzte mich auf ihn und schoss wieder nach oben, um mich auf einen weiteren Angriff vorzubereiten.

„Geh zu Boden!“ Sein Befehl krachte wie Donner durch die Luft.

Eine namenlose Kraft zog mich nach unten, wie ein Taifun, der mich zur Erde schob, anstatt mich in den Himmel zu heben. Ich schrie verwirrt auf und wälzte mich zu seinen Füßen im Dreck. Mein ganzer Körper zitterte, und ich schrie erneut vor Angst. Was geschah? Wo war Aimi? Warum war sie nicht hier, um mir zu helfen? Der Schatten des Mannes fiel über mich, und mit ihm eine entsetzliche Kälte.

„Endlich“, sagte er und zog sein Gewand aus. „Das Schicksal hat endlich auf meinen Ruf geantwortet.“

Das Letzte, was ich sah, bevor er seine Jacke über mich warf, waren die grünen Augen eines blauschwarzen Fuchses, der aus dem Unterholz zuschaute. Ein schrecklicher Gedanke kam mir in den Sinn, als die Dunkelheit über mir zusammenstürzte.

Aimi. Warum tat sie nichts?

# Kapitel 11

Vom Hotel aus musste ich den Zug in einen ärmeren Vorort südwestlich von Kyoto nehmen. Der Reichtum von Kyoto begann sich im Minutentakt aufzulösen. Die Gegend sah immer schäbiger und gefährlicher aus. Ich begann, an meiner Intuition zu zweifeln. Was, wenn der Hausmeister einfach nur verrückt gewesen war? Ich schüttelte den Kopf und versuchte mich zu beruhigen. Er wusste, was ich war. Wie viele Menschen konnten eine Akuna Hanta erkennen? Keiner, meiner Erfahrung nach, außer Daichi, aber Daichi hatte mein tamashī gesehen.

Ich stieg an der richtigen Haltestelle aus dem Zug und benutzte mein GPS, um zu der Adresse zu gelangen. Es war ein winziges Haus, eingequetscht in eine Reihe von anderen winzigen Häusern. Die Fenster waren mit Kartons abgedeckt und ein schwacher Schein erhellte sie von innen. Ich trat vor und klopfte an. Die Tür öffnete sich und der Hausmeister stand lächelnd vor mir. Er trug ein traditionelles japanisches Gewand, schwarz mit grauen Streifen, das hoch über dem Hals abschloss, so als versuche er, etwas zu verstecken.

„Komm rein, komm rein, bitte“, sagte er und machte mir Platz. Der Geruch von Weihrauch stieg mir in die Nase und ich entdeckte zwei Kerzen, die auf einem Regal an der Wand brannten. Zwischen den beiden Kerzen befanden sich die Fotos von zwei Menschen: Der eine war ein Teenager und lächelte in die Kamera. Die andere war eine Frau, nicht lächelnd, aber gelassen dreinblickend, mit dunklem Haar, das in der Mitte gescheitelt und zurückgebunden war.

„Ich bin Inaba“, stellte der Mann sich erneut vor. „Es tut mir leid, dass wir keine Zeit für eine richtige Vorstellung im Museum hatten. Der Aufseher ist ziemlich streng, was den Umgang mit Besuchern angeht.“

„Akiko“, sagte ich.

„Bitte, komm herein, Akiko“, sagte er. Ich folgte ihm durch den kleinen Raum zu einem niedrigen Tisch. „Es ist mir eine Ehre, dich in meinem Haus zu haben und deinen Namen zu erfahren.“

Inaba setzte sich im Schneidersitz an den Tisch und bedeutete mir, dass ich den Platz gegenüber von ihm einnehmen sollte. Vor uns stand je eine Schüssel, auf der eine weitere Schüssel kopfüber stand, um als Deckel zu dienen.

„Du musst Hunger haben“, sagte er. „Ich bin nicht der beste Koch der Welt. Meine Frau kochte hervorragend, aber ich fürchte, ihre Talente haben nicht auf mich abgefärbt.“ Er hob den Deckel von seiner Schüssel an. Der Geruch von Miso und Zwiebeln vermischte sich mit dem Weihrauchduft. „Bitte, genieß es.“

Ich hob den Deckel von meiner Suppe und atmete den köstlichen, salzigen Geruch ein. Mein Magen knurrte und mir wurde klar, dass ich seit morgens nichts mehr gegessen hatte. „Danke. Das ist sehr nett von Ihnen. Aber bitte sagen Sie mir ...“ Ich sah ihm in die Augen. „Woher wissen Sie, was ich bin?“

Er hob seine Schüssel auf und nahm einen

Schluck von der dampfenden Suppe. Ruhig stellte er seine Schüssel wieder ab. „Ich bin überrascht, dass du fragst. Soweit ich weiß, gibt es nur eine Sache, die eine Hanta in Menschengestalt verraten könnte."

„Ja?" Ich hatte keine Ahnung, wovon er sprach.

„Du riechst nach Ozon. Es ist ein Geruch wie von Blitz und Donner. Nur Geschöpfe des Äthers haben diesen Geruch, und Hantas verströmen ihn am stärksten. Wenn ich nicht früher in meinem Leben von einem Hanta gerettet worden wäre, hätte ich das auch nicht gewusst. Die wenigen Menschen, die dich riechen, merken wahrscheinlich nichts. Aber ich weiß es besser." Er senkte seine Stimme und seine Augen nahmen einen verträumten Blick an. „Ich werde diesen Duft lieben, bis zu dem Tag, an dem sie mich in die Erde stecken."

Meine Haut kribbelte bei der Erinnerung an Toshi, der stets geflüstert hatte, dass ich wie die Luft nach einem Sturm roch. Plötzlich traten Tränen in meine Augen. Ich hatte es mir seit Jahren nicht erlaubt, an Toshi zu denken, und plötzlich war er so häufig in meinem Kopf wie das Schwert, das ich holen sollte. Der Schmerz, der sich im Lauf der Jahre zu einem emotionalen Narbengewebe verfestigt hatte, wurde wieder lebendig, und ich wappnete mich für die Emotionen, die über mich hinwegfegen wollten.

„Wann haben Sie das letzte Mal einen Hanta getroffen? Können Sie mir sagen, was passiert ist?"

Inaba nickte. „Ich suche schon seit langer Zeit nach einer Gelegenheit, jemandem meine Geschichte zu erzählen. Akuna Hanta sind zum

Mythos verblasst. Fast niemand würde meine Geschichte glauben."

Er lehnte sich zurück und streckte seine Arme aus. „Du wirst mir kaum glauben, dass ich einmal ein sehr reicher und mächtiger Mann war." Er senkte seine Augen. „Aber keine Menge an Reichtum oder Macht konnte das wert sein, was der Wohlstand mich kostete."

Ich blickte zu dem Regal mit den beiden Fotos. „Ihre Frau und Ihr Sohn?"

Er nickte, die Andeutung eines Lächelns auf seinen Lippen, aber seine braunen Augen blieben schwer und traurig. „Ich war bereits ein Mitglied der Yakuza, als ich mich in Mihu verliebte. Nachdem wir verheiratet wurden und sie mit unserem Sohn schwanger wurde, flehte sie mich an, mein Yakuza-Leben aufzugeben. Aber wenn man einmal ein Teil der Organisation ist, ist es nicht so einfach, auszusteigen. Ich verstand die Angst meiner Frau, aber wir hatten ein schönes Zuhause und viel Geld, alles wegen der Yakuza. Ich war nicht bereit zu gehen. Ich wusste, dass ich eines Tages gehen musste. Es ist ein Leben voller Gewalt und Gefahr, aber zuerst wollte ich genug Geld beiseitelegen, damit wir uns nie Sorgen machen müssten."

„Yakuza", wiederholte ich und zerlegte das Wort in seine drei Bestandteile und ihre japanische Bedeutung: „Acht, neun und drei?"

Inaba nickte. „Das ist richtig. Die niedrigste Punktzahl im Spiel von Oichokabu, daher stammt der Name. Es bedeutet wörtlich ‚wertlos'. Die Wurzeln der Yakuza sind niedrig und stammen aus der Edo-Zeit vor etwa 350 Jahren. Damals waren sie nichts weiter als ein Haufen von Außenseitern, Hausierern und Spielern. Aber jetzt“, er hob seine dampfende Tasse, „sind sie Zehntausende von Mitgliedern, die stark genug sind, offen vor den Augen der Polizei zu operieren, die zu viel Angst hat, etwas gegen sie zu unternehmen.“

Ich stellte mir eine Bande von Straßenschlägern vor, die Fenster einschlugen und selbstgemachte Bomben in Geschäfte warfen. „Also sind sie wie eine Gang? Was machen die Yakuza?“

„Sie sind mehr als eine Gang. Und was sie *nicht* tun, ist leichter zu beantworten. Wo es Geld gibt, sind sie beteiligt. Finanzverbrechen, Prostitution, Drogen, Firmenbestechung. Es sind skrupellose Geschäftsmänner.“ Er neigte den Kopf. „Und auch Frauen. Sie folgen ihren eigenen Gesetzen. Sie sind so sehr ein Teil des Lebens in japanischen Städten, dass sie die meisten großen Unternehmen des Landes besitzen oder in irgendeiner Weise manipulieren.“ Ich trank nachdenklich meine Suppe. Mein Leben in einem kleinen Dorf vor all den Jahren war nie von Korruption berührt worden. Das Japan, von dem Inaba sprach, war mir unbekannt.

Er streckte eine Hand aus. „Sie sind nicht immer schlecht“, fuhr er fort. „Sie sind oft die Ersten, die in einer Krise helfen, und sie haben sogar einen Großteil der Aufräumarbeiten nach der Fukishima-Katastrophe erledigt. Sie glauben, dass sie die Beschützer der Schwachen sind.“ Er schüttelte den Kopf. „Ich kann jetzt so leicht von ihnen als etwas von mir Getrenntes sprechen, aber ehrlich gesagt, wenn Japans Regierung jemals einen Weg findet, sie zu Fall zu bringen, würde ich mit ihnen untergehen. Ich hatte meine Hand im Spiel. Als mein Sohn Hiroki geboren wurde, waren meine Tattoos schon halb fertig, und ich verlor den Bezug zur Realität."

„Ihre Tattoos?" Meine Augen streiften seine Ärmel und seinen Kragen und suchten nach einer Spur von Tinte. Ich hatte schon vorher Fotos der japanischen Ganzkörpertätowierungen gesehen, aber nie direkt vor mir. „Was haben Tattoos damit zu tun?"

Inaba lachte. „Alles", sagte er und streckte seine Arme aus. „Sie haben alles damit zu tun. Und sie haben auch etwas mit dir zu tun."

Ich runzelte die Stirn. „Als Sie mich gebeten haben, heute Abend hierher zu kommen, kam ich, weil ich den Eindruck hatte, dass Sie mir helfen könnten, mein Wakizashi zu finden. Was haben Ihre Tattoos damit zu tun?"

„Ich habe dich nicht in die Irre geführt, Akiko. Bitte, lass mich weiter erklären. Du bist der zweite Akuna Hanta, dem ich in meinem Leben begegnet bin. Dafür muss es einen Grund geben. Unsere Begegnung im Museum war kein Zufall. Lass mich dir helfen."

Ich aß weiter meine Suppe und sie wärmte meinen Bauch. Ich stellte die Schüssel ab und wartete.

„Traditionell wählen die Yakuza die Tätowierungen entsprechend dem Nutzen, den das Symbol bringen soll. Tiger gelten als Schutz, Koi als Glücksbringer, Totenschädel, um seinen

Vorfahren Respekt zu erweisen, und so weiter."

„Aberglaube", sagte ich. Großvater war abergläubisch, ich hatte gesehen, wie er unseren Eingang und die Eingangstreppe mit Salz bestreut hatte, um böse Geister abzuschrecken. Meine Eltern waren auch abergläubisch gewesen. Nur Aimi schien vom Aberglauben befreit gewesen zu sein. Die Ironie darin brachte mich fast zum Lachen.

Inaba beugte sich vor. „Man könnte es Aberglaube nennen, wenn man wollte. Aber ich habe inzwischen gelernt, dass es eine kunstvoll ausgeführte Täuschung ist."

„Wie meinen Sie das?"

„Begehe nicht den Fehler zu denken, dass diese Symbole keine Macht hätten. Ich bin der lebende Beweis dafür. Vielmehr solltest du erkennen, dass die Macht, die sie besitzen, falsch interpretiert wurde. Sorgfältig über Jahrhunderte hinweg falsch dargestellt, um die Menschen eine Sache denken zu lassen, obwohl eigentlich das Gegenteil wahr ist. Ihr Überleben hängt davon ab, dass diese Täuschung anhält, denn wenn irgendjemand wüsste, was sie wirklich tun, würde es nie wieder jemand machen."

„Wessen Überleben?"

„Das der Akuna und der Oni. Dämonen."

Ich erstarrte innerlich.

„Ich kann an deinem Gesicht sehen, dass du weißt, wovon ich spreche." Inaba stieß mir einen Finger entgegen. „Liege ich auch richtig mit der Annahme, dass du noch keinem dieser Wesen begegnet bist? Dass dein behütetes Leben dich daran gehindert hat, deine Arbeit zu tun?"

„Nein, ich bin noch nie einem begegnet." Der

Gedanke, tatsächlich einem dieser Wesen gegenüberzutreten, schien unwirklich.

„Was haben diese Kreaturen mit deinen Tätowierungen zu tun?“

Er seufzte. „Normalerweise gibt es Regeln für die Tätowierungen. Aber meine Arroganz ließ mich ein eigenes Bild wählen. Eine Tätowierung, die meinen Feinden Angst machen und meinen Yakuza-Brüdern sagen sollte, dass ich nicht herausgefordert werden kann, also traf ich meine eigene Wahl. Zwei Oni, einen auf meiner Brust und einer auf meinem Rücken. Traditionelle japanische Tätowierungen werden mit nichts als einer herkömmlichen Nadel auf den Körper übertragen. Es ist ein langsamer, sehr schmerzhafter Prozess. Nur wenige Yakuza schaffen es, den ganzen Körper zu vervollständigen.“

„Aber Sie haben es geschafft?“ Ich wollte sehen, was sich unter seinem Gewand verbarg. Waren seine Tattoos wie die Oni-Bilder, an die ich mich aus meiner Kindheit erinnerte?

„Ja, aber kaum hatte ich den Oni auf meinem Oberkörper vollendet, begann sich mein Geist zu ändern. Es war sehr subtil. Ein langsamer, heimtückischer Übergang, dessen ich mir anfangs nicht bewusst war. Ich dachte nicht mehr daran, die Yakuza zu verlassen. Im Gegenteil. Ich machte mir stattdessen immer mehr Gedanken darüber mehr Macht zu gewinnen. Die Yakuza sind eng miteinander verbunden, so wie in einer Familie. Sie schwören der Gemeinschaft die Treue. Es gibt für Yakuza nichts Wichtigeres als die Yakuza-Familie. Aber ich kümmerte mich nicht mehr um diese

Beziehungen, und sogar meine Frau und mein Sohn bedeuteten mir immer weniger. Ich lebte von Chaos, Gewalt und Tod. Ich begann, mich nach dem Gefühl von Blut auf meiner Haut zu sehnen. Es war nicht konstant, verstehst du. Manchmal beherrschte der Oni mich von innen heraus. Und manchmal war seine Anwesenheit nicht so offensichtlich. Es waren diese Momente, in denen ich mir bewusst wurde, was vor sich ging. Aber in dem Moment, in dem ich daran dachte, etwas dagegen zu tun, erhob er sich und schluckte meine Absicht mit seiner eigenen. Ich hatte mich nicht mehr unter Kontrolle."

„Und Sie glauben, dass das wegen einer Tätowierung passiert ist?"

„Damals nicht. Erst nachdem der Hanta mich gerettet hatte, wusste ich, dass es die Tätowierung war."

„Ich bin mir immer noch nicht sicher, wie das möglich ist. Eine Tätowierung ist nur Tinte."

Er schaute mich nachdenklich an, auf der Suche nach einem besseren Weg, sich zu erklären. „Es ist nicht die Tinte, die zählt, sondern das Bild. Stell dir die Oni-Zeichnung wie eine Marke oder ein Logo vor. Jemand oder etwas, in diesem Fall ein bösartiger Geist, besitzt die Rechte an diesem Bild. Indem ich das Zeichen auf meinen Körper tätowiert habe, habe ich ihm die Erlaubnis gegeben, auf mich zuzugreifen, mich zu besitzen."

Ich schauderte. „Wie kommt es, dass er diesen Zugang nicht mehr hat?"

„Aus zwei Gründen." Inaba hielt zwei Finger hoch und erinnerte mich daran, dass ihm die Spitze seines rechten kleinen Fingers fehlte. Ich nahm mir vor ihn als nächstes danach zu fragen. „Erstens: Ein Akuna Hanta hat mich gerettet. Zweitens: Ich habe die Tattoos nicht mehr.“

Ich sah ihn verwundert an. Tätowierungen waren dauerhaft und Irezumi bedeckten den ganzen Körper. Es wäre unmöglich, sie zu entfernen. „Aber wie? Ich verstehe, dass eine kleine Tätowierung mit einem Laser entfernt werden kann, aber eine auf dem ganzen Körper?“

Da zog Inaba sein Gewand auf und enthüllte seine Brust. Ich hätte mein Entsetzen nicht unterdrücken können, selbst wenn ich es versucht hätte. Sein Körper war von den Schlüsselbeinen abwärts ein dickes Gewebe aus vernarbtem Fleisch. Er sah aus wie ein Brandopfer. Er hatte keine Brustwarzen, denn auch sie waren entfernt worden. „Ich habe sie von meiner Haut geschabt“, sagte er ruhig.

# Kapitel 12

Ich lehnte mich vor, entsetzt und gebannt von dem, was ich sah. „Wie haben Sie das überlebt?“, flüsterte ich.

Ein Netz aus tiefen krummen Linien, wie eine topographische Karte oder ein Puzzle, durchkreuzte seinen Brustkorb. Jedes Stück vernarbtes Fleisch war ungefähr so groß wie die Handfläche eines Mannes.

„Ich habe es Stück für Stück gemacht, nicht alles auf einmal. Es gibt Laser, die die Tinte aufbrechen und sie verblassen lassen, aber ich musste sie komplett loswerden. Also bin ich zu einer Spezialistin gegangen und sie hat die Haut nach und nach abgezogen. Sobald ein Flicken verheilt war, ging sie zum nächsten über.“

Ich schüttelte unwillkürlich den Kopf. „Sie müssen fürchterlich gelitten haben.“

„Ich musste den Schmerz fühlen. Bei jedem Stück Haut, das entfernt und durch Narbengewebe ersetzt wurde, fühlte ich mich ein bisschen besser, ein bisschen sicherer, ein bisschen mehr wie ich selbst. Bis schließlich das Tattoo nur noch eine Erinnerung war. Ich habe keine Fotos gemacht. Die Narben sind mehr als genug, um mich daran zu erinnern, wer ich einmal war.“

„Und der Akuna Hanta? Wie hat er Sie gerettet?“

Inaba schloss sein Gewand über seiner Brust. „Vorhin habe ich gehofft, dass du mir das sagen könntest, aber jetzt weiß ich, dass du es nicht kannst.“ Nachdenklich kratzte er sich am Kinn.

„Mein Wissen über deine Welt ist begrenzt. Ich kann dir nur meine Erfahrungen erzählen, an die ich mich erinnern kann. Die Yakuza-Fraktion, der ich angehörte, trifft sich einmal im Jahr auf der Insel Tai, direkt vor der Küste in der Nähe von Tottori."

Ich keuchte. „Ich kenne diesen Ort! Ich bin nicht weit von dort aufgewachsen." Die Insel Tai war von der Klippe aus sichtbar, auf der Toshi mich zum ersten Mal geküsst hatte.

Inaba neigte den Kopf. „Du stammst aus der Tottori-Präfektur?"

„Gleich davor. Furano war mein Zuhause."

„Ich war noch nie in Furano, aber Tottori ist mir gut bekannt. Ich habe dort jedes Jahr Zeit verbracht, immer mit den Yakuza." Inaba machte eine Pause. „Wann warst du das letzte Mal dort?"

„1923." Das Jahr, in dem ich mein tamashī verloren hatte. So lange schon war es her.

Sein Lächeln schmolz wie Butter in einem heißen Ofen und sein Gesicht wurde lang vor Schreck. „Wie lange bist du schon in deinem jetzigen Zustand?"

„Seit demselben Jahr, und bitte stellen Sie keine Fragen über meine Lebensumstände. Ich würde sie nicht beantworten können."

Inaba wurde blass. „Du warst dort, lange bevor Raidens Familie die Festung gekauft hat. Lange bevor Raiden überhaupt lebte."

„Raiden?", fragte ich.

„Die Kyoto-Yakuza-Familie wird von einem Mann namens Raiden Yukimura angeführt. Seiner Familie gehört die Festungsruine auf der Insel. Es ist der perfekte Ort, um sich vor neugierigen

Blicken zu verbergen. Es gibt dort kein Gesetz außer dem Gesetz der Yakuza."

„Was machen die Yakuza dort?"

„Das ist nicht wichtig für meine Geschichte. Der wichtige Teil ist, dass mein Zustand immer schlimmer und schlimmer geworden ist. Ich befand mich immer noch fest im Gefüge der Yakuza, da noch keine meiner Maßnahmen gegen sie entdeckt worden war. Meine Anwesenheit wurde erwartet und ich nahm an, dass man mir mehr Territorium und Macht geben würde. Meine Brutalität war legendär geworden. Aber ich kam zu spät zu dem Treffen. Eine Arbeit, die wir in Kyoto zu Ende bringen mussten, ging schief und ich und drei andere Männer wurden verwundet. Wir verpassten unseren Flug, also nahmen wir einen Zug an die Küste und mieteten ein Boot, das uns auf die Insel brachte."

Er wollte einen Schluck Tee nehmen und ich merkte, dass seine Tasse leer war. Ich hob die Teekanne auf und schenkte für uns beide ein.

„Danke", sagte er. „Ich stand am Bug, während wir über die Wellen ritten, als ein großer Schatten über uns hinwegzog. Riesig." Er öffnete seine Arme und schüttelte verwundert den Kopf. „Wie ein Drache. Ich erinnere mich an ein lautes Donnern und einen Blitz. Der Geruch von Ozon war stark, so stark. Ich schaute auf, aber ich sah nichts Seltsames. Keine Gewitterwolken." Er lachte. „Keine Drachen. Ich drehte mich um, um meine Begleiter zu fragen, ob sie es bemerkt hätten, als mich ein merkwürdiges Gefühl überkam. Es war, als hätte sich meine Seele an etwas festgekrallt und würde wie ein

Gummiband von mir weggezogen, direkt aus meinem Kopf heraus. Das Gummiband riss und ich erinnere mich, dass mein Kopf zurückfiel. Ein stechender Schmerz folgte und dann … nichts mehr.“

Ich hielt meine Teetasse auf halbem Weg zu meinen Lippen. „Nichts? Das war alles?“

„Das war alles.“ Er zuckte mit den Achseln. „Ich verlor das Bewusstsein. Irgendwann später erwachte ich auf dem Boden des Bootes mit einem Stimmengewirr um mich herum. Aber das Wunderbare war, dass ich mit klarem Kopf aufwachte. Ich dachte so klar wie nie zuvor. Ich war frei.“ Er kicherte und streichelte sein Kinn. „Dann hatte ich ein Problem. Ich wusste, dass ich die Yakuza verlassen musste.“ Er hielt seine rechte Hand hoch und zeigte den fehlenden Abschnitt des kleinen Fingers. „Das ist eine Yakuza-Tradition.“ Er schaute auf seinen verstümmelten kleinen Finger. „Wenn ein Mitglied der Yakuza einen Älteren beleidigt, bietet er als Entschuldigung einen Teil eines Fingers an. Wenn ein Mitglied aussteigen will, muss es ihn selbst abschneiden.“

Ich schloss meine Augen, als eine Welle der Übelkeit durch mich hindurchging. „Das ist barbarisch“, sagte ich. „Warum?“

„Die Tradition stammt aus den Tagen der Samurai. Ein starker Schwertkämpfer brauchte alle seine Finger, um ein Schwert mit Geschick zu führen. Wenn man die Fingerknöchel entfernt, kann man sich nicht mehr so gut verteidigen und ist mehr auf die Gruppe angewiesen, um zu überleben. Wenn du die Yakuza in der Öffentlichkeit identifizieren willst, wird es nicht an den Tätowierungen liegen, denn sie halten sich bedeckt. Es wird an dem liegen, was an ihren Händen fehlt.“ Er hielt seine Hand hoch. „Ich bin einer der Glücklichen. Die, die viele Fehler machen, denen fehlen am Ende viele Finger.“

Ich nahm einen Schluck Tee, denn mein Mund war trocken. „Also, die Zeit auf der Inselfestung? Sie haben entschieden, die Yakuza zu verlassen, und ein Stück von Ihrem Finger abgesägt. Und Raiden ließ Sie gehen?“

„Nun, zu dieser Zeit war es Raidens Vater, dem ich das Opfer brachte. Aber nein, so einfach war es nicht.“

Ich staunte, dass er das Abhacken eines Fingers für einfach hielt. „Mussten Sie noch mehr abschneiden? Vielleicht einen Zeh?“

Inaba schüttelte traurig den Kopf. „Ich wünschte, es wäre so gewesen. Nein. Die Yakuza mögen es nicht, wenn jemand geht. Wenn du in der Befehlskette weiter unten stehst, kannst du vielleicht für den Preis einer Fingerspitze davonkommen. Aber ich war ein großer Fisch. Ich durfte die Insel verlassen, aber ich wusste, dass es noch nicht vorbei war, und so war es auch.“ Er blickte zu dem Regal mit den Fotos auf.

Ich keuchte. „Ihre Familie?“

„Ich hätte es besser wissen müssen.“ Inabas Augen wurden glasig und er senkte seinen Blick. Zum ersten Mal, seit ich in seiner Gesellschaft war, sah er wirklich alt aus. Seine Stimme wurde schleppend: „Als ich nach Hause kam, war Hiroki verschwunden. Mihu sagte, dass sie ihn mitten in der Nacht abgeholt hätten. Sie warfen meine Frau in einen Schrank, zerstörten unser Haus und gingen mit meinem Sohn fort. Es klingt schrecklich, und das war es auch, aber du musst wissen, dass Hiroki zu dieser Zeit achtzehn Jahre alt war und bei einem Yakuza-Vater aufgewachsen war. Er wollte in die Organisation und in die Fußstapfen seines Vaters treten. Ich habe nicht genug getan, um ihn vor den Realitäten des Yakuza-Lebens zu warnen. Er hat den Gedanken romantisiert, und ich tat nichts, um ihn davon abzubringen." Er rieb sich über sein Gesicht und zerrte an seinem kurzen Bart. „Ich habe ihn enttäuscht. In meiner Besessenheit konnte ich nicht tun, was getan werden musste."

„Also hat Hiroki sich den Yakuza angeschlossen?"

Inabas Augen wurden trüb vor Traurigkeit. „Mein Sohn traf seine Wahl. Er betrachtet mich nicht mehr als Vater. Den Yakuza den Rücken zu kehren, hat mich in seinen Augen zu einem Feigling gemacht."

„Ist er immer noch bei ihnen?"

„Soweit ich weiß, ja."

„Und Ihre Frau?"

„Sie hat mich verlassen. Sie gab mir die Schuld für Hirokis Wahl, und damit hatte sie auch recht."

Ich wusste nicht, was ich sagen sollte. Meine eigene Gefangenschaft, obwohl sie ewig währte, schien ein Segen im Vergleich zu dem Leid und dem Verlust, den Inaba erlitten hatte.

„Nicht lange danach waren mein Sohn und meine Frau fort und ich war ein armer Junggeselle, der nach ehrlicher Arbeit suchte, aber es lief nicht gut." Er hielt wieder seine rechte Hand hoch. „Das verrät mich, wohin ich auch gehe.“ Er legte seine Hand nieder. „Ich saß in einem Park. Es war, als die Kirschbäume in Blüte standen. Ich liebe diese Zeit des Jahres. Ein junger Mann mit langen schwarzen Haaren setzte sich neben mich. Ich erinnere mich, dass ich ihn für den größten und breitesten Mann hielt, den ich je gesehen hatte, mit langen, kräftigen Gliedern. Zuerst dachte ich, er könnte ein Yakuza aus einer anderen Stadt sein. Ich warf einen Blick auf seine Hände, aber ihm fehlten keine Finger, und seine Ärmel waren hochgekrempelt und auf seinen Unterarmen waren keine Tattoos zu sehen. Also blieb ich auf der Bank und entspannte mich. Dann kam eine Brise und blies mir den Duft dieses Fremden entgegen.“ Inaba schüttelte den Kopf und seine Miene wurde weich vor Zuneigung. „Dieser Geruch. Dein Geruch. Er brachte mich direkt zu dem Moment auf dem Boot zurück. Ich drehte mich zu ihm um, aber er sprach zuerst. Er sagte: ‚Du bist immer noch in Gefahr.‘“

„Hat er Sie beobachtet?“

„Ich denke schon. Ich dankte ihm, dass er den Oni getötet hatte, aber er lachte und sagte: ‚Sie können nicht getötet werden. Oder wenn sie es können, ist es nicht meine Aufgabe, das zu tun. Es ist meine Aufgabe, besessene Menschen von ihnen zu befreien. Du wirst meine Aufgabe noch viel schwieriger machen, wenn du so markiert bleibst, wie du bist.‘“

„Er war besorgt, dass Sie wieder besessen werden könnten?“

„Ja. Unmittelbar nach dieser Begegnung begann ich mit dem Häutungsprozess.“

„Haben Sie ihn jemals wieder gesehen?"

Inaba schüttelte den Kopf. „Nein. Es gab Zeiten, in denen der Geruch von Ozon kam und ging, aber ich sah ihn nie wieder. Meine letzte Häutung fand vor über zwölf Jahren statt, und das erste Mal, dass ich diesen Duft seitdem gerochen habe, war heute, als du ins Museum kamst. Du kannst also verstehen, warum ich dir helfen will. Dir helfen muss."

Eine Sehnsucht durchzuckte mich, mit diesem Hanta zu sprechen. „Hat er Ihnen nie seinen Namen gesagt? Haben Sie einen Weg, mit ihm in Kontakt zu treten?"

Inaba gab ein herzhaftes Lachen von sich. „Ihr seid Geschöpfe des Äthers, keine Zahnärzte. Wenn ich ihn jede Woche zum Abendessen einladen könnte, um diesen Duft um mich herum zu haben und ihn mit Fragen zu löchern, würde ich es tun. Doch ich fürchte, er hat wichtigere Dinge zu tun."

Ich ließ Inabas Geschichte auf mich wirken, während ich an dem heißen Tee nippte. Dieses eine Gespräch hatte mehr dazu beigetragen, mich aufzurütteln, als alle Gespräche in den letzten Jahren. Der Wunsch, das kurze Schwert zu bekommen und meine Freiheit wiederzuerlangen, brannte heiß in mir auf. Der Hanta, der Inaba geholfen hatte, hatte sein ganzes Leben verändert. Es war zu spät gewesen, um seinen Sohn und seine Ehe zu retten, aber wer wusste schon, welche schrecklichen Dinge Inaba in Kyoto angerichtet hätte, wenn er nicht erlöst worden wäre?

Dieser Hanta verbesserte die Welt, und was tat ich? Ich verbrachte Jahre damit als Haushälterin für einen alten Mann zu arbeiten. Ich musste mich befreien, damit ich meinem Leben endlich einen Sinn geben konnte.

„Was uns zu dir bringt.“ Inabas Stimme durchbrach meine Gedanken. „Du wolltest die Schwerter sehen, die im Museum ausgestellt waren?“

„Nur ein bestimmtes Wakizashi. Es hat einen blauen Griff und eine blaue Scheide, mit einem Muster von Bäumen darauf.“

Er zog an seinem Bart. „Ich habe es gesehen. Eine wunderschöne Handarbeit. Warum willst du es unbedingt sehen?“

Ich zögerte. Aber bislang hatte Inaba mir keinen Grund gegeben, ihm nicht zu trauen, und ich brauchte Hilfe. „Ich muss es stehlen“, sagte ich und Inabas Augen wurden groß.

„Diebstahl? Das ist eine seltsame Sache für eine Hanta.“

„Ich kann es nicht erklären, aber es ist sehr wichtig. Ohne dieses Schwert …“ Die Worte blieben in meiner Kehle stecken. Meine Lippen bewegten sich weiter, aber es kam kein Ton heraus. Die Befehle, unter denen ich stand, brachten mich zum Schweigen.

Inaba schüttelte den Kopf. „Ich weiß nicht, in was für Schwierigkeiten du steckst, aber ich würde dir raten, einen anderen Weg zu finden, um deine Umstände zu ändern. Einen Weg, der dieses Wakizashi nicht einschließt. Du magst unsterblich sein, aber du kannst immer noch getötet werden, habe ich recht?“

„Ich denke schon“, sagte ich. Meine Stimme war zurückgekehrt, aber sie war hauchdünn.

„Dann vergiss das Wakizashi, bitte“, flehte er. „Dieses Schwert gehört einem sehr gefährlichen Sammler. Ihm das Schwert wegzunehmen wäre Selbstmord.“

„Wem gehört es?“

„Das Schwert gehört Raiden Yukimura, dem regierenden Yakuza-Vater.“

Der kleine Raum füllte sich mit dichter Stille. Mein Herz klopfte in der Höhle meiner Brust. Das war viel schlimmer, als ein Artefakt aus einem Museum zu stehlen. Ich könnte auf der Jagd getötet werden. Ich runzelte die Stirn, und ein anderer Gedanke materialisierte sich: Ich würde lieber sterben als weitere hundert Jahre als Sklavin zu verbringen.

„Raiden nahm das Schwert, weil er es für das Yakuza-Treffen auf der Tai-Insel haben wollte. Während dieser Veranstaltungen gibt es immer zeremonielle Schwertkämpfe. Die Yakuza genießen es, miteinander zu kämpfen, Raiden mehr als alle anderen. Er ist impulsiv und starken Stimmungsschwankungen unterworfen. Er mag sich großzügig gefühlt haben, als er zustimmte, es dem Museum zu leihen, aber anscheinend hat er seine Meinung geändert und beschlossen, dass er es zurückhaben muss. Das Museum würde nicht wagen zu protestieren.“

Ein schrecklicher Gedanke kam mir in den Sinn: „Waren Sie dort, als Raiden kam, um es aus dem Museum zu holen?“

„Das war ich. Aber mach dir keine Sorgen, ich bin für Raiden nicht mehr von Bedeutung. Er hat meinen Sohn, er hat meine Ehe zerstört. Aus seiner

Sicht bin ich erledigt. Er hat mich nicht einmal wahrgenommen.“

Ich kaute auf meiner Lippe und stellte mir die Festung auf der fernen Insel vor. Ich hätte nie gedacht, dass ich den Ort meiner Kindheit jemals wiedersehen würde. Jetzt schien es, als wäre es meine Bestimmung, dorthin zurückzukehren, um meine Freiheit zu erlangen.

„Habe ich dich davon abgebracht?“, fragte Inabas Stimme, ruhig und hoffnungsvoll.

*Bring mir dieses Wakizashi und ich werde dir deine Freiheit geben.*

„Nein“, sagte ich.

Inaba runzelte die Stirn und beugte sich dann vor. „Ist es so wichtig, dieses Wakizashi zu bekommen, dass du dafür dein Leben riskierst?“

„Ja“, flüsterte ich. „Diese Aufgabe ist das einzige, was im Moment zählt.“

Inaba seufzte. „Ich hoffe, dass deine Hanta-Fähigkeiten dir genug Tarnung und Verstand geben können, um eine solche Selbstmordmission zu bewältigen. Es mag nicht schwer sein, einen Weg hinein zu finden, denn du bist eine schöne junge Frau. Schöne Frauen sind eine feste Größe bei Yakuza-Veranstaltungen. Die Schwierigkeit besteht darin, wieder herauszukommen. Besonders mit einem von Raidens wertvollsten Besitztümern.“ Inabas Blick bohrte sich in meinen und die Warnung darin erfüllte meine Knochen mit Kälte. „Du wirst mehr als Glück brauchen, um diese Mission zu überleben.“

# Kapitel 13

Der Zug nach Tottori schlängelte sich schnell und reibungslos durch die malerischen Bergketten der Chugoku-Region.

Je näher ich meinem alten Zuhause kam, desto konzentrierter blickte ich nach draußen. Die Präfektur Tottori war die am wenigsten bevölkerte Region Japans. Statt Megastädten fanden sich hier im Norden des Landes unzählige Naturparks, Wasservögel und die größten Sanddünen des Landes. Wer Natur in Japan suchte, der reiste in den Norden.

Ich stieg in der Abenddämmerung aus dem Zug und atmete die Luft meiner Kindheit ein. Sie hatte den gleichen süßsalzigen Geruch, die gleiche milchige Frische wie damals. Tränen schossen mir in die Augen und ich musste sie kurz zukneifen. Die Gesichter meiner Eltern blitzten in meiner Erinnerung auf, die weichen braunen Augen meiner Mutter, die hohen starken Wangenknochen meines Vaters. Toshis Bild erschien vor mir, jung und schön. Hatte er ein gutes Leben gehabt? Hatte er Aimi geheiratet, nachdem ich verschwunden war? Bestimmt. War sie gut zu ihm gewesen? Reue und Wut über das, was mir gestohlen worden war, schnitten mir ins Herz. Ich musste auf einer Bank vor dem Bahnhof Platz nehmen. Bitterkeit erfüllte mich bei dem Gedanken an Aimis Verrat. Wo sie jetzt wohl sein mochte?

Meine Beine zitterten, als ich den Bahnhof verließ, um die Hauptstraße und das Hotelzimmer, das ich von Kyoto aus gebucht hatte, zu erreichen. Später, wenn das Wakizashi in meinem Besitz und meine Aufgabe erfüllt wäre, würde ich das Grab der Familie Susumu besuchen.

Mein Zimmer war klein, aber sauber, mit einem Einzelbett und einem winzigen Badezimmer. Ich schloss die Tür ab, inspizierte meine karge Unterkunft und suchte nach der wichtigsten Ausstattung des Zimmers – dem Safe. Ich hatte den größten Teil des Vormittags damit verbracht, Hotels anzurufen, um ein Zimmer mit einem Safe zu finden. Es hatte über ein Dutzend Anrufe gedauert, bis man mir einen Safe versprechen konnte, der groß genug für ein Schwert war. Ich zog meine Kleider aus, faltete sie zusammen und legte sie in eine Schublade. Meine Geldbörse, mein Handy, mein Ausweis und meine Brieftasche kamen in den Safe. Dann nahm ich mein schwarzes Seidengewand, faltete es zu einem Kragen, knotete es um meine Kehle und trat ans Fenster.

Frische Abendluft strich über meine nackte Haut. Ich brauchte keine Karte, um zu wissen, wo ich hin wollte. Ich hob meine Arme und verwandelte mich in eine kleine Eule, eine Strix.

Durch meine Eulenaugen sah die Welt ganz anders aus. Die Form, die ich gewählt hatte, war mit geräuschlosen Flügeln und binokularer Sicht ausgestattet, besonders in der Nacht. Ich konnte hören, wie eine Maus auf einen über achtzig Fuß entfernten Zweig trat. Ich flog los, steuerte direkt auf den Ozean zu und dann nach Süden entlang der Küste, wobei ich den Luftströmungen folgte, die vom Meer her kamen. Die Geräusche von

Nagetieren, anderen Vögeln und sogar Insekten drängten in den Hintergrund, während ich mich auf menschliche Geräusche konzentrierte – Stimmen, das Geräusch einer Kette, die an einem Holzdock entlang ratterte, und das Stapeln von Plastikbehältern, während Fischer ein Bootshaus aufräumten. Der Rauch ihrer Zigaretten störte mich nicht, da ich keinen Geruchssinn hatte, aber für einen kurzen Moment griff er meine Lungen an. Ich flog höher.

Die Tai-Insel erschien bald als gezackte Form am Horizont. Ich fing einen Aufwind auf, als ich mich vom Land abwandte und über das Wasser flog. Ich konnte die Gestalt eines Vogels annehmen, aber ich war unbelastet von den Instinkten eines Vogels; stattdessen arbeitete mein Kopf an der Aufgabe, die vor mir lag. Ich hatte keine wirkliche Möglichkeit, meinen Ein- und Ausbruch zu planen, bis ich wusste, womit ich es zu tun hatte. Solange ich mich in geflügelter Form befand, war ich sicher. Die Gefahr würde kommen, wenn ich wieder menschlich werden musste.

Die Insel tauchte vor mir auf. Sie bildete einen scharfen Kontrast von Felsen und Bäume. Stimmen und Bootsmotoren wurden hörbar. Jetzt konnte ich die Festung sehen. Sie war riesiger und eindrucksvoller, als ich gedacht hätte. Halb auf einem Felsvorsprung gebaut, der ins Meer hinausragte, schienen die Außenmauern bis in den Himmel zu reichen. Die Ecken jedes Daches waren im klassischen Pagodenstil leicht nach oben geflügelt. Einige Gebäudeteile und Mauern waren bröckelig und mit Reben und Moos bewachsen. Nur die Hälfte der Festung war beleuchtet. Es handelte sich um die dem Meer und der zentralen Festung am nächsten gelegene Hälfte. Drei der sechs Stockwerke der inneren Burg waren ebenfalls beleuchtet. Ich flog über den Innenhof und ließ mich in den Ästen eines Baumes nieder. Ich saß ganz still. Nur mein Kopf drehte sich um seine eigene Achse, damit ich den Hof überblicken konnte, das offene Tor, das zu einem Dock führte, und die Eingangstreppe der Burg. Der Boden war steil und uneben und führte hinunter zum Meer. Am tiefsten Punkt befand sich ein offenes Tor.

Eine Gruppe von Männern kam just in dem Moment hindurch. Von der anderen Seite stiegen Männer in einfacher Kleidung die steilen, bröckeligen Stufen hinab, um die Neuankömmlinge zu empfangen. Gepäck wurde in kleinere Gebäude gebracht. Es fiel mir nicht schwer, dabei die Diener von den Herren zu unterscheiden.

Auch durch die verwilderten Gärten des Innenhofes schlenderten Männer und Frauen in Geschäftskleidung. Sie rauchten und unterhielten sich in kleinen Gruppen. Meine Eulenaugen nahmen zahlreiche Hände mit fehlenden Fingern wahr. Ich saß in dem Baum, bis der Himmel schwarz wurde und die Leute in die Burg hineintrieb. Noch mehr Lichter flackerten auf. Ich verwandelte mich in eine Taube, flog zu einem offenen Fenster im ersten Stock und blickte hinein. Geschäftsleute saßen an niedrigen Tischen und unterhielten sich. Ein Vorhang an der Rückseite des Raumes glitt zur Seite und eine Frau in voller Geisha-Kleidung trat ein, ein Tablett mit Getränken in den Händen. Sie schwebte wie ein Geist durch den Raum, so als stünde sie auf einem unsichtbaren Förderband.

Der Klang von Frauenstimmen hinter mir ließ mich wieder die Form eines Strix annehmen. Mindestens ein Dutzend Frauen, alle schlank und attraktiv, wurden vom Tor zu einem Gebäude auf der anderen Seite des Hofes eskortiert. Mehr Geishas, vermutete ich. Noch ein halbes Dutzend mehr Frauen folgten ihnen, diese lauter und mit mehr Gelächter. Alle von ihnen waren blond.

Beim Geräusch eines weiteren Bootsmotors flog ich über den Innenhof und an der Außenmauer vorbei. Dort ließ ich mich wieder in einem Baum nieder, von dem aus ich das Dock sehen konnte. Die Lichter von zwei Motorbooten näherten sich. Ich sah zu, wie einem weiteren Dutzend Frauen auf das Dock geholfen wurde. Dieselbe ältere Dame, die bereits die anderen Mädchen nach drinnen gelotst hatte, erschien im Eingang der Festung und suchte sich ihren Weg über die dunklen Stufen zu den Bäumen. Sie trug einen schwarzen Hosenanzug und hatte ein Klemmbrett und einen Stift in der Hand. Schließlich schaffte sie es trotz ihrer halsbrecherisch hohen Schuhe bis ans Wasser, trat aufs Dock und klatschte auf ihr Klemmbrett, als würde sie Schulkinder hüten, keine erwachsenen Frauen. Die Damen versammelten sich dicht beieinander und ich konnte hören, wie die Ältere eine Art Appell veranstaltete. Einige der Frauen trugen größere Taschen. Kostüme, vermutete ich.

Dann führte die Frau auch diese Mädchen vom Dock über die Steintreppe hinauf. Zwei

Möglichkeiten schossen mir durch den Kopf: Ich konnte mich jetzt in der Abgeschiedenheit der Büsche umziehen und mich den Mädchen anschließen. Oder ich konnte als Vogel einen Weg in die Festung finden. Ich wusste nicht, was mich erwartete, wenn ich erst einmal drinnen war, also schien diese Gelegenheit so gut wie jede andere zu sein.

Ich flog in die Büsche in der Nähe des Gehwegs, warf meine schwarze Seide auf die Erde und verwandelte mich. Zweige stießen und kratzten mich, während ich mich beeilte, den Knoten in meinem Gewand zu lösen. Ich zog meine dünne Decke und die Seidenpantoffeln an und kroch näher zur Treppe, wo ich das Geplapper der Frauen hörte. Mein Herz hämmerte so hart in meiner Brust, dass mir schlecht wurde. Als das letzte Paar Beine vorbeiging, schlüpfte ich aus dem Gebüsch und reihte mich lautlos ein. Voller Angst folgte ich der Gruppe und rechnete damit, dass jeden Augenblick jemand zu schreien beginnen und auf mich deuten würde. Aber die Ältere war weit voraus, und die Mädchen waren so sehr damit beschäftigt zu plaudern, dass niemand das kleine Mädchen in dem schwarzen Seidengewand und den Pantoffeln zu bemerken schien. Mit gesenktem Kopf marschierte ich durch den Innenhof und die Stufen eines der Festungsgebäude hinauf.

# Kapitel 14

„Wir hinken dem Zeitplan hinterher“, rief die Frau und klatschte auf ihr Klemmbrett. Für einen Moment wurde ich an meine Mutter erinnert, die in die Hände geklatscht hatte, wenn wir trödelten. Wir wurden in einen langen Waschraum mit etlichen Duschkabinen geführt. Widerwillig zog ich meine schwarze Seide aus und hängte sie an einem Haken auf wie die anderen Mädchen ihre Kleider.

Wir mussten uns in einer Schlange aufstellen, weil es zu wenige Duschen gab. So wartete ich in einer Reihe nackter Mädchen darauf, dass wir drankamen. Die Spannung im Raum wurde noch dicker als der Wasserdampf.

„Da“, sagte die Frau, packte mich am Ellbogen und zeigte auf die Dusche, die gerade frei geworden war. Das Mädchen, das das Wasser abgestellt hatte, wickelte sich in ein Baumwollhandtuch. Als wir aneinander vorbeigingen, reichte sie mir ein glitschiges Stück Seife.

„Hast du das schon mal gemacht?“, fragte ich das Mädchen neben mir, dessen Kopf weiß von Schaum war.

Sie blinzelte mich mit einem Auge an, bevor sie es wieder schloss und ihren Kopf zurück unter die Gischt kippte. „Bist du nervös?“, fragte sie.

„Ein bisschen“, antwortete ich. Tatsächlich fühlten sich meine Knie schwach vor Angst an.

Das Mädchen blickte mich freundlich an. „Dann geht es dir wie mir. Ich bin auch keine ausgebildete Geisha. Imitiere sie einfach, so gut du kannst, und alles wird gut. Sag oder tu nichts Dummes und versuche viel zu lächeln.“

„Welche sind die Geishas?“ Ich drehte mich zu den anderen Frauen um.

„Die Geishas machen sich in einem anderen Raum fertig. Sie halten ihre Kostüme unter Verschluss. Geisha-Kimono mit dem passenden Schmuck sind viel wert.“ Sie senkte ihre Stimme und fügte hinzu: „Und sie trauen hier niemandem.“

„Und was sind wir?“

Sie trat aus dem Wasser und schnappte sich ein Handtuch von einem Ständer. Ich tat dasselbe.

„Wir sind Hochstapler“, sagte sie überrascht, dass ich es nicht zu wissen schien. „Dein Haus hat dich nicht sehr gut vorbereitet, oder? Wo kommst du her?“ Sie schnappte sich ein zweites Handtuch, tupfte ihr Gesicht ab und wickelte ihr Haar ein.

„Oh, äh, Kyoto.“ Ich trocknete meine Haut ab.

„Ich auch. Welches Haus?“ Sie ging auf die Tür zu.

Mein Magen zog sich zusammen. Ich hätte nicht so viele Fragen stellen sollen.

„Es ist ein Haus im Yamashina Ward.“

Sie runzelte die Stirn. „Ich wusste nicht, dass es in dieser Gegend ein Haus gibt.“ Sie schnappte sich einen Stoffbeutel von einem Pflock an der Tür und ich griff nach meinem schwarzen Seidenkleid und folgte ihr hinaus in den kühlen, dunklen Flur.

Sie stellte sich als Chiyoko vor und ich mich als Yokana.

„Nicht genug ausgebildete Geishas wollen zu diesen Ereignissen kommen. Also heuern sie uns an“, erklärte Chiyoko, während wir über den kalten

Steinboden wanderten. „Sie kleiden uns ähnlich wie Geishas, aber mit genug Hinweisen, dass die Männer uns unterscheiden können. Auf diese Weise sind sie nachsichtiger, wenn wir Fehler machen.“

„Fehler?“, fragte ich und versuchte meine Zähne vom Klappern abzuhalten.

Wir gingen in einen anderen Raum und zum Glück war dieser beheizt. Ich seufzte, als die Wärme über meine eiskalte, nasse Haut sank.

„Warum nimmst du nicht neben mir Platz?“, antwortete Chiyoko. „Er ist frei und ich weiß, wie du dich fühlst. Ich war auch mal neu hier. Es ist ein bisschen nervenaufreibend, aber das wird schon wieder.“

Richtig. Ich hatte keine Ahnung, in was ich geraten war. Aber ich brauchte zweifellos jede Hilfe, die ich bekommen konnte. Ich stellte mich neben Chiyoko und erstarrte, als ich begriff, dass der gesamte Raum mit Spiegeln ausgekleidet war.

„Denkst du, sie merken es, wenn ich kein Make-up trage?“, fragte ich. „Ich habe keines mitgebracht.“

Chiyokos Augen wurden groß. „Du machst Witze, oder?“

Ich schüttelte den Kopf und biss mir auf die Lippe. „Mir wurde gesagt, dass das Make-up zur Verfügung gestellt wird“, log ich.

Sie stieß einen langen Atemzug aus. „Deine Hausschwestern müssen dich hassen.“ Sie legte eine Hand auf meinen Unterarm und ihre Augen huschten durch das Zimmer. „Sie haben dir einen schrecklichen Streich gespielt, und dafür sollten sie sich schämen! Wenn Frau Kameyo es wüsste, würde man dich beiseitenehmen und bestrafen."

Ich ließ meine Augen vor Angst rund werden. Dieses Mädchen wusste nicht, dass ich es mit jemandem zu tun hatte, der viel schrecklicher war als Frau Kameyo.

„Mach dir keine Sorgen", sagte sie schnell. „Ich werde dir helfen." Sie schob ihre Schminktasche rüber, sodass sie zwischen uns war. „Wir können einander helfen. Meine Partnerin vom letzten Jahr ist dieses Jahr nicht gekommen. Letztes Mal ist ihr etwas passiert, was sie erschreckt hat." Sie schraubte den Deckel von einem Topf mit weißer Paste ab und nahm einen Pinsel mit breiten, flachen Borsten. Sie fischte in der Tasche herum und zog eine dicke Haarklammer heraus. „Hier, binde dir die Haare hoch."

„Was ist ihr zugestoßen?", fragte ich, während ich meine nassen Locken hoch drehte.

Chiyoko nahm mein Kinn zwischen ihre Finger und hob mein Gesicht zum Licht. „Ich bin sicher, du kannst es erraten", sagte sie. „Was glaubst du denn, was bei einer Veranstaltung passiert, bei der wir nicht ‚nein' sagen dürfen?" Sie sagte es so sachlich, dass ich mich für eine Sekunde fragen musste, ob ich sie richtig gehört hatte. „Nun." Sie verdrehte die Augen. „Du darfst nein sagen, aber sie raten davon ab." Chiyoko schenkte mir einen bedeutungsvollen Blick.

Meine Finger wurden eiskalt. Ich hoffte, sie sprach nicht über das, wovon ich dachte, worüber sie sprach. „Nein sagen zu ... einem Pokerspiel?" Ich zog eine Augenbraue hoch. „Bier? Pappmaché-Masken machen?"

Sie unterdrückte ein Lächeln. „Du hast Sinn für Humor, gut. Das wird dir helfen.“ Sie runzelte die Stirn und begann Schminke auf mein Gesicht aufzutragen. „Es tut mir leid, dass deine Schwestern dich nicht besser vorbereitet haben. Es ist nicht lustig, so mit der Karriere von jemandem zu spielen.“

Ich machte ein entsprechend wütendes Gesicht. „Ja, ich werde mit ihnen reden müssen, wenn ich zurückkomme.“

„Schsch“, machte sie. „Nicht bewegen, sonst mache ich hier eine Sauerei.“ Sie tauchte den Pinsel wieder ein und bemalte meine Stirn, meine Wangen, sogar die Ohrläppchen. Die Pinselstriche kitzelten. „Dreh dich bitte um.“ Chiyokos Finger griffen meine Schultern und ich drehte mich um, sodass mein Rücken zu den Lichtern stand. „Halsband“, sagte sie.

Irgendwo in den tiefsten Tiefen meines Gedächtnisses erinnerte ich mich an einige Dorfmädchen in Furano, die darüber flüsterten, dass Geishas zwei Streifen sauberer, schminkfreier Haut im Nacken ließen. Ich zog mein Gewand von meinen Schultern herunter und hielt es geschlossen vor meiner Brust.

Chiyokos Finger kippten meinen Kopf nach vorne. Der Pinsel kitzelte meinen Nacken hinunter und zwischen meine Schulterblätter. „Ich weiß“, sagte Chiyoko. „Von diesem Teil bekomme ich auch immer eine Gänsehaut.“ Die Pinselstriche wurden langsamer, als sie die weiße Paste auftrug, und hinterließen zwei umgekehrte Dreiecke auf beiden Seiten meines Nackens. „Okay, lass dich nochmal ansehen."

Ich wandte mich wieder Chiyokos kritischem Blick zu, als sie ihre Arbeit inspizierte. „Was denkst du? Gut genug?"

Ich betrachtete mich im Spiegel. Das geisterhafte Gesicht, das zurückblickte, sah mir überhaupt nicht ähnlich. Sogar meine Lippen und Augenbrauen waren weiß. Meine normalerweise hellen Augen sahen fast schwarz aus.

„Sieht gut aus", sagte ich heiser. Ich räusperte mich und bekämpfte den Drang, an meiner Wange zu kratzen.

Sie nickte und reichte mir den Topf und den Pinsel. „Tut mir leid, ich habe nur eine Bürste", sagte sie achselzuckend.

„Es ist nett von dir zu teilen." Ich tauchte den Pinsel in die Schminke. Als ich Chiyokos Gesicht so bemalte, wie sie meins bemalt hatte, ertappte ich mich bei dem Gedanken daran, dass in einer anderen Zeit, an einem anderen Ort und unter anderen Umständen Chiyoko und ich vielleicht Freundinnen gewesen wären.

Chiyoko wurde vor meinen Augen zu einer Porzellanpuppe. Die Farbe löschte alle natürliche Hautfarbe aus und bedeckte jede Sommersprosse, jedes Muttermal und jede Narbe. „Also findet dieses Ereignis immer auf der Tai-Insel statt?", fragte ich.

„Jedenfalls seit ich komme", murmelte sie durch steife Lippen und versuchte sich nicht zu bewegen.

„Ich habe gehört", sagte ich beiläufig, „dass Herr Yukimura eine Sammlung von Samurai-Artefakten ausgestellt hat. Kannst du dich daran erinnern, im letzten Jahr so etwas hier gesehen zu haben?"

„Soll ich mich drehen?“, fragte sie, die Augen immer noch geschlossen. „Fühlt sich an, als wärst du mit der Vorderseite fertig.“

„Ja“, sagte ich.

Sie drehte mir den Rücken zu und neigte ihr Gesicht nach unten. „Letztes Jahr gab es einige schöne Dekorationen im großen Raum. Ich weiß nicht, ob es echte Artefakte oder nur Nachbildungen waren, aber wie ich Herrn Yukimura kenne, würde ich ihre Authentizität nicht bezweifeln. Er hat den Ruf, ein großzügiger Förderer der Museen in Kyoto zu sein.“

„Ach? Das ist nett von ihm. Ist der große Raum der, in dem die Party stattfindet?“

„Ja, aber es gibt noch eine Menge anderer Räume, die für privatere Partys genutzt werden.“ Sie runzelte die Stirn. „Zumindest würde ich vermuten, dass sie dafür da sind. Ich weiß es nicht wirklich. Ich habe noch nie etwas anderes gesehen als den Hauptraum und ein paar der Suiten im Obergeschoss. Diese Burg ist ein Labyrinth, und Madamee Kameyo mag es nicht, wenn wir grundlos umherwandern.“

„Verständlich.“ Meine Haut kribbelte bei dem Gedanken daran, was Chiyoko mit den Yakuza in den Suiten oben gemacht hatte. „Aber wenn jemand von ihnen mich herumführt?“, überlegte ich laut.

Chiyoko zuckte die Achseln. „Wenn du mit einem von ihnen zusammen bist, kannst du überall hingehen.“ Sie hob den Kopf, um mich aus dem Augenwinkel zu betrachten. „Bist du wirklich so neugierig?“

„Ich liebe Geschichte“, sagte ich. „Steh bitte

gerade.“

Sie richtete ihr Gesicht nach vorne und richtete ihren Hals für mich auf. „Achte nur darauf, dass du im Gespräch über sie sprichst und nicht über dich“, fügte sie hinzu. „Diese Männer lieben es, angehimmelt zu werden.“

Das schien ein ausgezeichneter Ratschlag zu sein. „Danke“, sagte ich und meinte es auch so. Ich schminkte die Rückseite ihres Nackens und den oberen Rücken.

„Die Ironie ist, dass die Hälfte dieser Mädchen Universitätsstudentinnen sind. Medizinstudentinnen und Jurastudentinnen. Brillante Frauen, die für eine Nacht die Einfaltspinsel spielen.“ Zum ersten Mal, seit ich sie getroffen hatte, hörte ich Bitterkeit in ihrem Ton. „Einige von ihnen werden sich hier in Beziehungen mit diesen Männern verlieren.“

„Das kann ich mir vorstellen“, sagte ich und verpasste ihrem Make-up den letzten Schliff. „Okay, ich denke, das ist perfekt.“

Chiyoko drehte sich zu mir um und legte eine Hand auf meinen Unterarm. Sie hielt meinen Blick fest. „Lass dich nicht verführen“, warnte sie.

Mein Herz schmolz angesichts der aufrichtigen Sorge um mein Wohl. „Mach dir keine Sorgen, Chiyoko. Das wird nicht passieren.“

„Und vergiss nicht: Wenn du diesen Ort verlässt, sprichst du über nichts, was du gesehen oder gehört hast.“

„Natürlich“, sagte ich und unterdrückte ein Schaudern. Was ging an diesem Ort vor sich?

Chiyoko schaute in den Spiegel, um ihr Make-up zu untersuchen. Sie drehte ihr Gesicht in diese und jene Richtung, zog einen kleinen Handspiegel heraus und benutzte ihn, um ihren Nacken im großen Spiegel zu betrachten. „Gute Arbeit“, urteilte sie. „Wenigstens bringen dir deine Schwestern bei, wie man sich richtig schminkt.“

Fast hätte ich gelacht. Make-up war nie meine Stärke gewesen. Meine Sammlung beschränkte sich auf eine alte, ausgetrocknete Tube Wimperntusche und klaren Lipgloss, den mir Saxony vor ein paar Jahren zum Geburtstag geschenkt hatte.

Chiyoko trug mein Augenbrauen- und Augen-Make-up auf und bemalte meine äußeren Augenwinkel mit leuchtendem Rosa. Sie plauderte leise über die Schwestern in ihrem Haus, wie sie auf das erste weiße Make-up, das sie ausprobierte, allergisch reagiert hatte, und erzählte, dass früher Blei in der Schminke gewesen war, das die Geishas krank gemacht hatte. Der weiche Pinselstrich über meine Augen und die murmelnde Süße ihrer Stimme wirkten beruhigend auf mich. Die anderen Mädchen traten in den Hintergrund, und ich konnte mich fast selbst davon überzeugen, dass wir kein Haufen Frauen waren, die sich darauf vorbereiteten, Kriminelle zu unterhalten, sondern einfach nur junge Damen, die sich über Make-up und Haare unterhielten. Ein Stich der Sehnsucht nach meinen Freundinnen durchfuhr mich und ich fragte mich, was sie wohl gerade erlebten.

Chiyoko vollendete meine Lippenfarbe und lehnte sich zurück, um ihre Arbeit zu bewundern. „Wenn dein Haar fertig ist, wirst du nicht anders aussehen als eine echte Maiko“, sagte sie.

Ich streckte meine Hand Richtung Make-up aus,

aber sie schüttelte den Kopf. „Ich werde meine Augen selbst schminken – das ist mein Lieblingsteil und niemand sonst bekommt es jemals richtig hin. Nichts für ungut."

„Kein Problem", sagte ich erleichtert. Ich löste mein feuchtes Haar und runzelte die Stirn. Wenn Chiyoko von mir erwartete, dass ich mein eigenes Haar im Geisha-Stil frisierte, dann würde sie schrecklich enttäuscht sein.

Chiyoko beäugte mich. „Geh zu Madamee Kameyo. Wir bekommen Perücken als Teil unserer Kostüme."

„Oh." Ich erspähte die grimmig aussehende Frau an der Tür, wie sie mit einer jungen Frau mit Brille sprach. Madame Kameyo hatte ihren Finger im Gesicht des Mädchens und das Mädchen nickte, die Augen nach unten gerichtet. Ich schluckte und stählte meine Nerven, dann stellte ich mich vor sie und wartete, bis die junge Frau den Raum verließ.

Madame Kameyo musterte mich. „Komm", sagte sie und winkte mich mit einer Handbewegung näher heran. Sie griff mich an den Schultern. „Gesicht", bellte sie.

Ich neigte mein Gesicht nach oben. Sie inspizierte es und grunzte scheinbar zufrieden. „Geh in den nächsten Raum. Miyoko wird dir den Rest geben. Geh."

Ich trat in den kühlen Flur hinaus und ging zur nächsten Tür. Ich wollte klopfen, aber die Tür öffnete sich von selbst und eine große Frau, von Kopf bis Fuß wie eine Geisha gekleidet, kam heraus. Sie ging an mir vorbei und glitt dabei wie ein Geist über den Fußboden. Ich konnte nicht anders, als ihr nachzusehen.

„Nun, steh nicht da und gaffe, komm rein“, sagte eine Stimme.

Ich trat in einen kleinen mit Kisten und Taschen gefüllten Raum. Ein Ganzkörperspiegel stand vor einer kleinen Plattform. Die Frau mit der Brille von vorhin faltete Stoff zusammen und blickte mich an, als ich hereinkam. Eine andere, ältere Frau mit einer riesigen Brille neigte den Kopf nach hinten, um mich anzuschauen, ihre Augen so riesig wie die einer Eule.

„Sie müssen Miyoko sein“, sagte ich, ein Zittern in der Stimme.

Miyoko schnaubte und stemmte ihre Hände in ihre Hüften. Sie musterte mich von Kopf bis Fuß. „Nun, mal sehen, was wir für dich haben.“ Sie bückte sich und wühlte sich durch eine Kiste in der Nähe und murmelte dabei unablässig vor sich hin. „Ich sage, Blau wird dir am besten stehen.“

Sie zog ein Gewand heraus und warf es einem anderen Mädchen zu.

Das andere Mädchen winkte mich rüber und ich stellte mich vor den Spiegel. Was folgte, war eine Menge Drehen und Heben meiner Arme, während man mich in meterlange Stoffbahnen hüllte. Mein Haar wurde spiralförmig hochgesteckt und unter eine enge Netzkappe geschoben. Eine aufwendige schwarze Perücke wurde über die Mütze gelegt und mit winzigen Klammern befestigt. Als man mir den dicken Gürtel um die Taille band, hatte ich bereits angefangen zu schwitzen.

Der letzte Teil meiner Verwandlung waren die Schuhe. Weiße Socken, speziell angefertigt mit einer Naht zwischen meinem großen Zeh und den übrigen Zehen, umschlossen meine Füße. Ich starrte auf die fünf Zentimeter hohen Flipflops, die die junge Frau mir vor die Füße schob. Ich betrachtete mich im Spiegel und starrte mich eine ganze Minute lang an.

Das war nicht mehr ich. Sondern eine Geisha, die aus einem alten Wandteppich hätte herausgekommen sein können. Wenn ich mich nicht bewegte oder blinzelte, sah ich wie eine Puppe aus. Die rote Farbe auf meiner Unterlippe verlieh mir einen permanenten Schmollmund, und die rosa Schminke auf meinen Augen erinnerte mich an Kirschblüten. Die Perücke auf meinem Kopf hätte leicht mit meinem eigenen Haar verwechselt werden können.

„Woher werden sie wissen, dass ich keine echte Geisha bin?“, fragte ich eine Oktave höher als sonst.

Miyoko schüttelte den Kopf. „Ich schwöre, je schöner sie sind, desto leerer wird ihr Gehirn“, murmelte sie. Sie drehte sich weg und faltete ein weggeworfenes Gewand zusammen.

Die Frau mit der schwarzen Brille lehnte sich vor und sagte leise: „Du trägst keinen Obi-Gürtel. Kümmere dich nicht um sie. Sie vergisst manchmal, dass die meisten Mädchen hier neu sind.“

„Bekommen wir einen ... einen Einführungskurs?“, fragte ich.

„Da musst du eines der anderen Mädchen fragen. Wenn du nicht glaubst, dass du überzeugend spielen kannst, hättest du den Vertrag nicht unterschreiben sollen.“ Sie hob einen Haufen ausrangierter Plastiktüten auf und blieb dann stehen. „Du siehst toll aus“, sagte sie fröhlich.

# Kapitel 15

Sobald sie damit fertig war, mich anzuziehen, sagte Miyoko, dass es mir freistünde, zum Schloss zu gehen und an der bereits begonnenen Party teilzunehmen.

Stattdessen ging ich zurück in die Garderobe. Nur ein paar Mädchen waren noch dort, um ihrem Make-up den letzten Schliff zu geben. Chiyoko war nicht dabei. Sie musste bereits zur Party gegangen sein, also brach ich auf, um ihr zu folgen. Ich öffnete die Tür, gerade als sie hereinkam.

„Wow“, sagte sie. „Du siehst umwerfend aus.“

„Du auch“, sagte ich und lächelte.

Chiyoko trug einen pinkfarbenen Kimono mit einem dichten Muster aus Bambusblättern. Ein grüner Gürtel umschloss ihre Taille und eine Perücke ähnlich meiner bedeckte ihr echtes Haar.

„Bereit?“, fragte sie.

„So bereit, wie ich jemals sein werde“, sagte ich und schluckte.

Chiyoko deutete auf ein paar andere Mädchen im Raum. „Toshiko, Yuko, kommt ihr?“

„Noch ein paar Minuten“, sagte ein Mädchen in einem leuchtend grünen Kimono. „Geht ihr schon vor.“

Chiyoko nickte und hakte sich bei mir unter.

Wir machten uns gemeinsam auf den Weg über den Hof zum Schloss. Ich blickte hinauf zu den Lichtern der Party. Mit jedem Schritt wurde mir deutlicher bewusst, was ich im Begriff war zu tun. Ich zitterte.

„Irgendwelche Tipps in letzter Minute?“, fragte ich, meine Hände klamm vor Nervosität.

„Versuch, beim Gehen nicht den Kopf auf und ab wippen zu lassen und mach kleinere Schritte“, antwortete sie, als wir an zwei Männern vorbeikamen, die auf einer Grünfläche standen und Zigaretten rauchten. Die beiden nickten uns zu und Chiyoko senkte ihre Augen und ihr Kinn.

Ich tat mein Bestes, sie nachzuahmen. Verkürzte meine Schritte und versuchte, meinen Gang geschmeidiger zu machen. „Etwa so?“

„Besser“, sagte sie. „Jede deiner Bewegungen sollte langsam und anmutig sein. Wenn du eine Tür öffnen musst, geh immer zuerst auf die Knie. Schieb die Tür auf, steh auf, geh durch, knie dich wieder hin und schieb die Tür zu.“

Ich schloss meine Augen und erinnerte mich an ihre Worte. „Sonst noch etwas?“

„Was auch immer sie trinken, achte darauf, dass ihr Glas immer voll ist und nimm nichts zu trinken, bevor sie nicht vorher einen Schluck getrunken haben. Sei nicht laut, egal wie viel Alkohol du konsumierst.“

„Natürlich.“ Darüber hatte ich noch nicht nachgedacht. Ich hatte in meinem Leben noch nie mehr als ein paar Gläser heißen Sake getrunken.

„Wenn das Gespräch ins Stocken gerät, schlage ein Trinkspiel vor“, sagte Chiyoko. „Sie lieben Trinkspiele.“

„Natürlich.“

*Was für ein Trinkspiel?*

Wir stiegen die Steinstufen hinauf und nickten weiteren Männern zu, die draußen standen und im

Fackelschein plauderten. Chiyoko senkte ihre Stimme noch mehr: „Lache über ihre Witze, aber nicht zu laut. Gib ihnen das Gefühl, dass du dich in sie verliebst. Nach dem Abendessen kann ich dir garantieren, dass ein schönes Mädchen wie du gebeten wird, nach oben zu gehen."

Ich schluckte. Soweit würde es nicht kommen.

Sie drückte meinen Arm. „Ich rate davon ab ‚nein' zu sagen. Es heißt natürlich, dass man die Wahl hat, aber es liegt in der Natur dieses Jobs. Wenn du deinen Job gut genug machst, damit sie sich wie große Männer fühlen, werden sie dich ins Bett bringen wollen. Wenn du nein sagst, riskierst du, sie zu beleidigen." Ihre Stimme ging direkt in ein Flüstern über. „Und das ist nichts, was ich dir in dieser Gesellschaft empfehle."

Als wir durch das dunkle, weitläufige Foyer des Schlosses gingen, schwitzte ich, als wäre ich gerade eine Meile gesprintet. Ich wollte all das Make-up von meinem Gesicht wischen und den einengenden Kimono mit der größten Schere, die ich finden konnte, von meinem Körper schneiden.

Was hatte ich getan? Ich hätte einen Weg finden sollen, die Burg als Vogel zu erkunden. Warum hatte ich mich entschieden, mich zu verkleiden?

„Geht es dir gut?" Chiyoko hielt vor einer Schiebetür inne. Aus dem Raum auf der anderen Seite drang ein Gewirr aus Stimmen, traditioneller japanischer Musik, Besteckgeklapper und klirrenden Gläsern. Der Geruch von gebratenem Fisch, Reis und Gemüse erfüllte das Foyer.

„Ja", sagte ich durch meine tauben Lippen.

„Alles wird gut." Sie kniete vor der Tür nieder

und ich kniete hinter ihr. Sie schob die Tür auf und der Lärm der Party schlug uns entgegen. Jetzt gab es kein Zurück mehr. Chiyoko stand anmutig auf und ging durch die offene Tür. Ich folgte ihr und ahmte jede ihrer Bewegungen nach. Wir schwebten durch den großen Raum, der mit Gruppen von niedrigen Tischen gefüllt war. Frauen, die wie Maiko gekleidet waren, gingen umher und trugen Tabletts mit Essen und Getränken. Sowohl Geishas als auch kaukasische Frauen in prächtigen Kleidern und hochhackigen Schuhen mischten sich unter die Männer, die maßgeschneiderte Anzüge trugen. Ketten glitzerten an den Hälsen der Männer, und dicke Ringe machten auf fleischige Finger aufmerksam, denen einzelne Glieder fehlten.

Am Ende des Raumes, gegenüber der Bar, tanzten drei Geishas anmutig zur Musik der Junanagen und Koto, traditionellen japanischen Instrumenten, die von zwei weiteren Geishas gespielt wurden.

Manche beurteilende Blicke folgten uns, aber die meisten Leute bemerkten die zwei neuen Mädchen nicht. Ich war mir schmerzlich bewusst, wie unangenehm es war, eine Party zu betreten, auf der ich niemanden kannte. Ich folgte Chiyoko zur Bar und versuchte so auszusehen, als ob ich hierher gehörte. Ein paar Männer standen an den Tresen gelehnt und tranken Bier. Sie richteten sich auf, als wir uns näherten.

„Halt dich an mich“, sagte Chiyoko, lächelte und neigte den Kopf. Fast hätte ich sie angegafft. Ihre Stimme hatte sich komplett verwandelt; sie tropfte wie Honig. „Hideo, wie schön, dich wiederzusehen."

„Die duftende Lilie kehrt zurück", antwortete der größere Mann in einem marineblauen Jackett. Er nahm Chiyokos Hand und küsste sie. Seine Augen fielen auf mich. „Wer ist deine schöne Freundin?"

„Das ist Yokana." Chiyoko legte eine Hand auf meine Schulter. „Dies ist ihr erstes Jahr auf der Tai-Insel."

Ich lächelte und neigte das Gesicht. „Es ist mir ein Vergnügen, dich kennenzulernen, Hideo."

Hideo stellte seinen Freund Ryota vor. Ryota war älter, kürzer und breiter als sein Freund. Er sagte nichts, als er vorgestellt wurde, er nickte nur ruckartig. Seine berechnenden Augen untersuchten mein Gesicht und meine Haare.

„Habt ihr gegessen?", fragte Chiyoko.

„Nein, noch nicht. Ein Tisch scheint gerade frei geworden zu sein. Möchtet ihr euch zu uns setzen?", fragte Hideo.

„Wir täten nichts lieber", sagte Chiyoko.

Die Männer führten den Weg zu einem kleinen quadratischen Tisch in der Nähe eines offenen Fensters. Ich folgte Chiyokos Führung in allem, setzte mich genauso hin wie sie und hielt meine Hände in meinem Schoß. Ryota hatte immer noch nichts gesagt und als Chiyoko mit Hideo ins Gespräch kam, lehnte ich mich vor und sagte das Einzige, was mir in den Sinn kam: „Warst du schon einmal hier, Ryota?"

„Schon viele Male." Seine Stimme war rau, als ob er Halsschmerzen hätte. „Das ist unser größtes jährliches Event, aber es gibt viele kleinere Meetings das ganze Jahr über …"

Ich hörte höflich zu, während Ryota redete, aber mein Verstand suchte verzweifelt nach einem Weg, das Gespräch darauf zu bringen, wo ich das Schwert finden könnte. Sobald er anfing zu reden, hörte er nicht einmal zum Atemholen auf, und ich war dankbar dafür, dass ich vorerst außer höflichen Interessensbekundungen nicht viel zu dem Gespräch beitragen musste.

Dampfendes Essen erschien vor uns, ebenso wie Getränke. Wir vier hätten von außen wie alte Freunde aussehen können. Ich war zu sehr von Angst durchdrungen, um Appetit zu haben, aber auf Ryotas Drängen hin nahm ich ein paar kleine Bissen. Alles roch köstlich, aber das Essen schmeckte wie Sägemehl in meinem Mund. Meine Sake-Tasse war nie leer und ich folgte Chiyokos Führung, indem ich die Tasse häufig an meine Lippen hielt, aber dabei so gut wie nichts trank.

Chiyoko erstaunte mich. Jede ihrer Bewegungen war feminin und zart. Ich bezweifelte, dass ich ebenso natürlich aussah, aber nach ein paar Tassen heißem Sake war mir das egal. Mein Denken wurde an den Rändern etwas verschwommen und als eine weitere Tasse vor mir gefüllt wurde, runzelte ich die Stirn. Ich ließ zu viel Zeit verstreichen. Ich musste von hier verschwinden.

Durch den Alkohol ermutigt, berührte ich Ryotas Hand. „Ich habe gehört, dass es hier in der Festung einige wunderbare Samurai-Artefakte gibt. Hast du sie gesehen?“

Ryotas Wangen wirkten rosiger als zuvor, aber seine Augen waren klar, als er mich anlächelte. „Das habe ich. Möchtest du sie sehen?“

Ich brauchte die Freude auf meinem Gesicht nicht vorzutäuschen. Ich legte meine Handflächen zusammen. „Das würde ich sehr gerne. Würdest du sie mir zeigen?“

„Natürlich, natürlich. Warum gehen wir nicht sofort?“, sagte Ryota und leerte sein Glas Bier. Er beuge sich verschwörerisch vor. „Auf diese Weise haben wir sie für uns allein.“

Mein Lächeln verblasste bei dem Gedanken mit Ryota allein zu sein, aber ich wollte mir die Chance nicht entgehen lassen. „Ich danke dir“, sagte ich.

Ryota entschuldigte uns und Chiyokos Blick fand meinen. Ich schenkte ihr ein Lächeln, um ihr zu versichern, dass es mir gut ging.

„Bis später“, sagte ich.

„Viel Spaß“, antwortete sie.

Ryota steckte meine Hand in seine Ellbogenbeuge und führte mich aus dem großen Raum. Wir durchquerten das Foyer und gingen über eine breite Holztreppe auf eine zweite Ebene. Die Temperatur war hier oben niedriger, und die einzige Lichtquelle kam von ein paar schummrigen Wandlampen an den Holzwänden.

„Raiden ist ein leidenschaftlicher Sammler“, sagte Ryota, während wir einen schmalen Flur hinuntergingen, durch den unsere Schritte weit hallten. Er drückte meine kalte Hand.

„Das habe ich gehört“, antwortete ich.

Er sah zu mir herab. „Ist dir kalt?“

„Nein, mir geht es gut, danke.“ Ryota hielt vor einer Schiebetür inne und blickte sich vorsichtig um, so als ob er sich nicht ganz sicher wäre, dass wir hier sein durften. Er schob die Tür auf und wich zur Seite, um mich zuerst eintreten zu lassen.

Ich kam in ein Büro. Ein großer hölzerner Schreibtisch dominierte den Raum, dahinter befanden sich Bücherregale mit Ablagefächern, die mit Schriftrollen gefüllt waren.

„Wow“, sagte ich, als ich in den Raum trat, und sofort hielt ich Ausschau nach meinem Schwert.

Zwei volle Samurai Rüstungen standen in den Ecken hinter dem Schreibtisch und auf einem Gerüst hingen zwei kunstvoll geschmiedete Katanas und ein Wakizashi. Abgesehen von diesen gab es keine weiteren Waffen im Raum. Mein Herz sank, als ich näher trat und erkannte, dass das kurze Schwert nicht das war, das Daichi wollte. Es war in dunkelbraunes Leder gehüllt.

„Sind sie nicht schön?“, meinte Ryota und deutete auf einen der Samuraihelme.

„Ja“, stimmte ich zu und verbarg mühevoll meine Enttäuschung – mein Wakizashi war nicht hier.

Hinter uns erklang eine tiefe Stimme: „Ich sehe, wir sind nicht die Ersten mit dieser Idee.“

Wir drehten uns um und sahen einen Yakuza-Mann zusammen mit einer umwerfend schönen blonden Frau in einem funkelnden Abendkleid, das nur bis zur Mitte ihrer Schenkel reichte und ihre langen, schlanken Beine entblößte. Ein tiefes Dekolletee offenbarte ihre großen, blassen Brüste und auf ihren schwarzen Stilettos überragte sie ihren Partner um einiges. Sie sah aus, als wäre sie gerade von der Bühne der Miss-Universe-Wahl gelaufen.

„Oh, entschuldigt bitte“, sagte sie in fast perfektem Japanisch. Sie hakte sich bei ihrem

Partner unter und schien sich zurückziehen zu wollen. „Ich war nur neugierig auf die Rüstung. Wir kommen später wieder."

„Nein, bitte", sagte ich. „Kommt rein, kommt rein. Wir würden uns über eure Gesellschaft freuen."

„Ja, in der Tat", sagte Ryota, sein Blick klebte am Dekolletee der Frau. „Schließt euch uns an."

Das Paar zögerte, teilte einen Blick und kam dann ins Büro.

„Ist die Rüstung nicht spektakulär?", fragte ich. „Du musst das Leder fühlen, es ist atemberaubend."

„Ach ja?" Die blonde Frau lachte. Sie und ihr Partner kamen näher.

„Oh, du hast recht!" Sie wandte sich ihrem Partner zu. „Fühl mal."

Ich erhaschte einen Blick auf Ryotas Gesicht und war erleichtert, dass er immer noch die Brüste der anderen Frau anstarrte.

Sie und ich plauderten ein paar Minuten über die Rüstung, bis sogar Ryota sich entspannte und wir vier anfingen, uns wie Freunde zu fühlen. Während Ryota über etwas lachte, das sie gesagt hatte, lehnte ich mich vor und berührte seinen Ellbogen. „Entschuldige mich bitte kurz, ich muss nur auf die Toilette."

Er tätschelte meine Hand, ohne mich auch nur anzusehen. „Natürlich, natürlich, natürlich."

Ich wich schweigend zurück und huschte in den Flur hinaus. Ich grinste vor mich hin. Von einer blonden Schönheit gerettet. Ich ging weiter den leeren Flur entlang, probierte jede Tür aus und fand die meisten verschlossen vor. Die unverschlossenen

Räume bestanden aus einem Putzschrank, einem Umkleidezimmer und einem leeren Raum mit einer an der Wand befestigten Kreidetafel. Es gab drei Räume, in denen verdächtig aussehende Holzkisten gestapelt waren, aber nirgendwo konnte ich weitere Artefakte finden.

Ich nahm die Treppe zum nächsthöheren Stockwerk, merkte aber bald, dass die oberen Stockwerke nicht benutzt wurden. Ein Luftzug fegte über die staubigen Böden. Die Wände hier oben bröckelten und das Holz war mit Spinnweben überzogen. Hier sah die Festung aus, als wäre sie seit hundert Jahren nicht mehr bewohnt worden. Ich ging wieder die Treppe hinunter bis zum Foyer und durch den Flur am großen Raum vorbei. Ich verlangsamte meinen Gang, als mir einige Paare entgegenkamen. Mit gesenktem Blick tat ich so, als hätte ich jedes Recht, allein durch die Burg zu wandern.

Ich ging durch eine Tür in einen quadratischen Innenhof. Das Mondlicht erleuchtete einen wunderschönen von Reben umgebenen Brunnen in der Mitte. Nachdem ich den Hof umrundet hatte, ging ich weiter durch einen Torbogen. Es fiel mir fürchterlich schwer in meinen Flipflops zu gehen, und ich war versucht, sie einfach wegzukicken. Stattdessen versteckte ich mich im Schatten und wartete, bis ein paar Neuankömmlinge den Hof durchquert hatten und im Inneren verschwanden. Ich passierte zwei Treppen, die in entgegengesetzte Richtungen führten.

Gerade als ich mich fragte, in welche Richtung ich als nächstes gehen sollte, erschreckte mich eine

Stimme. „Hast du dich verirrt?“

Ich wirbelte herum. Ein großer Mann mit einer unglaublich muskulösen Brust trat auf mich zu. Er trug einen schwarzen Anzug und hielt eine angezündete Zigarre in seiner rechten Hand. Ihm fehlten keine Finger. Er näherte sich mir gemächlich und blieb nahe genug stehen, dass ich sein schweres Eau de Cologne riechen konnte. Sein Haar war hinten sehr kurz geschnitten und seine Zähne schimmerten weiß. Gutaussehend und selbstbewusst verströmte er die gefährliche Aura eines schwarzen Skorpions.

Ich musste nicht erst fragen, wen ich vor mir hatte.

Dieser Mann war Raiden.

Ich setzte ein Lachen auf, von dem ich hoffte, dass es nicht allzu nervös klang. „Ein wenig“, log ich. „Ryota wollte mir die Festung zeigen, aber ich habe ihn verloren.“

„Glück für mich“, sagte der Mann und grinste. „Ich bin auf dem Weg zu einem Treffen und habe mir gerade etwas weibliche Gesellschaft gewünscht. Willst du mich begleiten?“ Er drehte sich um und streckte einen Arm aus.

„Ryota sollte ...“

„Ich bestehe darauf.“ Seine Stimme wurde gefährlich leise.

„Natürlich“, sagte ich und versuchte verführerisch zu klingen, aber ich vermutete, dass ich eher wie eine Maus in der Falle klang.

Ich hakte mich an seinem Ellbogen unter. „Ich bin Yokana“, sagte ich, während wir tiefer in die Festung gingen.

Er klemmte seine Zigarre zwischen seine Zähne und sah auf mich herunter. „Fräulein Yokana. Es freut mich, dich kennenzulernen.“

# Kapitel 16

„Du hast großes Glück“, sagte Raiden. Die Luft wurde kühler, als wir durch einen Bogengang in einen weiteren kleinen Hof kamen.

„Warum?“

„Wir werden heute Abend ein Ritual abhalten“, sagte er, während wir eine Steintreppe über eine offene Turmtreppe hinaufgingen. „Du wirst etwas erleben können, was nur sehr wenige Gäste zu sehen bekommen.“

Seine Augen leuchteten, aber ich war alles andere als glücklich. Nach allem, was ich hier bislang gesehen hatte, wollte ich kein Teil irgendeines Rituals werden. Fieberhaft suchte ich nach einer Möglichkeit zu entwischen und meine Suche fortzusetzen.

Am oberen Ende der Treppe gingen wir über einen Balkon mit einem Holzgeländer.

„Ich liebe diese alten Festungen der kaiserlichen Armee“, sagte Raiden, während wir weitergingen. „Diese wurde erbaut, nachdem das Han-System 1871 abgeschafft wurde. Es war ein interessantes Jahr für Japan. Ein Privileg, das einst nur den Samurai gewährt wurde, stand plötzlich jedem Mann zwischen siebzehn und vierzig Jahren offen.“

„Welches Privileg war das?“, fragte ich und konzentrierte mich mehr darauf, meinen Atem ruhig zu halten, als auf das Gespräch mit Raiden.

Eine Tür glitt auf, als ob jemand auf der anderen Seite gewusst hatte, dass Raiden kommen würde.

„Das Recht, Waffen zu tragen“, sagte Raiden.

Beim Betreten des Dojo konnte ich nicht anders als zu keuchen. An fast jedem Balken waren Regale mit Waffen aller Art befestigt. Lange Katanas, für die die Samurai so berühmt waren, Wakizashi, Shaku-Dolche und Messer. Außerdem Wurfsterne, lange Klingen mit noch längeren Griffen und Eisenklauen, die Toshi einmal als Tekko-kagi bezeichnet hatte. Diese waren den Waffen nicht unähnlich, die Kito, Toshis Vater, hergestellt hatte. Wenn mein Wakizashi sich irgendwo in dieser Festung befand, dann hier.

„Ich bringe einen unerwarteten Gast mit“, sagte Raiden unbeschwert zu den mehr als einem Dutzend Männern, die sich zu uns umdrehten. Die Gespräche verstummten augenblicklich.

Raiden schritt in den Kreis der Männer, die hastig beiseitetraten, um ihm Platz zu machen. Ich stand an der Tür und konnte meinen Blick nicht von den Waffen abwenden.

„Komm“, forderte Raiden mich auf.

Raiden nahm auf einem kunstvoll geschnitzten Holzstuhl Platz, der auf einer niedrigen Plattform aufgestellt worden war. Es gab keine anderen Sitze im Raum.

Ich trat ein. Der Schweiß rann mir den Nacken hinunter, trotz des kühlen Abends. *Mach kleine Schritte*, sagte ich mir. *Gleite.*

„Setz dich neben mich.“ Raiden deutete auf ein dünnes, schmutziges Kissen auf dem Boden. Ich senkte mich so anmutig auf die Knie, wie ich nur konnte.

„Sei nicht ängstlich“, sagte er leise. Er richtete sich auf und deutete auf einen älteren Mann.

„Komm, Fujio. Lass uns deinen Fall hören und beginnen.“

Die auf dem Boden Sitzenden machten Platz, um Fujio nach vorne zu lassen.

„Ich habe meinen Kumicho beleidigt“, sagte Fujio und sprach Raiden damit als ‚Großvater‘ an, den Blick auf den Boden vor Raiden gerichtet. „Ich bin gekommen, um Buße zu tun.“

Die Haare in meinem Nacken richteten sich auf. Kumicho, Großvater. So nannte ich meinen Entführer seit Jahren.

„Was genau war dein Vergehen?“, fragte Raiden vergnügt. „Sprich laut, damit alle es hören können.“

„Ich war nicht in der Lage, meine Schulden zum vereinbarten Termin zu begleichen, und bitte demütig um eine Verlängerung.“

Niemand rührte sich. Ich warf Raiden einen Blick zu. Seine Augen wurden schmal, seine Finger streichelten sein Kinn. Obwohl er nachdenklich aussah, hatte ich den Eindruck, dass er bereits wusste, worum es ging.

„Du kannst deine Verlängerung haben“, sagte er schließlich. „Aber eine Verzögerung bei der Rückzahlung einer Schuld, besonders bei einer so großen wie deiner, wird einen Preis erfordern.“ Er hielt inne, die Lippen zu einem Lächeln gespreizt.

Ich dachte an Inaba und schloss meine Augen. Ich wusste, was kommen würde und was Raiden mit ‚Zeremonie‘ gemeint hatte.

„Yubitsume“, sagte Raiden. So einfach, als hätte er um einen Kaffee gebeten, befahl Raiden Fujio, sich ein Fingerglied abzuschneiden.

Fujios Gesicht blieb völlig ausdruckslos. Er

verbeugte sich, bis ein Mann den Raum durchquerte und einen kleinen Holztisch vor Fujio hinstellte. Ein weißes Tuch, nicht größer als eine Serviette, wurde über die Tischoberfläche gelegt.

Fujio kniete sich an den Tisch und lehnte sich zurück. Er rollte die Manschetten seines Hemdes an seinen Unterarmen hoch, seine Bewegungen waren langsam und methodisch.

Der Mann, der den Tisch gebracht hatte, tauchte mit einer langen Klinge in der Hand wieder auf. Er streckte sie mit beiden Händen aus und öffnete sie flach, damit Fujio sie nehmen konnte. Aber Fujio ließ die Klinge fallen.

Mein Herz klopfte vor Furcht. Ekel umklammerte mich. Fujio griff zu seinem Gürtel und zog sein eigenes Messer heraus, eines, das ich nicht bemerkt hatte, da es in den Falten seiner Kleidung versteckt gewesen war. Er breitete seine linke Hand flach auf der weißen Serviette aus und hielt die Spitze der Klinge ans Ende seines kleinen Fingers. Ich bemerkte, dass er bereits den ersten Knöchel seines linken Fingers verloren hatte. Mir wurde schlecht.

Ohne zu zögern schnitt er sich seinen Finger ab. Es ging so schnell, dass ich keine Zeit hatte, wegzusehen. Die Serviette blühte rot auf, aber Fujio gab keinen Laut von sich. Sein Gesicht blieb, wie es bis jetzt gewesen war – teilnahmslos. Ich fühlte mich unfähig, meinen Blick von dem kleinen Stück Fleisch und Knochen, das dort auf der Serviette lag, abzuwenden. Der Mann, der den Tisch gebracht hatte, reichte Fujio etwas, das wie ein Verband aussah.

Mein Herz klopfte so laut, dass ich sicher war,

dass jede Person im Raum es hören musste. Ein brennendes Gefühl traf meine Kehle und ich schloss meine Augen. Bei allen guten Geistern. Wie war ich hierhergekommen? All die kleinen Muskeln um meine Wirbelsäule zitterten vor Angst.

Fujio stand auf. Sein Gesicht war bleich, aber er gab immer noch keinen einzigen Laut des Schmerzes von sich. Fujio verbeugte sich vor Raiden und bot ihm die Serviette als Opfer dar. „Danke, dass du mir die Gelegenheit gegeben hast, Wiedergutmachung zu leisten."

„Warte", sagte Raiden und hob seine Hände von der Armlehne seines Stuhls. „Eine letzte Sache noch, und du wirst freigesprochen."

Fujio wartete, den Blick immer noch gesenkt.

Raiden stand auf und zog sein Jackett aus. Lässig trat er von der Plattform herunter, ging auf die Waffenwand zu und inspizierte die Auswahl. Er knöpfte die obersten paar Knöpfe seines Hemdes auf, öffnete die Manschettenknöpfe an seinen Handgelenken und warf sie einem der Männer zu. Er drehte sich wieder zu Fujio um. „Wähle deine Waffe", sagte er mit einem selbstgefälligen Lächeln.

Zum ersten Mal verlor Fuijo seine Selbstbeherrschung. Schockiert sah er sich in dem Raum um. Er war nicht der Einzige. Auch einige der anderen Männer tauschten überraschte Blicke. Die meisten jedoch blieben weiter ruhig. Das war eine ungewöhnliche Wendung. Offensichtlich wollte Raiden kämpfen, aber was bedeutete das? Bis zum Tod? Bis genug Blut vergossen worden war? Fujio hatte gerade die Spitze seines Fingers verloren. Das Blut tropfte von der durchnässten Bandage auf den Boden. Wie sollte er ein Schwert schwingen?

Als Fujio langsam an der Waffenwand entlangging, war jedes Auge im Raum auf seinen Rücken gerichtet. Mir kam der eigentliche Zweck meiner Mission wieder in den Sinn. Vielleicht würde niemand bemerken, wenn ich mich jetzt hinausschlich. Ich lehnte mich nach vorne und schob mich halb auf meine Füße.

„Bleib“, sagte Raiden.

Ich schaute auf und erstarrte. Sein Blick nagelte mich an der Stelle fest. Seine Stimme war sanft, aber seine Worte waren keine Bitte, sondern ein Befehl.

Schweißperlen sammelten sich an meinen Schläfen. Meine Kopfhaut juckte und mein Make-up fühlte sich klebrig an, aber ich wagte es nicht, mein Gesicht zu kratzen. Mein Blick wanderte über die Waffen. Eine sah so aus wie jene, die Großvater suchte. Aber ich war mir nicht sicher.

Auch einige andere Wakizashi erregten meine Aufmerksamkeit, aber sie wirkten entweder zu dunkel oder die Muster passten nicht. Mein Blick wanderte immer wieder zu dem einen Wakizashi. Ich starrte es so sehr an, dass meine Augen zu tränen begannen und ich blinzeln musste.

Als ich wieder zu den Männern blickte, sprang mir das Herz in die Kehle. Raiden hatte sein Hemd ganz aufgeknöpft und enthüllte die komplizierten Tätowierungen, für die die Yakuza bekannt waren. Die Vorderseite seiner Brust war mit schwimmenden Koi bedeckt. Sie schlängelten sich über seine Schultern und seine Brust und zogen über seinen Bauch. Aber es waren nicht die Fische, die mein Blut zu Eis werden ließen. Denn dazwischen befanden sich drei Oni. Raiden ließ sein Hemd fallen, reichte es einem seiner Männer und drehte mir den Rücken zu. Auf seinem Rücken befand sich ein schrecklicher, dreiköpfiger Dämon. Knallgrüne Augen, rote Haut, schwarze Krallen an Händen und Füßen und eine Keule mit Stacheln, die zum Angriff erhoben war. Kirschblüten umhüllten seine Beine und verschwanden unter Raidens Gürtel.

Raiden bedeutete Fujio seine Waffe zu wählen. Fujios war bleich, selbst im gelben Licht, als wäre er bereits tot. Seine Hand zitterte, als er ein langes Katana aus der unteren Reihe ergriff. Es war in eine schwarze Scheide gehüllt und anmutig geschwungen. Er fasste es am lederumwickelten Griff, zog die silberne Klinge aus der Scheide und hielt es hoch, damit es jeder sehen konnte. Die Spitze der Klinge schwankte leicht in Fujios geschwächtem Griff.

Raiden ging langsam durch den Raum. Er sonnte sich in der Aufmerksamkeit und schien das Spektakel zu genießen. Er griff nach einem Schwert und streichelte es, als handle es sich dabei um eine Geliebte. Dann berührte er ein weiteres Schwert und noch eines und noch eines.

Ich wandte mich wieder dem Wakizashi zu und überlegte, wie ich die Waffe in meinen Besitz bringen konnte. Aber es fiel mir schwer, mich zu konzentrieren. Die Spannung im Raum war elektrisierend. Obwohl mir Schweiß den Rücken hinablief, waren meine Fingerspitzen eiskalt. Ich steckte sie in die Falten meines Kleides. Betete, dass ich nicht Zeugin eines Mordes werden musste.

Plötzlich griff Raiden nach oben und zog eine lange rote Hülle herunter, die mit glänzenden schwarzen Steinen verziert war. Schwarze Lederbänder baumelten am Griff, als er das Schwert aus der Scheide zog. Die Klinge schimmerte golden im Licht. Es war die Größe der Klinge, die mir den Atem raubte. Sie war riesig, beinahe so lang wie ich.

Raiden packte den Griff mit beiden Händen und hielt die Waffe hochkant über sich. Sein Gesicht verhärtete sich. Er machte schwungvolle Bewegungen mit dem Schwert, um sich aufzuwärmen, drehte seine Arme und machte leichte, schnelle Schritte wie ein Tänzer. Seine Muskeln hüpften unter seiner Haut und die Gesichter der Oni auf seinem Rücken schienen lebendig zu werden. Die Klinge schob sich durch die Luft und zerschnitt den Raum mit einem scharfen Rauschen. Wäre ich Fujio gewesen, wäre ich vor Angst ohnmächtig geworden.

Fujio bemühte sich, unbeeindruckt zu erscheinen, aber er schwankte wie ein Betrunkener und seine Augen blickten nicht mehr so tapfer drein wie zuvor. Ich erinnerte mich daran, dass er, wie Inabas Sohn, dieses Leben gewählt hatte. Diese Männer hatten sich für den Weg der Yakuza entschieden. Es durfte sie nicht überraschen, wenn ihnen Gewalt und sogar der Tod drohten. Doch egal, was Fujio auf dem Kerbholz haben mochte, in diesem Moment tat er mir einfach nur leid.

# Kapitel 17

Raiden und Fujio bewegten sich in die Mitte des Raumes und blieben ein paar Schritte voneinander entfernt stehen.

„Bereit?“, knurrte Raiden, als er das goldglänzende Schwert auf Schulterhöhe hob. Das grausame Licht der Klinge ließ die Oni-Gesichter strahlen.

Fujio nahm einen tiefen Atemzug. Dann, den Mund zu einer grimmigen Linie verkniffen, stieß er ein scharfes „Hai!“ aus.

Es begann.

Ich konnte nicht wegsehen, als Fujio sein Katana mit einem einfachen, starken Schwung von unten nach oben zog. Er hätte damit Raiden vom Oberschenkel bis zum Kinn aufgeschlitzt. Doch so weit kam er nicht. Raiden ließ sein Langschwert nach unten sausen und stoppte die aufsteigende Klinge mit einem gewaltigen Aufprall. Dann stieß er seinen Ellbogen nach vorne, traf Fujis Stirn und ließ ihn nach hinten taumeln. Die Muskeln in meinem Bauch zitterten vor Schrecken. Es war kein Spielkampf. Ein Mann würde sterben.

Raiden folgte allerdings nicht mit einem weiteren Schwerthieb. Ein Blick von sadistischer Verzückung breitete sich über sein Gesicht aus, als er den anderen taumeln sah.

Fujio grunzte, als er sich aufrichtete. Blut verdunkelte die grauen Haare an seiner Schläfe, bevor es eine dünne, purpurne Perle zwischen den Tälern seines verwitterten Gesichts bildete.

„Komm schon, alter Tiger“, kicherte Raiden, ein Geräusch ohne Heiterkeit oder Mitgefühl. „Hast du keine Zähne mehr?“

Ich sackte vor Erleichterung zusammen und glaubte schon, dass es vorbei war. Aber etwas blitzte in Fujios Augen auf: Wildheit, oder vielleicht nur die Erinnerung daran, wild gewesen zu sein. Er packte sein Katana mit neuer Kraft, trotz des Blutes, das aus seiner bandagierten Hand tropfte.

„Da sind sie ja“, brüllte Raiden und die beiden Duellanten stürzten sich aufeinander.

Raiden drehte sich um die eigene Achse und schnitt mit der Klinge um ein Haar Fujio den Kopf von den Schultern. Doch der ältere Mann tauchte unter dem Hieb hindurch und rammte seine Schulter gegen Raidens Oberkörper. Raiden taumelte und Fujio, dessen Augen in einer unberechenbaren Mischung aus Angst und Stolz leuchteten, hob seine Klinge zum tödlichen Schlag.

Ein Keuchen entfuhr einigen Zuschauern. Aber das Alter des Yakuzas ließ ihn im Stich. Seine sichtlich steifen Schultergelenke und sein Rücken verlangsamten seinen Schlag um einen Sekundenbruchteil. Schon krachte Raidens Faust gegen sein Kinn. Fujios Kopf flog zurück, gefolgt von seinem Körper. Dumpf schlug er auf dem Boden auf.

Die Männer im Raum zuckten beim Aufprall zusammen und tauschten aufgeregte Blicke. Dann sahen alle zu Raiden, der mit einem selbstgefälligen Grinsen seinen Kontrahenten musterte.

Fujio richtete sich schwerfällig wieder auf. Dabei stützte er sich auf sein Katana. Es hätte nicht deutlicher sein können, dass er besiegt war.

Raiden ließ Fuji wieder auf die Beine kommen, griff ihn dann aber sofort an. Meine Hände flogen zu meinem Mund, als Raidens Klinge Fujios Unterarm öffnete. Der alte Mann stieß einen heiseren Schrei aus, das Schwert fiel aus seiner verstümmelten Hand und er brach auf ein Knie zusammen. Blut stürzte aus der tiefen Schnittwunde. Fujio hielt seinen verwundeten Arm, plötzlich kreidebleich, und blickte zu Raiden auf.

Raiden lachte wieder, ein kaltes, hungriges Geräusch. Ohne Vorwarnung trat er dem knienden Mann in die Brust. Fujio flog gurgelnd zurück. Dann lag er still. Eine Blutpfütze wuchs langsam unter ihm. Zu viel, um in den Matten zu versickern.

Doch Fujio atmete. Er klammerte sich mit jedem Atemzug an das Leben.

„Du bist freigesprochen“, sagte Raiden und kehrte seinem gebrochenen Gegner den Rücken zu. Sein Blick fiel auf mich, als er vorbeiging, und die grimmige Arroganz in seinen Augen ließ mein Blut kalt werden. Es kostete mich all meine Kraft, eine teilnahmslose Miene zu wahren, und nun war ich dankbar für die weiße Paste, die mein Gesicht bedeckte.

Als ob mit Raidens Worten ein Bann gebrochen war, erwachten die Männer aus ihrer Reglosigkeit, und ein halbes Dutzend von ihnen half Fujio auf. Ein Handtuch wurde um seinen Arm gebunden und der Mann wurde aus dem Raum getragen.

„Geht, alle“, sagte Raiden, und die übrigen Männer machten sich ebenfalls auf den Weg zur Tür. Ich beeilte mich, auf die Beine zu kommen, als er auf mich zeigte: „Du nicht."

Ich sank wieder nach unten, schluckte hart. Was auch immer Raiden vorhatte, es würde nicht gut sein.

Der letzte Mann verließ den Raum und schob die Tür hinter sich zu. Nur das Geräusch von Raidens Atem war jetzt noch zu hören. Ich schloss meine Augen und stählte mich für was auch immer kommen mochte.

„Steh auf", sagte er leise.

Langsam erhob ich mich, den Blick gesenkt. Da ich nichts mehr von ihm hörte, sah ich doch hoch.

Raiden breitete seine Arme aus. Die Blutspritzer auf seinem Gesicht und seiner Brust waren nicht seine eigenen. Auf seiner Brust sahen sie aus wie ein Teil seiner Tätowierung. Die Oni-Gesichter grinsten mich böse an.

„War ich nicht großartig?", fragte Raiden und machte einen Schritt auf mich zu. Seine Tattoos glitzerten vor Schweiß. „War ich am Ende nicht barmherzig?"

Übelkeit stieg in meiner Kehle auf und ich verschluckte mich. Ich senkte die Wimpern, damit er den Ekel, die Wut und die Angst nicht sehen konnte, die in mir brodelten.

„Großartig", wiederholte ich.

Er legte seine heißen, feuchten Handflächen auf meine Schultern. „Du hast Angst. Aber du brauchst mich nicht zu fürchten", sagte er. Seine Lippen kamen an mein Ohr: „Solange du tust, was ich dir sage, wirst du beschützt. Sogar geliebt."

Er schob sich eng an mich heran. Ich war jetzt auf Augenhöhe mit dem Oni-Gesicht, das direkt unter sein Schlüsselbein tätowiert war. Ich zuckte zusammen und biss mir so fest in die Lippe, dass ich Blut schmeckte. Es war meine Aufgabe, die bösen Geister aus dem Körper dieses Mannes zu treiben. Aber ich war völlig unfähig dazu. Ich war klein und schwach. Schlimmer noch, ich war voller Zweifel. Ich würde es vermutlich nicht einmal unbeschadet hier rausschaffen.

Raidens Hände glitten über meinen Rücken. Panik explodierte in meiner Brust und flatterte wild unter meinen Rippen. Was sollte ich tun?

Meine Augen richteten sich auf das Wakizashi, das hinter Raidens Schulter zu sehen war. Ich stand da wie ein versteinerter Baum, als er meinen Gürtel löste. Ich fühlte, wie sich mein Kleid lockerte, wie der Gürtel auf den Boden fiel. Als nächstes schob er mir die Perücke und die Netzmütze vom Kopf. Meine eigenen schwarzen Strähnen lösten sich um meine Schultern.

„Wunderschön“, knurrte er. „Weißt du, was ich gern mit schönen Dingen mache?“ Er bewegte seine Hände zurück zu meinen Schultern, seine Fingerspitzen hingen am Kragen meines Gewandes. Ein Ruck und das ganze Ding würde von mir abfallen und mich entblößen. Er beugte sich noch tiefer und ich fühlte, wie seine Nasenspitze meinen Wangenknochen streifte. Mein ganzer Körper zitterte nun, jeder Nerv und jede Zelle schrie danach zu laufen. Aber ich konnte nicht ohne dieses Wakizashi gehen. Mir blieb keine Wahl.

Ich atmete tief durch. Ließ los. Und wurde zu einem Finken.

Das Verlangen zu zwitschern und zu schreien war

fast überwältigend, aber ich blieb still. Als mein Kimono auf den Boden fiel, öffnete sich der Ärmel gerade so weit, dass ich durch ihn hindurch zur Decke hinauf springen konnte. Aber es gab keinen Platz zum Landen und ich flog darum panisch im Kreis.

Raiden keuchte überrascht auf. Aber er fasste sich rasch. Mit zusammengekniffenen Augen spähte er durch den Raum und fand den Finken. Raiden schien zu begreifen, mit wem er es zu tun hatte.

„Du bist eine Hanta", sagte er.

Ich zwitscherte zur Antwort. Ich war ein Vogel, aber ich war auch eingesperrt. Ich muss hier raus. Panisch sah ich mich um und entdeckte ein Loch in der Decke. Ich flog darauf zu, wandte mich aber im letzten Moment wieder ab. Ich brauchte das Wakizashi. Ich würde keine weitere Chance mehr bekommen. Also kämpfte ich meine Panik nieder und flog durch den Raum. Alles drehte und überschlug sich, während ich wild umherflatterte und mein Verstand raste. Raiden hob sein Samurai-Schwert, das immer noch mit Fujios Blut gezeichnet war. Er hielt es mit beiden Händen hoch und lachte mit den Stimmen zahlreicher Dämonen.

Ich hatte keine Zeit mehr. Ich musste viel stärker als ein Finke werden.

Mitten im Flug wurde ich zu einem Adler. Ich schrie Raiden an und schoss direkt auf sein Gesicht zu. Meine plötzliche Verwandlung überrumpelte ihn, und die Angst in seinen Augen, als er rückwärts taumelte, erfüllte mich mit Befriedigung. Er schwang seine Klinge nach mir, aber mit den Reflexen eines Adlers konnte Raiden nicht mithalten. Ich wich der Klinge knapp aus, schoss ihm über die Schulter und flog direkt auf das Wakizashi zu. Meine Krallen schlossen sich um die Scheide und ich hob es von der Stange.

Ein ungläubiger Schrei ertönte hinter mir. Es musste für Raiden so aussehen, als wollte ich ihn mit dem Schwert attackieren. Weitere Stimmen ertönten, doch außer mir und Raiden war niemand im Raum. Es war, als ob die Oni ein Gespräch führten und nach einer Erklärung für mein seltsames Verhalten suchten.

Auch meine Adlerform war zu klein, um das Schwert zu tragen, und das Gewicht des Schwertes zog mich nach unten. Ich drehte mich unbeholfen zur Seite, als Raiden sein Schwert wieder nach mir schwang. Die Klinge hackte in das hölzerne Gestell direkt unter meinem rechten Flügel. Das Gestell kippte auf die Seite, die Schwerter rutschten von der Ablage und klapperten auf den Boden. Ich ließ innerlich los … und wurde zu einem noch größeren Adler. Das Schwert fühlte sich sofort leichter an und meine mächtigen Flügel trugen mich hinauf.

Aber was nun? Ich flatterte über Raidens Kopf, gerade außerhalb seiner Reichweite. Ich kämpfte um Platz und Höhe. Der Raum war nicht groß genug und es gab für mich keinen Wind, der mich aufrecht halten konnte. Ich begann, weite Kreise zu ziehen, aber mit jeder Umdrehung verlor ich an Höhe.

Raiden begann wieder zu lachen. „Was wirst du jetzt tun, du dumme Kreatur? Du willst eines unserer Schwerter? Ist es das, wofür du sterben willst? Für einen Moment dachte ich, eine echte

Hanta sei gekommen. Aber du bist ja wirklich nur ein schräger Vogel.“ Er lachte noch lauter.

Ich sank unweigerlich. Noch ein weiterer Kreis und ich wäre in Reichweite der rasiermesserscharfen Klinge. Das Wakizashi wurde immer schwerer, und ich fühlte, wie es aus meinem Krallen glitt.

Raiden hob kichernd sein Schwert an. „Du bist ja eine Tragödie!“

Ich schrie vor Frustration. Es gab keinen Ausweg. Ich hob das Schwert hoch und schloss meine Krallen fester um es herum. Mit dem durchdringenden Schrei, zu dem nur ein Adler fähig ist, mobilisierte ich alle Kraft in mir und flog nach oben. Ich schlug mit der höchsten Geschwindigkeit, die ich in dem kleinen Raum aufbringen konnte, gegen die Decke.

Der Schmerz des Aufpralls machte mich beinah besinnungslos. Doch mein Kopf stieß durch das Dach und brach hindurch. Fast hätte ich das Schwert fallen gelassen, aber es war zu wichtig; selbst gegen meine Instinkte umklammerte ich es weiter.

Kalter Nachtwind fegte über mich hinweg und ich konnte Raidens Schrei unter mir hören. Die frische Luft füllte meine Lungen. Unter mir trudelte der Innenhof davon, dann der Rest der Festung. Getragen vom Wind flog ich hoch in den Himmel und schrie meine Erleichterung dem Mond entgegen.

Ich schaute nicht nach unten. Ich blickte nicht zurück. Ich ließ innerlich los … und verdoppelte die Reichweite meiner Flügel. Die Last des Schwertes wurde leichter. Das Geräusch der Wellen, die gegen die Felsen krachten, ließ mich vor Glück schreien.

# Kapitel 18

Da ich mein Seidenkleid nicht mehr hatte, verwandelte ich mich auf dem Fensterbrett meines Hotelzimmers zurück in meine nackte Menschengestalt und purzelte rückwärts in mein kleines Zimmer. Das Schwert klapperte auf den Boden. Zitternd vor Adrenalin und Kälte lag ich auf den Holzdielen und lauschte dem Klang meines langsamer werdenden Herzens.

Das Wakizashi lag mir zu Füßen. Ich starrte auf die Scheide mit ihrem blassen Muster. Es war zu früh, um sich zu freuen. Der schwierigste Teil der Aufgabe war erledigt, aber es war noch nicht vorbei.

Nach ein paar Minuten Ruhe stand ich auf und schloss das Fenster. Ich machte das Licht an und wickelte mich in das Bettlaken. Auf dem kleinen Bett sitzend, dachte ich über den Gegenstand nach, für den ich fast gestorben wäre. Ich untersuchte die Scheide und den Griff. Das Schwert war ein Werk von atemberaubender Handwerkskunst. Blau, mit einem Perlmuttmuster von Bäumen über die ganze Länge. Auch die Lederumhüllung des Griffs war vor langer Zeit blau gefärbt worden, aber sie war mit der Zeit und durch das Fett der Hände ihrer Besitzer blaugrau verblasst. Ich schob das Schwert aus seiner Scheide. Die Klinge war geölt und gut gepflegt worden. Sie war scharf und glänzend und hatte in der Nähe des Griffes einen kleinen Abdruck. Ich hielt sie nach oben gerichtet und fasste sie mit beiden Händen an. Das Wakizashi war nicht annähernd so einschüchternd wie die längeren Samurai-Schwerter, und abgesehen von seiner schönen Scheide und dem Abdruck von Blumen schien das Schwert selbst eher unscheinbar zu sein.

Ich fragte mich, warum es Daichi so wichtig war.

Nun, da ich vorerst außer Gefahr war, machte sich die Erschöpfung in meinen Knochen breit. Ich schob das Schwert in seine Scheide zurück, verstaute es im Safe und nahm eine lange, heiße Dusche. Ausführlich schrubbte ich mein Gesicht. Obwohl die Geisha-Schminke verschwunden war, nachdem ich mich in einen Vogel verwandelt hatte, fühlte es sich immer noch so an, als würde sie an meiner Haut kleben. Ich schamponierte mein Haar dreimal und seifte meinen Körper ein, bis er sich fast roh anfühlte.

Immer wieder kam mir die Erinnerung an das zwinkernde Oni-Gesicht auf Raidens Brust und legte sich wie ein kalter Schatten auf mein Herz. Ich trocknete mich ab und kroch nackt ins Bett, mein nasses Haar in ein Handtuch gewickelt. Trotz meines Erfolgs flatterten Sorgen in mir umher. Hoffentlich hatte niemand einen großen Steinadler mit einem Schwert gesehen, der auf dem Fensterbrett des Hotels gelandet war.

Mit diesem Gedanken verlor ich das Bewusstsein.

„Was meinst du damit, du willst, dass ich hier bleibe?“, sagte ich in mein Handy, in der Hoffnung, dass ich Daichi missverstanden hatte. „Ich habe das Schwert. Warum kann ich nicht gehen?“

„Warte in Tottori“, sagte er. „Ich werde meine Angelegenheiten hier erledigen und so schnell wie möglich zu dir kommen."

„Ich dachte, du wolltest, dass ich das Wakizashi nach Hause bringe", sagte ich und fuhr mit meiner Hand durch mein verheddertes Haar.

„Das habe ich nie gesagt." Er klang distanziert und das Rauschen der Leitung verzerrte seine Stimme.

Ich hatte kein Recht, Daichi zu bitten, sich zu erklären. Ich hatte nicht einmal die Fähigkeit, etwas gegen seinen Willen zu tun. Ich wartete, hoffte auf mehr Informationen, aber die Leitung blieb still.

„Wie lange?", fragte ich.

„Ein paar Tage", wiederholte er. „Ich werde dich anrufen, sobald ich in Japan angekommen bin. Bring dich nicht in Schwierigkeiten. Bleib unauffällig. Bald wirst du deine Freiheit bekommen." Das Rauschen verstummte, als er auflegte.

Ich saß lange Zeit verwirrt auf meinem Bett. Daichi war alt. Viel älter als jeder Mensch jemals ohne tamashī werden konnte. Er war bereits alt gewesen, als ich ihm an jenem schicksalhaften Tag im Wald begegnet war. Mein tamashī hielt ihn am Leben, aber es verlieh ihm keine Superkräfte, es gab ihm nur Langlebigkeit und die vertraglich festgelegte Knechtschaft einer Hanta. Die Reise würde nicht leicht für ihn werden, also warum wollte er nach Japan kommen, wenn ich ihm das Schwert auch bringen konnte?

Achselzuckend stand ich auf und zog meinen letzten Satz sauberer Kleider an – eine schwarze Hose, ein graues Baumwollshirt mit Knopfleiste und kurzen Ärmeln und eine einfache schwarze

Jacke mit Kapuze. Ich musste immerhin nichts weiter tun als auf Daichis Ankunft zu warten. Ich hatte meine schwarze Seide nicht mehr, also googelte ich nach dem Namen eines Schneiders, um zu sehen, ob ich ein neues Seidenkleid in Auftrag geben konnte. Daichi war brillant gewesen, sich so etwas auszudenken – das musste ich mir widerwillig eingestehen.

Ich nahm meine kleine Handtasche, legte meine Brieftasche und mein Handy hinein, zog meine Leinenschuhe an und verließ das Hotel. Das Fenster ließ ich für alle Fälle offen.

Der Tag war feucht und warm, und bald zog ich meine Jacke aus und trug sie in der Hand. Ich erwartete halb, von einem Mädchen erkannt zu werden, das am Abend zuvor in der Festung gewesen war, aber meine Ängste waren irrational. Die Mädchen würden immer noch dort sein und Geishas für ihre Yakuza-Arbeitgeber spielen. Und selbst wenn es in der Innenstadt von Tottori jemanden gegeben hätte, der letzte Nacht dort gewesen war, standen die Chancen gering, dass man mich ohne das Geishakostüm und Make-up erkennen würde. Ich fragte mich, was Raiden und seine Oni über die Hanta dachten, die sein Wakizashi gestohlen hatte. Würde er die anderen Geishas über das Mädchen in dem blauen Kimono befragen? Ich wollte mir nicht ausmalen, wie so eine Befragung aussehen würde.

Ich fand den Weg in das Einkaufsviertel und benutzte mein GPS, um die Schneiderei zu finden. Der winzige Laden war von außen kaum zu sehen, doch der subtile Geruch von Textilien und Staub verriet ihn. Durch einen schmalen Eingang, der nur durch einen Vorhang verhängt war, konnte ich zwei Männer sprechen hören. Bei meinem Eintreten erschien einer von ihnen, stellte sich hinter die Theke und erwies mir mit einer kleinen Verbeugung Respekt.

„Wie kann ich dir helfen?", fragte er. An seinem Unterkiefer fehlten ihm ein paar Zähne, und er hatte dunkle Ringe unter den Augen. Doch er lächelte zuvorkommend.

Ich erwiderte seine Verbeugung. „Ich brauche ein einfaches schwarzes Gewand. Es muss zu hundert Prozent aus Seide sein. Kannst du das machen?"

„Sicherlich." Er nickte. „Hast du ein Muster, das ich verwenden soll?"

Ich schüttelte den Kopf. „Kannst du nach einer Zeichnung arbeiten? Es ist kein kompliziertes Muster."

„Wenn deine Zeichnung gut ist." Er drehte sich um und zog mehrere Bolzen schwarzen Stoffes herunter. Diese breitete er über den Tresen und sagte: „Das hier sind verschiedene Qualitäten von reiner Seide." Er holte eine Schachtel unter dem Tresen hervor und öffnete sie. Mehrere Spulen Garn kamen zum Vorschein.

Ich befühlte die Stoffe und wählte den dünnsten und leichtesten aus.

„Das ist schöne Seide aus China", sagte er. „Sie ist sehr zart, aber auch stark."

„Je leichter, desto besser." Ich schaute in die Schachtel mit den Garnen. „Der Faden muss auch aus reiner Seide sein. Welche davon sind Seide?"

„Oh." Er hielt inne und klopfte nachdenklich mit

dem Finger auf sein Kinn. „Eine Minute.“ Er verschwand hinter dem Vorhang und ich hörte noch mehr Stimmen. Er tauchte mit einer kleineren Holzkiste wieder auf. Er nahm eine Brille aus seiner Tasche und durchsuchte das Durcheinander von halbleeren Garnspulen, holte dann eine heraus und schob sich die Brille auf das Ende seiner Nase, um die winzigen Worte auf dem Boden der Spule zu lesen. „Ja, hundert Prozent Seide“, sagte er und reichte sie mir.

Ich hielt sie ins Licht. „Perfekt.“

Er nickte und legte die restlichen Stoffe und Garnspulen beiseite, rollte den Bolzen auf, den ich ausgewählt hatte, zog ein Notizbuch heraus und legte es darauf. „Für den Entwurf“, sagte er und reichte mir einen Bleistift. Er tätschelte seine Brusttasche. „Wo habe ich mein Maßband hingelegt ...?“

Ich begann die einfache Robe zu zeichnen, einschließlich der Tasche und der kleinen Hausschuhe. Der Mann verschwand und tauchte mit einem weichen, flexiblen Band wieder auf.

Er betrachtete meine Zeichnung und nickte zufrieden. „Sehr einfach. Ich habe schon einmal etwas Ähnliches gemacht“, sagte er. Er zeigte auf die Pantoffeln. „Müssen die auch aus Seide sein?“

„Ja, hundert Prozent“, sagte ich.

Er runzelte die Stirn. „Sie werden nicht lange halten.“

„Das ist in Ordnung“, sagte ich. „Sie müssen nicht ...“

Ich wurde unterbrochen, als ein zweiter Mann hinter dem Vorhang erschien. Mein Verstand übersprang ein Rädchen, als ich die Ränder einer Tätowierung sah, die unter seinem Kragen hervorschauten. Er war breiter und jünger als der Schneider. Er sagte nichts, er beobachtete mich nur mit desinteressierten Augen.

„Ähm“, machte ich, „die Hausschuhe müssen auch nicht stabil sein. Sie sind hauptsächlich für zeremonielle Zwecke gedacht.“ Ich räusperte mich nervös.

„In Ordnung“, sagte der Schneider. Er deutete auf einen niedrigen Schemel an der Wand hinter dem Vordereingang. „Stell dich bitte dorthin, damit ich deine Maße nehmen kann. Das Kleid ist für dich, nehme ich an?“

Ich nickte, trat vor und hielt unruhig meine Arme ausgestreckt, während er das Band an meine Schultern, Arme, Beine und Brust hielt und meine Maße in sein Notizbuch eintrug. Ich bemühte mich, keine Verunsicherung oder Nervosität zu zeigen, aber nach den Ereignissen des Vorabends war es nicht leicht. Wer war dieser Kerl, und warum schaute er dem Schneider bei der Arbeit zu? War er ein Yakuza oder war die Tinte am Rand seines Kragens nur eine normale Tätowierung?

„Wie viel Zeit brauchst du?“, fragte ich den Schneider.

„Eine Woche sollte reichen“, sagte er.

Mein Herz sank. „Geht das nicht schneller?“ Wenn Daichi morgen oder übermorgen eintreffen würde, wollte ich nicht länger als nötig in Tottori bleiben.

Er runzelte die Stirn. „Ist es so dringend?“

„Ich würde mehr bezahlen, um es früher zu

haben“, sagte ich.

Der jüngere Mann verschränkte die Arme über der Brust, seine Finger waren mit vielen Ringen geschmückt. Doch es waren nicht die Ringe, die mich in ein Zeitlupengefühl versetzten. Ihm fehlten die Enden seiner beiden kleinen Finger. Er war ein Yakuza.

„In Ordnung“, sagte der Schneider. „Ich habe Kontakt zu ein paar Näherinnen. Aber in weniger als vier Tagen ist es nicht machbar.“

Ich nickte. „Vielen Dank.“

Er nahm meine Handynummer und die Adresse meines Hotels auf, falls er Fragen hatte, und ich machte ihm eine Anzahlung. Der jüngere Mann beobachtete die gesamte Transaktion und ließ mich dabei nicht aus den Augen.

Ich verließ den Laden in Eile.

# Kapitel 19

Ich nahm den Zug nach Furano und trat auf die Straßen einer Stadt, die ich nicht wiedererkannte. Die Stadt meiner Jugend.

Alles hatte sich verändert, die Gebäude, die Geräusche, die Leute. Das Einzige, was mich willkommen hieß, war der Geruch der Meeresluft und die Feuchtigkeit, die meine Haut weich machte und mein Haar kühl und feucht. Ich ging den Bürgersteig der Hauptstraße entlang und sah mich in all der Fremdheit um. Leute drängelten sich an mir vorbei, sprachen in ihre Handys, hörten Musik. Alle liefen sie hastig irgendwohin.

Das Zuhause meiner Kindheit hatte am Ende einer Straße gelegen, am Waldesrand. Mehrere Wege hatten von unserem Hof durch den Wald und bis an die Küste geführt. Aimi und ich hatten uns stets ein Abenteuer aussuchen können: hinauf zu den Klippen, hinunter zum Meer, quer durch den Wald, in die Schlucht? Aber jetzt … Jetzt war von dieser Welt nichts mehr zu sehen. Schmale Bungalows und mehrstöckige Häuser voller kleiner Wohnungen drängten sich aneinander.

Ich verließ den Bürgersteig und ging auf einen Park zu. Es war die erste Grünfläche, die ich fand, und sie grenzte an ein Fußballfeld. Kinder kickten einen Ball auf dem Feld herum, andere schauten von den Tribünen zu oder spielten auf den Schaukeln und Spielgeräten. Ich wanderte zu den Tribünen und nahm auf der sonnenwarmen Holzbank Platz.

Ich beobachtete immer noch die Kinder, als ein riesiger Schatten über das Spielfeld fiel. Er war so groß, dass ich aufblickte und einen tief fliegenden Zeppelin erwartete. Der Schatten war zu dunkel und seine Ränder zu abrupt, um von einer Wolke zu stammen. Aber da war nichts am Himmel. Mein Blick kehrte zurück zum Fußballfeld, wo die dunkle Form noch sichtbar war. Meine Augen verengten sich.

Ich stand auf. Keines der Kinder schien etwas Seltsames bemerkt zu haben. Als der Schatten sich über das Feld bewegte, stockte mir der Atem. Der Schatten nahm die Form eines Vogels an.

Ich schaute wieder auf, aber es war kein Vogel zu sehen. Alle Haare auf meinen Unterarmen und meiner Kopfhaut standen jetzt stramm. Die Form fegte über das Gras, die Spannweite der Flügel nur für mich sichtbar. Sie bedeckte das gesamte Fußballfeld, die Federspitzen fielen über Häuser und Baumkronen, die auf beiden Seiten den Park säumten. Er glitt weiter, bis er außer Sichtweite war.

Was war das?

Schon war der Schatten verschwunden. Es gab nur eine Erklärung für einen so großen Schatten … und für die Tatsache, dass kein anderer Mensch außer mir seine Anwesenheit zu bemerken schien. Ich sah mich um.

Hier war noch ein anderer Akuna Hanta.

Benommen machte ich mich auf den Weg zurück zum Bahnhof und suchte den Boden nach einem Schatten ab, der nicht mehr auftauchte. Als ich merkte, dass ich lange Zeit gelaufen war, ohne am Bahnhof anzukommen, hielt ich inne und begriff, dass ich nicht im Geringsten auf meinen Weg geachtet hatte. Ich erkannte die Straße nicht mehr.

Ich war gerade dabei, meine Tasche nach meinem Telefon zu durchwühlen, um mein GPS zu Rate zu ziehen, als mir ein schmaler Weg zwischen einem Maschendrahtzaun und der Rückseite einer Reihe von Wohnungen auffiel. Ein kleines handgemachtes Schild war davor befestigt. Darauf stand: *Alter Furano Friedhof.*

Ich musste die Worte mehrmals lesen, bis ich sie begriffen hatte. Mit weichen Knien überquerte ich die Straße und bog in den Weg hinein. Er führte an Hinterhöfen und an ein paar kleinen Gärten vorbei. Küchengerüche, Hundegebell und Fernsehgeräusche drangen aus den Fenstern. Schließlich erreichte ich einen verfallenen alten Brunnen mit rissigen Pflastersteinen. Ich kannte diesen Brunnen.

Der Friedhof dahinter war mit Reben und Sträuchern überwuchert. Das Gras war seit langem nicht mehr geschnitten worden und gelbe Löwenzahnköpfe drängten aus den Spalten zwischen den Steinen. Ich ging bis zum Eingang. Auf einem Schild über dem offenen Tor stand *1868 - 1975*. Ich ging hinein.

Der heruntergekommene Friedhof war kaum wiederzuerkennen. Es sah hier so anders aus als in meiner Jugend. Lagen meine Eltern hier? Ich suchte die Namen auf den Grabsteinen ab. Manche waren unleserlich geworden, aber die meisten konnte ich mit etwas Anstrengung entziffern. Der erste Name, den ich entdeckte, war Kitos. Ich stand wie vom Donner gerührt vor der letzten Ruhestätte von Toshis Vater. Er war 1947 verstorben. Lebendige Erinnerungen an den großen, imposanten Mann, stark und voller Lebenskraft, flatterten in mir auf. Als ich jung gewesen war, hatte ich es für unmöglich gehalten, dass er jemals sterben könnte.

Furcht überkam mich, als ich den Grabstein von Toshis Mutter passierte. Sie war eine ruhige, sittsame Frau gewesen. Schüchtern. Und sie zog es vor, zu Hause zu bleiben. Ich hatte sie nie wirklich kennengelernt. Sie war offenbar ein Jahr nach ihrem Mann gestorben. Ich machte mich auf das Schlimmste gefasst, als ich den nächsten Stein erreichte, aber er gehörte nicht Toshi. Ein Name war eingraviert, den ich nicht kannte.

Ich wanderte weiter und stählte mich für den Augenblick, in dem ich den Namen meiner Liebsten in einen moosbefleckten Stein graviert sehen würde. Da waren einige Namen, die ich kannte. Ich erinnerte mich an den Bäcker, den Mann, der immer vor seinem Laden geraucht und gelacht hatte und an die alte Frau, die von ihrem Fenster aus die Straße beobachtete, sich aber nie über ihren eigenen Hof hinauswagte und immer ihre Tochter schickte, um ihre Wünsche zu erfüllen.

Es war der Grabstein meiner Mutter, der mich in die Knie zwang. Ich hatte mich zusammengerissen bis zu dem Moment, als ich Batya Susumu in den Stein graviert sah. Sie war nur drei Jahre, nachdem ich verschwunden war, gestorben. Heiße Tränen quollen mir in die Augen und liefen mir über die Wangen. Ich streckte eine Hand aus und legte sie flach auf ihren Namen. Warum war sie so jung gestorben? Der schwere, erstickende Stoff der Gewissheit legte sich über meine Schultern und ich wusste, dass meine Mutter an gebrochenem Herzen gestorben war.

„Oh, Mutter“, flüsterte ich. „Es tut mir so leid. Ich wollte dich nie verlassen.“

Ich drehte den Kopf und sah durch Tränen den Namen meines Vaters auf dem nächsten Grabstein. Er war 1949 gestorben, was erklärte, warum sein Stein etwas weniger rau aussah. Ich weinte auch um ihn, den freundlichen Mann, der stets sein Bestes getan hatte, um mir und Aimi ein gutes Leben zu ermöglichen. Ich wusste, dass ich keinen Namen für Aimi finden würde. Wenn niemand sie getötet hatte, dann war sie noch am Leben. Ich fragte mich, wo sie sein mochte. Vermutlich nicht einmal mehr in Japan. Die modernen Zeiten machten es so einfach zu reisen, und als Kitsune war sie unersättlich neugierig.

Ich kniete nieder. Meine Familie war tot. Noch nie in meinem Leben hatte ich mich so allein gefühlt.

„Es ist besser, die Dinge zu vergessen, die hinter uns liegen“, sagte plötzlich eine tiefe Stimme. „Und an die Dinge zu denken, die vor uns liegen.“

Ich wirbelte herum. Die Worte waren in einem Dialekt gesprochen worden, der sich nicht so sehr von dem Japanisch unterschied, das ich in meiner Jugend gesprochen hatte.

„Würdest du nicht zustimmen?“

Der größte Mann, den ich je in meinem Leben gesehen hatte, lehnte vor mir gegen den metallenen

Torpfosten. Er trug eine schwarze Jeans und ein weißes T-Shirt mit einer aufgeknöpften, verblassten schwarzen Weste. Seine langen glänzend schwarzen Haare waren zu einem Pferdeschwanz zusammengebunden. Seine hohe Stirn und die Wangenknochen schimmerten im Sonnenlicht und warfen Schatten in die Vertiefungen seiner Wangen. Die gebräunte Haut und der Dreitagebart deuteten auf ein Leben hin, das größtenteils im Freien stattfand. Die schwarzen Schnitte seiner Augenbrauen verliehen ihm einen grimmigen Blick, aber die warmen, haselnussbraunen Augen darunter strahlten weich.

Ich mochte ihn sofort. Irgendwie spürte ich, dass dieser Mann ein Verbündeter war. Ein untrüglicher Instinkt sagte mir, dass er der Besitzer des riesigen Schattens sein musste, und vielleicht auch der Hanta, der Inaba von seinem Dämon befreit hatte. Wie viele Japaner erreichten diese Größe?

„Ich dachte, ich wäre allein", sagte ich, wischte mir das Gesicht ab und schluckte meine Tränen hinunter.

„Nein", sagte er mit einem schiefen Lächeln. „Du bist ein Geschöpf des Äthers. Du bist nie allein." Er kam näher. „Über wessen Tod weinst du, kleine Hanta?"

„Über den meiner Eltern", sagte ich. „Ich konnte mich nicht von ihnen verabschieden."

„Das tut mir leid", sagte er. „Aber wir erleben alle irgendeine Art von Tragödie in unserem Leben, nicht wahr? Er blieb vor den Steinen stehen. „Okaasan und Batya Susumu", las er leise vor.

„Wie hast du mich gefunden?", fragte ich.

Sein Blick war überrascht. „Ich habe nicht nach dir gesucht. Ich war zufällig in der Gegend, um ein Ziel zu finden, und habe dich vom Himmel aus gesehen. Dein tamashī fehlt. Ich habe noch nie eine Hanta getroffen, die ihr tamashī verloren hat." Er zuckte mit den Achseln. „Ich war neugierig auf dich."

Neugierig? Ich blinzelte. Kaum hatte ich ihn gesehen, war ich überzeugt gewesen, dass er gekommen war, um mir zu helfen. Das schien nicht der Fall zu sein.

„Wie ist dein Name?", fragte er.

„Akiko. Und deiner?"

„Yuudai. Mein Familienname war Yamigu. Nicht, dass das jetzt noch eine Rolle spielt. Nur weltliche Autoritäten kümmern sich darum, und mein Kontakt zu ihnen ist heutzutage minimal." Er verdrehte die Augen. „Ich danke den Göttern für diese Gnade."

„Du bist der Hanta, der Inaba geholfen hat", sagte ich.

Yuudais lässiges Verhalten war so unerwartet, dass ich nicht wusste, wie ich auf ihn reagieren sollte. Er sah genauso aus, wie Inaba ihn beschrieben hatte, aber ich hatte eine viel imposantere Erscheinung erwartet, die einem überirdischen Wesen gerecht wurde. Stattdessen wirkte er eher wie ein netter Typ.

„Inaba?", wiederholte er mit einem Stirnrunzeln.

„In Kyoto. Ein Yakuza-Boss mit Oni-Tätowierungen."

Yuudai gab ein herzhaftes Lachen von sich, das gerade, weiße Zähne entblößte. „Weißt du, wie viele Menschen ich gerettet habe, auf die das zutrifft?“ Er schüttelte den Kopf. „Ich merke mir keine Namen. Das hat keinen Sinn.“ Er deutete auf das offene Tor. „Wenn du hier fertig bist, möchtest du dann etwas essen gehen?“

„Ähm.“ Ich blinzelte angesichts der unerwarteten Einladung. „Ja, das möchte ich. Aber du sagtest, du wärst wegen einer Aufgabe hier. Hast du Zeit für ein Essen?“

„Es ist noch nicht so weit“, sagte er.

„So weit ...?“

„Und ich bin immer hungrig.“ Er grinste mich an. „Du nicht?“

„Ein wenig“, murmelte ich verwirrt. In Wahrheit hatten mir die Gräber meiner Eltern jeden Appetit geraubt. Aber ich wollte mir die Gelegenheit, Zeit mit diesem Hanta zu verbringen, nicht entgehen lassen.

Also folgte ich Yuudai vom Friedhof und die kleine Gasse hinunter.

# Kapitel 20

Yuudai bestellte mehr Essen, als sechs ausgewachsene Männer hätten verdrücken können. Gebratene Fisch- und Reisgerichte, Misosuppe, Maki-Rollen, Nigiri und Temaki. Er bestellte auch einen Liter heißen Sake und bestand darauf, jedes Mal für mich einzuschenken, wenn mein Becher leer war.

„Du weißt doch, dass man sich selbst keinen Sake einschenken darf", sagte er und schaute in seinen leeren Becher.

„Ja, Entschuldigung", sagte ich und hob die heiße Flasche mit der Serviette. „Du trinkst einfach schneller als jeder andere, den ich kenne." Ich füllte seinen Becher mit der stark riechenden Flüssigkeit. Ich setzte die Flasche ab und sah zu, wie er den Inhalt seines Bechers in einem Schluck hinunterkippte, und dann eine Sushirolle nach der anderen verschluckte. Ich fragte mich, ob er jemals satt werden würde.

„Also, du bist nicht gekommen, um mir zu helfen?", fragte ich rundheraus und nahm etwas Reis zu mir.

„Ich kann dir nicht helfen", antwortete er sachlich. „Ich würde, wenn ich könnte." Er schob einen weiteren Bissen Tintenfischtentakel und Reis in seinen Mund.

„Warum nicht?", fragte ich und füllte seinen Becher.

Zum ersten Mal hörte er für einen Augenblick auf zu kauen. „Du weißt das wirklich nicht?"

Ich schüttelte den Kopf.

Er schluckte. „Was ist mit dir passiert? Wie hast du dein tamashī verloren?“

Also erzählte ich ihm meine Geschichte. Ich erzählte ihm von meiner Familie, wie Aimi und ich im Wald gespielt hatten, wie wir auf Daichi gestoßen waren und er mein tamashī an sich genommen hatte. Dass ich seitdem seine Sklavin war. Anscheinend hielt Daichis Befehl zur Geheimhaltung nicht stand, wenn es ein Hanta war, an den ich mich wandte. Es fühlte sich so gut an, meine Geschichte endlich jemandem zu erzählen, dass ich mit den Tränen kämpfen musste.

Yuudai nahm keinen einzigen Bissen mehr zu sich. Stattdessen hörte er aufmerksam zu, seine Augen schweiften dabei unablässig über mein Gesicht. Er runzelte die Stirn, als ich ihm erzählte, dass Daichi meine tamashī verschluckt hatte.

„Ich frage mich, warum er das getan hat“, murmelte Yuudai. „Ich glaube nicht, dass er es schlucken musste, um dich in seiner Macht zu halten. Seltsame Wahl.“

„Ich schätze, er war besorgt, dass ich es wieder zurückstehlen könnte.“

„Er hätte dir einfach befehlen können, es nicht zurückzustehlen. Huh.“ Er kratzte sich am Kinn. „Erzähl weiter.“

Ich erzählte ihm, wie ich, sobald ich in Daichis Besitz geraten war, jahrelang in einem Käfig gehalten worden war. Erst im letzten Jahrzehnt hatte er mir erlaubt, ein Mensch zu sein und Englisch zu lernen, damit ich ihm von Nutzen sein konnte. Yuudai schüttelte den Kopf vor Entsetzen und

Verwunderung. „Ich frage mich, warum er so lange am Leben bleiben wollte, wenn er doch nur in einer kleinen Stadt in einem fremden Land vor sich hinvegetierte“, überlegte er. „Und du sagst, dass du nichts weiter tun musst als Daichi dieses Schwert zu bringen, und er wird dir dein tamashī zurückgeben?“

Ich nickte. „Er hat mir befohlen, dass ich meine Hanta-Fähigkeiten für nichts anderes verwenden darf, als dieses eine Ziel zu erreichen.“

„Und wenn er dir einen Befehl gibt, bist du gezwungen, ihn zu befolgen.“

Ich nickte erneut. „Ich gehöre ihm.“

„Du hast also noch nie einen Dämon gejagt?“ Yuudai begann wieder zu essen und füllte seinen Mund mit Reis.

„Nie. Ich habe keine Ahnung, wie man das macht.“ Ich lehnte mich nach vorne. „Du verstehst jetzt, warum ich dachte, dass du gekommen bist, um mir zu helfen.“

Yuudai öffnete den Mund, doch in genau diesem Augenblick kam unsere Kellnerin vorbei, um nach uns zu sehen. Yuudai bat um mehr Temaki und eine weitere Flasche Sake. Sie verbeugte sich und verschwand.

Er holte tief Luft. „Ich möchte dir helfen, und ich denke, da du so wenig über das Leben von uns Hanta weißt, kann ich dir wahrscheinlich ein paar Dinge beibringen. Aber ich kann dir nicht sagen, wie man eine Hanta wird. Es widerspricht unserer Natur, uns selbst zu erklären.“

Mir sank der Mut. „Warum?“

„Weil wir durch Glauben handeln. Glaube ohne

zu sehen. Wenn ich dir zeige, wie die Arbeit einer Hanta ausgeführt wird, dann wirst du scheitern, wenn es darauf ankommt."

Frustration breitete sich in mir aus und der Wunsch, auf Details zu drängen, war fast überwältigend. „Inaba sagte mir, dass man einen Dämon nicht töten kann", suchte ich nach Informationen. Wenn er mir nicht sagen würde, wie eine Hanta ihre Arbeit machte, dann würde er mir vielleicht zumindest mehr über unsere Feinde erklären.

Er nahm noch einen Bissen aus seiner Schüssel und schüttelte den Kopf. „Nein, sie können nicht getötet werden. Jedenfalls nicht von einem Hanta."

„Von wem dann?"

Er zuckte nur mit den Achseln. Inzwischen hatte ich mich an diese Art von Antwort gewöhnt. „Das ist die Sache des Äthers, nicht unsere. Wir sind nicht dazu gemacht, zu töten."

„Aber um ihnen die Kontrolle zu entreißen", fügte ich hinzu. Meine Reisschüssel war längst kalt geworden, aber der Sake hatte mein Blut erwärmt.

Die Kellnerin kam mit einer frischen Flasche zurück. Wir dankten ihr und sie nahm die leeren Teller mit. Ich bemerkte, dass ihr Blick auf Yuudais Gesicht und auf seinen langen Gliedern verweilte. Yuudai bemerkte es nicht. Wahrscheinlich war er an Blicke gewöhnt.

Ich hob den Sake auf und schenkte ihm nach. „Du sagtest vorhin, etwas sei noch nicht bereit", sagte ich und stellte den Keramikkrug ab. „Was hast du damit gemeint?"

Er holte tief Luft, als würde er anfangen, satt zu

werden. Nachdenklich betrachtete er das Geschirr, das vor uns stand. Er schnappte sich den letzten Temaki-Kegel und nahm einen riesigen Bissen. Ich unterdrückte ein Lachen. Die Art und Weise, wie er aß, erinnerte mich an die Sportler an der High School.

„Ich vermute, du hast auch deine Hanta-Sicht verloren?“, fragte Yuudai.

„Ich hatte sie nie“, sagte ich.

Aimi hatte mir versichert, dass sie kommen würde, wenn ich reifer würde.

„Das ist wirklich dumm“, sagte er. „Du warst sehr jung, als dein tamashī gestohlen wurde.“ Fünf Stücke Sashimi verschwanden in seiner Kehle, er kaute kaum noch. „Ohne sie kannst du nicht jagen.“

„Du hast meine Frage nicht beantwortet.“

Er nickte. „Das ist etwas, was du verstehen wirst, wenn du deine Sicht bekommst.“ Er schluckte. Sein Gesicht wurde ernst. „Was du noch nicht gelernt hast, ist, dass Dämonen ein Ziel haben. Ja, sie sind böse, böse, schreckliche Kreaturen, die sich von Blut und Angst und Chaos ernähren, aber auch die Bosheit hat ihre Berechtigung in der Welt. Die Menschen, die sich mit Dämonen einlassen, sind anfällig für Besessenheit geworden. Manche verwirrte Menschen suchen sie sogar auf, weil Dämonen sich als eine Art Retter präsentieren können.“

Ich zuckte überrascht zurück. „Warum sollten sie das tun?“

Er zog eine dunkle Augenbraue nach oben und hob einen Finger: „Mach nicht den Fehler, die Macht dieser Wesen zu unterschätzen. Sie können die Ereignisse, die im irdischen Reich geschehen, beeinflussen. Sie sind überall um uns herum. Und in letzter Zeit konzentrieren sie sich besonders auf mächtige Menschen. Die Besitzergreifungen nehmen zu, besonders bei Menschen, die über Einfluss verfügen. Die Dämonen haben erkannt, dass sie über die Elitefamilien der Welt den größten Einfluss ausüben können, und die Elite ist oft mehr als glücklich, Vereinbarungen mit ihnen einzugehen."

„Weil die Dämonen sie mächtiger machen?"

„Genau", sagte er. „Es ist die Verantwortung von uns Hanta, Menschen zu helfen, die den Wunsch haben, befreit zu werden. Aber denjenigen, die sich freiwillig benutzen lassen, um dafür Ruhm oder Reichtum zu erlangen, können wir nicht helfen." Er schüttelte den Kopf und nahm einen weiteren Bissen. „Bis zu dem Punkt, an dem sie voller Bedauern und Verzweiflung sind und selbst frei sein wollen, sind uns die Hände gebunden", fügte er dann hinzu. „Sie müssen die Erlösung wollen." Seine Stimme senkte sich fast zu einem Flüstern: „In diesem Moment sind sie bereit. Es gibt nichts, was sich besser anfühlt, als jemanden vom Bösen zu erlösen."

Ich hörte aufmerksam zu. Konnte aber nicht wirklich begreifen, was er meinte. Und ihm zufolge konnte er es mir auch nicht erklären. Also stellte ich eine andere Frage: „Deine Flügelspannweite", sagte ich in Erinnerung an den riesigen Schatten, der über mich hinweggeflogen war.

Er schluckte, stieß sich mit der Faust an die Brust und rülpste sanft auf. „Entschuldige", sagte er. „Das hat deine Aufmerksamkeit erregt, nicht wahr?“

„Wie könnte es nicht?“, sagte ich und verbarg ein Lächeln hinter meiner Hand. „Wie kannst du so groß werden?“

Er kicherte.

„Du hast hier ein bisschen Seetangsalat“, sagte ich und zeigte auf meine Zähne, um ihm zu zeigen, wo.

„Danke“, sagte er und fischte sie mit seiner Zunge heraus. „Besser?“ Er grinste mich breit an und zeigte mehr Zähne, als es Tasten auf einem Klavier gibt.

„Wunderschön“, sagte ich lachend. Je mehr Zeit ich mit Yuudai verbrachte, desto mehr mochte ich ihn. „Ich wiege dreihundert Pfund“, erklärte er. „Vögel haben hohle Knochen. Selbst der größte Raptor mit einer Flügelspannweite von zehn Fuß wiegt selten mehr als zweieinhalb Pfund. Wenn ich meine ganze Masse nutze ...“ Er zuckte mit den Achseln.

Ich blinzelte verständnisvoll. „Dann wirst du so breit wie ein Fußballfeld?“ Warum war mir das vorher nicht klar geworden? Ich hatte nie versucht, etwas Größeres als ein normal großer Vogel zu sein. Es hatte nie einen Grund gegeben, die Natur zu verzerren, außer als ich das Wakizashi hatte tragen müssen. In dem Moment hatte ich nicht daran gedacht, mein ganzes fleischliches Gewicht in meine Vogelform zu gießen.

Yuudai hustete. „Größer.“ Er sagte es ohne jeglichen Stolz, nur sachlich.

Meine Augen weiteten sich. „Hast du jemals gemessen?“

Er lachte. „Nein, warum sollte ich das tun?“

„Aber wenn du raten müsstest?“

Er blies die Backen auf und schloss ein Auge. „Vielleicht tausend Meter?“

Mir klappte der Mund auf. Die Kellnerin ging vorbei und ich schloss meinen Mund hastig. „Deine Flügel können einen Kilometer weit werden?“, wiederholte ich im gedämpften Flüsterton.

„Wenn ich will, ja. Oder ich werde ein Kolibri. Das ist das Schöne daran ein Hanta zu sein.“ Er lehnte sich zurück. Und betrachtete die leeren Schüsseln vor sich.

„Was? Bist du etwa fertig?“, fragte ich und konnte es kaum glauben.

Nach einem sehnsüchtigen Blick auf die leeren Schüsseln grinste er mich an. „Nachtisch?“

# Kapitel 21

„Wo wohnst du?“, fragte ich, als wir auf den Bürgersteig traten. Das Tageslicht war bereits am Versiegen und die Schatten vertieften sich. Eine plötzliche Panik ergriff mich, dass Yuudai mich allein lassen würde. Zum ersten Mal konnte ich mit jemandem sprechen, der meine Lage verstand. Ich war noch nicht bereit, mich von ihm zu verabschieden.

„Ich mietete eine Wohnung in Tottori. Und du?“

Wir begannen zum Bahnhof zu gehen.

„Auch in Tottori, im Hotel Gato“, sagte ich.

Wir schlenderten schweigend zum Bahnhof, aber innerlich war ich alles andere als ruhig. Als die Bäume und die Berglandschaft an uns vorbeizogen, suchte ich nach einem Grund, länger bei Yuudai zu bleiben. Er war der einzige Hanta, dem ich je begegnet war. Er war freundlich und lustig, und ich hatte nichts zu tun außer auf Daichi zu warten. Ich fürchtete mich davor, allein zurück in mein kleines Hotelzimmer zu gehen.

„Ich muss in diese Richtung“, sagte Yuudai und deutete mit dem Daumen in die entgegengesetzte Richtung des Gato Hotels.

Ich schluckte und wollte ihn bitten mir noch ein wenig Gesellschaft zu leisten. Doch stattdessen brachte ich nur ein „Ok“, hervor.

Yuudai musterte mich eindringlich. „Warum kommst du nicht mit mir?“, fragte er. „Wir können unterwegs ein Eis essen gehen.“

Mein Herz machte einen Sprung. Ich hätte auch

Kakerlaken gegessen, wenn das nur bedeutet hätte, dass ich nicht allein bleiben musste. Ein Eis war dem vorzuziehen. „Das würde mir gefallen“, sagte ich.

„Kein Druck“, sagte Yuudai und hielt eine Hand hoch. „Nur wenn du willst.“

„Ich will“, stellte ich klar.

Yuudai und ich bestellten Eisbecher in einem kleinen Laden im Stadtzentrum, und ich folgte ihm zu einem hohen von Bäumen, Weinreben und Blumen umgebenen Wohnhaus. Zu meiner eigenen Überraschung zögerte ich keinen Augenblick, in die Wohnung eines Mannes zu gehen, den ich gerade erst kennengelernt hatte. Ich vertraute Yuudai vollkommen. Er war ein Hanta. Wenn ich einem anderen Dämonenjäger nicht trauen konnte, wem dann?

Mit dem Löffel im Mund schloss Yuudai seine Tür auf und öffnete sie für mich. Der Ort war luftig und spärlich möbliert. Die Balkontür stand offen und die weißen Vorhänge wehten herein und rührten die Blätter einer Pflanze auf dem Tisch. Das größte Bett, das ich je gesehen hatte, stand auf der anderen Seite der Wand.

„Wie hast du einen Ort mit einem so großen Bett gefunden?“, fragte ich ehrfürchtig und dachte an mein eigenes winziges Bett.

„Es war nicht einfach, glaub mir. Ich hatte Hilfe.“ Er schloss die Tür und plumpste auf die schmale Couch am Fußende des Bettes. „Ich brauche nicht viel, aber ich hasse es, wenn meine Füße vom Bettende baumeln.“ Sein Gesicht färbte sich einen Hauch rosa. „Verwöhnt, ich weiß.“

Ich lachte und setzte mich in den Stuhl gegenüber von ihm. „Wie finanzierst du dein Hanta-Leben?“

„Durch das Geschäft meiner Frau“, sagte er und nahm einen riesigen Bissen Eis.

Mein Lächeln schmolz und ich konnte nichts tun, um es aufzuhalten.

„Du bist verheiratet?“ Ich war auf mehreren Ebenen schockiert. Ich hatte den Eindruck gehabt, dass er als Hanta zu beschäftigt war, um nebenbei ein menschliches Leben zu führen. Und alles an ihm schrie Junggeselle. Er trug keinen Ehering und sein Verhalten ...

„Ich war“, sagte er. „Sie hat mich vor etwa sechs Jahren verlassen. Kann man ihr nicht verübeln. Menschliche Frauen brauchen Ehemänner, die anwesend sind, und ich war sehr oft weg. Es war unvermeidlich.“

„Deine Ex-Frau bezahlt deine Lebenshaltungskosten?“, fragte ich verwirrt. Das war eindeutig nicht mehr das Japan meiner Kindheit.

„Nein, aber als wir uns trennten, teilten wir alles zu gleichen Teilen auf. Es war eine einvernehmliche Trennung, Gott sei Dank. Sie hatte kürzlich ein Medienunternehmen verkauft, das sie vor Jahrzehnten gegründet hatte. Es war ein Vermögen wert. Ich war Teilhaber einer Ingenieursfirma in Tokio, also ging es mir auch gut.“ Er schaute traurig in seinen leeren Eisbecher und stellte ihn dann auf den kleinen Tisch. „Ich habe meinen Teil des Geldes in einige Aktien investiert und die bringen mir mehr als genug ein. Nach unserer Trennung kündigte ich meinen Job und konzentriere mich voll und ganz auf meine eigentliche Aufgabe.“

„Oh.“ Mein Eis war zu einer Pfütze geschmolzen und ich stellte es unfertig auf den Kaffeetisch.

„Was wirst du tun, wenn du dein tamashī zurückbekommst?“, fragte Yuudai und faltete die Hände.

Die Frage traf mich wie ein Schlag. „Was?“, fragte ich und setzte mich aufrecht hin.

„Wenn du dein tamashī zurückbekommst, was wirst du dann tun?“, wiederholte er geduldig.

Ich ... ich würde ... Ich hatte keine Ahnung. So weit hatte ich nie gedacht. Was würde ich tun? Ich war schon so lange eine Sklavin, dass ich mir beinahe kein anderes Leben mehr vorstellen konnte.

„Ich weiß es nicht.“

Yuudais Augenbrauen rutschten in die Höhe. „Du weißt es nicht?“

Ich schüttelte den Kopf. Toshis wunderschönes Gesicht blitzte vor meinen Augen auf. „Lange Zeit hatte ich den Wunsch, zu meinem Verlobten zurückzukehren. Aber so viele Jahre sind vergangen ...“ Ich rutschte tiefer in den Stuhl.

Yuudai beobachtete mich aufmerksam. „Du warst verlobt?“

Ich nickte. „Vor vielen Jahren. Sehr vielen Jahren.“ Das Gewicht der Zeit, die ich verloren hatte, drückte auf meine Schultern. Tränen drohten an diesem Tag ein zweites Mal aus meinen Augen zu rollen. Ich hatte seit so Langem nicht mehr um meine Familie oder um Toshi geweint. Es schien, dass die Rückkehr nach Hause ausreichte, um selbst meine ältesten Narben aufzureißen.

„Mach dir keine Sorgen“, sagte Yuudai leise.

„Wenn du dein tamashī wieder hast, wird sich dir eine ganz neue Zukunft eröffnen.“

Ich lächelte, dankbar für seine positive Einstellung. „Was ist mit dir? Wirst du weiter jagen?“, fragte ich und blinzelte, damit sich meine Augen klärten.

„Fürs Erste“, sagte er. „Ich werde wissen, ob es irgendwann wieder Zeit ist, sich an einem Ort niederzulassen. Ich dachte immer, es wäre schön, die menschliche Erfahrung, Kinder und alles zu haben. Ich habe das versucht und es hat nicht funktioniert, aber –“ Er machte ein Gesicht und zuckte die Achseln. „Ich denke, für einen Hanta ist es wichtig zu wissen, wie es ist, ein menschliches Leben zu führen.“ Er lehnte sich zurück, legte seine langen Arme hinter seinen Kopf und streckte sich. „Aber ich bin niemals glücklicher, als wenn ich durch den Äther fliege. Da oben ist es so …“

„Rein und perfekt“, beendete ich den Satz für ihn. Ich erinnerte mich an das Gefühl von Liebe und Freiheit. Dreißigtausend Fuß hoch in der Luft, irgendwo in der dünnen Ozonschicht der Erde, gab es nichts mehr, was dich betrüben oder dir das Herz schwer machen konnte.

„Ja“, sagte er. „Zu schade, dass wir nicht für immer dort oben bleiben können.“ Er öffnete den Mund zu einem enormen Gähnen, und ich gähnte aus Solidarität ebenfalls. Völlig selbstverständlich stand Yuudai auf und zog seine Weste aus. Er ließ sie über die Rückenlehne der Couch fallen, kroch auf sein riesiges Bett und landete auf seinem Rücken

„Hat dich der Sake erwischt?“ Ich stand auf und

streckte meine Beine aus. Ich hob die Eisbecher auf und fand den Mülleimer unter der Spüle.

Yuudai stieß einen langen Seufzer aus, der in einem vernuschelten Knurren endete. „Ich bin einfach nur müde. Und satt."

„Dann lasse ich dich ausruhen", sagte ich.

„Bleib, Akiko", antwortete er. „Du weißt, dass du hier sicher bist." Er rollte sich auf die Seite und hob einen langen Arm. „Kleine Hanta."

Ohne auch nur den Anflug eines Zögerns zu verspüren, kroch ich unter seinen Arm und schob meinen Rücken an seine Brust. Seine Körperwärme drang mir innerhalb von Minuten bis tief in die Knochen und dort, in der Sicherheit seiner Arme, schlief ich so tief und traumlos wie seit langer, langer Zeit nicht mehr.

# Kapitel 22

Ich wusste, dass Yuudai weg war, bevor ich meine Augen öffnete. Ich drehte mich um und betrachtete die Delle in seinem Kissen. Ein gefalteter Zettel lag auf dem Kissenbezug. Ich setzte mich auf und öffnete den Zettel. Seine Handschrift brachte mich zum Lächeln. Kühne Striche mit schönen Kurven sagten: *Bleib, so lange du willst. Mein Zuhause ist dein Zuhause. Ich überwache mein Ziel.*

Er hatte eine Telefonnummer darunter gekritzelt. Ich speicherte seine Nummer und schickte ihm eine kurze Nachricht, damit auch er mich erreichen konnte.

Mein Kopf zuckte zusammen, als etwas in einer Schublade summte – sein Telefon war hier. Natürlich war es das. Yuudai hatte sich verwandelt und all seine Besitztümer hier gelassen. Ich fand seine Kleidung sauber zusammengefaltet auf einem Stuhl. Ein Luftzug hob den Vorhang von der Balkontür weg. Sie war entriegelt. Er ließ offenbar seine Balkontür immer offen, so wie ich mein Hotelzimmerfenster offengelassen hatte. Gedanken an geöffnete Türen und Fenster ließen mich an das Wakizashi denken. Ich stieg aus dem Bett und bespritzte mein Gesicht im Badezimmer mit Wasser. Dann zog ich meine Schuhe an und verließ Yuudais Wohnung, um nach Hause zu gehen.

Unterwegs kaufte ich frischen Orangensaft und schlürfte ihn, während ich zurück in meine Nachbarschaft kehrte. Dabei las ich die Texte und schaute mir die Fotos an, die meine Freundinnen in unserem Gruppenchat herumgeschickt hatten. Ich sah ein Foto von Targa und ihrer Mutter Mira. Targa erklärte, dass sie auf einer Party waren, um den Abschluss des Rettungstauchgangs zu feiern. Ich zoomte an das schöne Mutter-Tochter-Paar heran und schielte. Es schien, als ob an Targa irgendetwas anders wäre. Ich konzentrierte mich auf ihr Gesicht. Sie sah verändert aus, blasser. Und ihre grünblauen Augen strahlten heller, lebendiger. Könnte es sein, dass ...?

Ich lächelte und schrieb eine Antwort: *Hallo, Leute. Nettes Kleid, Targa.*

Saxony schrieb sofort: *Wer ist das?!*

Georjie: *SIE LEBT*

Ich: *Scheint so.*

Targa: *Alles in Ordnung? Wir haben uns schon gefragt, wann wir von dir hören würden.*

Ich war gerade dabei eine Antwort zu schreiben, als ich um die Ecke vor meinem Hotel bog, aufschaute und beinahe an meinem Orangensaft erstickte.

Hastig verschwand ich wieder hinter der Ecke. Der Mann, der mich in der Schneiderei beobachtet hatte, saß auf einer Bank, nur einen Steinwurf von meiner Haustür entfernt. Ich schrieb noch eine letzte eilige Nachricht an die Mädchen: *Alles ok. Ich muss los. Tut mir leid, ich habe nur ein paar Sekunden Zeit.*

Ich packte mein Handy ein und warf noch einen Blick um die Ecke. Es konnte kein Zufall sein, dass er direkt vor meinem Hotel saß, drei Stockwerke unter meinem Fenster. Tottori war viel zu groß, als dass er einfach über diese Bank stolpern konnte, und es war kein Ort, an dem sich jemand lange würde aufhalten wollen, nicht bei all den schönen Parks in der Nähe. Er musste meinetwegen hier sein. Eine andere Erklärung dafür gab es nicht. Und es musste mit Raiden zu tun haben. Wäre ich überhaupt noch am Leben, wenn ich gestern Abend in mein Hotel gegangen wäre?

Ich hatte nicht nur das Problem, dass dieser Fremde direkt vor meiner Tür saß, ich hatte noch zwei andere Probleme: Der Weg in mein Zimmer führte entweder durch die Haustür oder durch das offene Fenster. Raiden wusste, dass ich eine Hanta war. Wenn ich ein Spatz geworden wäre, konnte ich vielleicht unbemerkt hineinfliegen – wenn ich Glück hatte –, aber wie sollte ich mit meinem Rucksack und dem Wakizashi entkommen? Das zweite Problem war, dass ich zurück zum Schneider gehen musste, um meine Seidenrobe zu holen. Wenn dieser Mann mich fangen und an Raiden ausliefern wollte, konnte er mir auch dort auflauern, selbst wenn ich ihm hier entwischte.

Ich wusste keinen Ausweg, also machte ich einen Spaziergang und hoffte, dass der Mann weg sein würde, wenn ich zurückkam. Doch er war immer noch da.

Ich wollte keine Konfrontation riskieren, also machte ich mich auf den Weg zurück zu Yuudais Wohnung und entwickelte währenddessen einen groben Plan. Ich würde Yuudais Hilfe brauchen. Ich klopfte an seine Wohnungstür und war angenehm überrascht, dass er schon wieder zu Hause war.

„Du bist hier! Wie ist deine Mission gelaufen?“, fragte ich.

Er winkte mit der Hand. „Einfach. Ich musste ja nur überprüfen, ob mein Ziel reif war.“ Er ging zur Seite und ließ mich in die Wohnung eintreten. „Was ist los? Du siehst besorgt aus.“

Ich trat von einem Fuß auf den anderen. „Ich habe ein kleines Problem.“

Er runzelte die Stirn. „Was für eines?“

Also erzählte ich ihm von meinem Plan.

Die Schatten waren länger geworden, als ich mich auf den Weg zurück zum Hotel machte. Ich spähte um die Ecke und war überrascht, einen anderen Mann auf der Bank sitzen zu sehen. Meine momentane Erleichterung löste sich auf, als er eine Zigarette an seine Lippen hob und ich einen Tintenrand an seinem Handgelenk erspähte.

Ich schloss meine Augen und nahm meinen Mut zusammen. In dem einfachen Plan, den Yuudai und ich ausgearbeitet hatten, war es meine Aufgabe, als Köder zu agieren. Ich sah zu, wie der Mann seine Zigarette zu Ende rauchte. Er schnippte die Kippe auf den Bürgersteig. Er schaute auf seine Uhr und zog dann sein Telefon heraus. Ich winkte dem kleinen braunen Spatzen zu, der in der Baumkrone neben der Bank saß. Er flog über den Hof und verschwand durch das einzige offene Fenster im dritten Stock. Wenn der Mann es bemerkt hätte, wäre ich vorgetreten und hätte ihn abgelenkt, aber er behielt sein Telefon im Auge. Ich beobachtete ihn und wartete, bis ich Yuudai hinter dem Glas sah, wie er einen Daumen hochhielt. Er hatte das Schwert. Nun zum riskanten Teil.

Ich trat in Sichtweite und ging auf den Eingang

des Hotels zu. Meine Augen auf mein Ziel gerichtet und um einen lässigen Gang bemüht, lief ich an dem Mann vorbei, der auf der Bank saß, und tat so, als würde ich ihn nicht bemerken. Für eine Sekunde erstarrte er mit einer neuen, nicht angezündeten Zigarette auf halbem Weg zu seinen Lippen. Dann legte er sie beiläufig zur Seite. Ich fühlte, wie sein Blick mir folgte.

Jedes Haar auf meinem Körper stand mir zu Berge, als ich die Hoteltür öffnete und fühlte, wie der Mann hinter mir aufstand und mir nachging. Ich bekämpfte den Drang zu flüchten. Hinter der Rezeption war niemand zu sehen, aber die Bürotür dahinter war offen und ich hörte ein Schlurfen von Papier und das Geräusch eines Druckers.

Als sich die Tür schloss, ging ich schnell am Aufzug vorbei und lief so leise, wie ich konnte, ins Treppenhaus. Ich hörte, wie sich die Eingangstür hinter mir öffnete. Doch anstatt die Treppe zu meinem Zimmer hinaufzugehen, ging ich die Treppe hinunter in den Keller.

Ich hörte, wie sich die Tür über mir öffnete und schnelle Schritte die Treppe hinaufklapperten. Ich schluckte. Wenn mein Herz so weiterklopfte, würde mein Verfolger es sicher noch hören können. Als die Schritte über meinem Kopf sehr fern klangen, sprintete ich auf Zehenspitzen zurück ins Erdgeschoss und schlüpfte durch die Lobby wieder hinaus. Ich lief in den kleinen Innenhof und die Gasse neben dem Gebäude hinunter.

„Yuudai?“, flüsterte ich und fühlte, wie sich Schweiß an meinem unteren Rücken sammelte.

Sein grinsendes Gesicht erschien hinter einem

Müllcontainer. Er muss gerade erst angekommen sein, denn er hatte nur eine Hose an. Ich bemühte mich tapfer, nicht auf seinen muskulösen Oberkörper zu starren. Er warf mir meinen Rucksack zu und ich fing ihn auf. Die blaue Scheide des Wakizashi ragte oben heraus. Ich stieß meinen ganzen aufgestauten Atem aus. „Wir haben es geschafft!“

„Ruhig“, sagte er, zog sich sein Hemd über den Kopf und schob seine nackten Füße in seine Turnschuhe. „Einer der Vorteile, die man hat, wenn man so zierlich wie du und eine Frau ist, besteht darin, dass man ständig unterschätzt wird.“

„Ohne dich hätte ich es nicht geschafft, Yuudai. Danke!“

„Gern geschehen. Wenn sie wüssten, wozu du fähig bist, hätten sie drei oder vier Männer auf dich angesetzt, und zwar nicht im Wechsel, sondern alle auf einmal. Ich bezweifle, dass Raiden ihnen gesagt hat, was du bist.“ Er deutete mit dem Daumen ans Ende der Gasse. „Lass uns verschwinden.“

Yuudai nahm mir den Rucksack ab und schleuderte ihn über seine Schulter. Ich fühlte einen Hauch von Wärme in meinen Wangen. Wie natürlich und angenehm es sich anfühlte, bei ihm zu sein. Es war, als ob wir einander seit Jahren kannten. Wir liefen bis zum Ende der Gasse und machten uns auf den Weg zurück zu Yuudais Wohnung.

Ich blieb abrupt auf dem Bürgersteig stehen, als ich etwas bemerkte. „Ich habe das Hotel nicht bezahlt“, sagte ich.

Yuudai drehte sich zu mir um. „Hast du eine

Kreditkarte?“

Ich nickte.

„Ruf sie einfach an und sag ihnen, dass du unerwartet gehen musstest. Es wird schon gut gehen.“

„Du glaubst doch nicht, dass diese Männer die Angestellten über mich ausfragen werden?“

„Akiko“, sagte er sanft. „Unterschätze diese Männer niemals.“

Ich runzelte die Stirn. Das Hotelpersonal wusste nichts über mich. Ich hoffte nur, dass die Yakuza-Männer das glauben würden. Aber da war noch eine andere Sache, die mich beschäftigte. „Ich habe mich gefragt, ob ich dich bei einer weiteren Sache um deine Hilfe bitten könnte.“

„Ja?“

„Ich glaube, der Grund dafür, dass sie wussten, wo ich war, liegt daran, dass ich ein Gewand bei einem Schneider im Stadtzentrum bestellt habe. Wie die beiden miteinander verbunden sind, weiß ich nicht, aber als der Schneider bei mir Maß nahm, kam einer von ihnen von hinten heraus und schaute zu.“ Ich schauderte, als ich mich an seinen kalten, berechnenden Blick erinnerte.

„Tätowierungen?“, fragte Yuudai.

„Ich denke schon. Ich konnte nur ein wenig von seinem Handgelenk sehen. Die fehlenden Fingerglieder waren das, was ihn verriet.“

Yuudai nickte und ließ seine Füße über den Kies schlurfen, als wir einen Park durchquerten. Es war eine Abkürzung zu seiner Wohnung.

„Die Yakuza sind berüchtigt dafür, sich in jedes Geschäft einzumischen, das ihnen gefällt. Vielleicht hat der Schneider nebenbei etwas laufen und sie arbeiten zusammen, oder vielleicht bedrohen sie ihn. Wer weiß.“ Er sah neugierig zu mir herüber. „Wozu brauchst du ein neues Gewand?“

„Das war Daichis Idee“, sagte ich. „Es besteht aus hundertprozentiger Seide und ...“

Er blieb schlagartig stehen und seine Augen weiteten sich. „Natürlich. Natürlich! Das ist absolut brillant! Wie funktioniert es genau?“

Ich lachte. „Du hast schnell begriffen.“

Er kratze sich an seinem Ohr. „Ich weiß nicht, warum ich selbst nie daran gedacht habe.“

„Du weißt also, dass Seide die einzige Substanz ist, die sich nicht im Äther auflöst?“

„Jedenfalls die einzige Substanz, von der ich weiß“, antwortete er.

„Warum löst sie sich nicht auf?“, fragte ich.

„Seidenraupen sind Geschöpfe des Äthers. Sie stehen in der Hierarchie viel niedriger als wir, aber trotzdem. Hat Daichi dir das nicht erklärt?“

Ich schob meine Tasche von einer Schulter auf die andere. Yuudai nahm sie mir ab und schleuderte sie über seinen Rücken. Sie sah an ihm aus wie der Rucksack eines Kindes. „Danke. Und nein, Daichi erklärt mir nie etwas.“

„Also, wie funktioniert das?“

„Ich rolle es zusammen, binde es mir um den Hals und trage es wie einen Kragen. Manchmal wird er ein bisschen locker und wenn ich eine wirklich kleine Gestalt annehmen muss, dann müsste ich das Kleid irgendwo verstauen, aber es funktioniert ganz gut. Das Seidenkleid ist dünn und leicht. Es hat eine Tasche, in der ich Hausschuhe aufbewahre. Es hilft wahrscheinlich, dass ich so klein bin.“

„Ich liebe diese Idee, genial. Ich lasse mir auch etwas anfertigen. Normalerweise bin ich nach einer Verwandlung immer nackt.“

Ich lachte. „Vielleicht ein paar Shorts und ein Tank Top oder so?“, schlug ich vor. „Wenn du eine Robe wie meine tragen würdest, würdest du genauso viel Aufmerksamkeit erregen wie wenn du nackt wärst, fürchte ich.“ Ich kicherte bei dem Gedanken an Yuudai, der in einem dünnen seidenen Bademantel und Pantoffeln über den Bürgersteig stapfte. „Niemand warnt einen vor der Logistik des Hanta-Daseins.“ Ich grinste.

„Wem sagst du das“, schnaubte er. „Ich bin über die Jahre in so viele Brennnesseln gefallen, ich glaube, mein Hintern wird nie mehr derselbe sein.“

Ich stotterte ein Lachen. Gerade da klingelte mein Telefon. Ich fischte es aus meinem Rucksack, den Yuudai mir hilfsbereit hinhielt.

„Daichi“, sagte ich und hielt mir das Telefon ans Ohr. Da war ein seltsames Summen im Hintergrund, eine Art Rauschen.

„Ich bin in Kyoto“, sagte Daichi am anderen Ende der Leitung unvermittelt.

Seine Stimme zu hören sandte einen Ruck durch meinen Körper. Reflexartig senkte ich meine Schultern und meine Augen. „Ich bin in Tottori, genau wie du es wolltest. Wo soll ich dich treffen?“

Als er mir Anweisungen gab, atmete ich tief ein. Meine Augen schlossen sich und die Haut in meinem Nacken kribbelte, als hätte ein Geist aus der Vergangenheit mich aufgesucht. „Ja, ich kenne die Stelle“, sagte ich leise. Ich wollte fragen ‚warum dort?‘, aber ich sagte nur: „Ich werde dort sein.“

Stille hing in der Luft, bis ich mein Telefon wieder im Rucksack verstaut hatte und Yuudai sich wieder in Bewegung setzte. Seine Turnschuhe schlurften über den Bürgersteig.

„Und?“, fragte er.

„Er ist in Kyoto“, sagte ich und blinzelte ihn an. „Ich muss ihn morgen früh bei Sonnenaufgang treffen.“ Eine Woge gemischter Gefühle rauschte durch mich hindurch. Schrecken. Vorfreude. Ungewissheit. Aufregung.

Ein langsames Grinsen breitete sich über Yuudais Gesicht aus. Er warf einen Arm über meine Schultern. „Morgen bei Sonnenaufgang wirst du eine freie Hanta sein.“

„Wenn Daichi sein Wort hält“, sagte ich. Die Zweifel in mir hatten begonnen alle anderen Gefühle zu überstrahlen. Es war zu schön, um wahr zu sein. Und alles in allem zu leicht zu erreichen gewesen. Würde Daichi sein Wort halten?

„Wo will er dich treffen?“, fragte Yuudai, als wir zu seinem Apartment hinaufgingen.

„Das ist das Seltsame“, sagte ich und kaute auf meiner Lippe. „Es ist ein Ort, der mir einst sehr viel bedeutet hat. Eine Klippe mit Blick auf den Ozean.“

# Kapitel 23

Es war immer noch dunkel, als ich am nächsten Morgen in Furano aus dem Zug stieg, aber die Luft roch süß und sauber und die Vögel kündigten den Sonnenaufgang an. Ich war sogar noch früher gekommen, als ich musste, nur weil Furano jetzt so anders war als früher, sodass es einige Zeit dauern konnte, mich zu orientieren. Ich wusste nicht einmal, ob die alten Pfade noch da sein würden. Meine größte Hoffnung war, dass ich zum Meer gehen und der Küste folgen konnte, bis ich herausgefunden hätte, in welcher Richtung die Klippe lag. Mir würde ein ziemlicher Aufstieg bevorstehen.

Die Häuser waren dunkel und die Straßenlaternen warfen runde Lichtkreise auf den Bürgersteig. Ich lief durch den gleichen Vorort wie bei meinem letzten Besuch und ging eine Gasse zwischen zwei Doppelhäusern hinunter. Als ich mich dem Meer näherte, lichteten sich die Häuser schließlich und ich betrat einen Wald. Es gab Dutzende von Pfaden, die sich hindurchzogen. Ich stolperte in der Dämmerung über Erdhügel und wurde von einem Baumhaus erschreckt, das wie ein schwarzer Fleck in den Baumwipfeln auftauchte. Schließlich zog ich mein Handy heraus und schaltete die Taschenlampe ein, um meinen Weg zu erhellen. Daichi war ein alter Mann. Warum wollte er den Austausch an einem so abgelegenen Ort durchführen, an einem Ort, der für ihn eigentlich unmöglich zu erreichen sein müsste?

Der Weg wurde steiniger. Als der Himmel sich rosa färbte und der Wald heller wurde, sodass ich meine Taschenlampe ausschalten konnte, war ich bereits aus der Puste.

Ein Ast brach hinter mir und ich drehte mich nervös um. Ich lauschte, aber der Wald war still geworden. Der Wald … einst war er meiner gewesen, aber er hatte sich so sehr verändert, dass ich auch die Geräusche meiner alten Heimat kaum noch erkannte. Ein fahles Licht begann das Blätterdach zu durchdringen und alles mit einem sanften Schimmer zu bestäuben. Das Geräusch von etwas Schwerem zu meiner Rechten ließ mich erstarren und meine Augen suchten das Unterholz ab. Ein Tier, größer als ein Vogel, aber kleiner als ein Hirsch, bewegte sich neben mir. Ich blinzelte und wünschte, ich könnte meine menschliche Sehkraft gegen die eines Raubvogels eintauschen. Ich stieß einen Atemzug aus. Es war nur ein kleiner Fuchs. Ich kletterte weiter. Ein paar Minuten später sah ich den Fuchs erneut, diesmal erschien sein kleines Gesicht unter den Blättern eines Strauches.

„Ich kannte einst einen Fuchs“, sagte ich leise zu ihm, während ich weiter ging. „Aber sie war schwarz und viel größer als du, und gerissener.“

Ich wanderte weiter und sah den Fuchs nicht mehr, aber ich wusste, dass er sich in der Nähe befand. Ab und zu brach ein Zweig oder Blätter raschelten hinter mir.

Ich war jetzt ganz nah, und das Rauschen der Wellen und das Geschrei der Möwen erfüllten die Luft. Ich kletterte über den letzten Felsbrocken und trat hinaus auf die Klippe, auf der ich mich einst verliebt hatte, auf der ich Geheimnisse mit meiner Schwester geteilt hatte und auf der ich meinen ersten Kuss bekommen hatte.

Ich schnappte nach Luft. Wie sehr der Ort sich verändert hatte! Die Felsspitze war früher so breit gewesen, dass man kaum einen Stein von einer Seite auf die andere hatte werfen können, und so lang, dass man, wenn man mit dem Rücken an der Waldgrenze stand und hinaussah, überhaupt kein Wasser sehen konnte, nur klaren blauen Himmel. In der Zeit, in der ich fortgewesen war, musste die Hälfte der Klippe abgebrochen und ins Meer gefallen sein. Der Wald war dichter und größer geworden. Die Steilküste selbst war vom Regen abgenutzt und glatt. Mein Blick fiel auf eine grüne Bettrolle aus Wolle und einen kleinen Lederbeutel, der gegen einen Baumstamm gelehnt war. Hatte Daichi hier die Nacht verbracht?

Der alte Mann stand am Rand der Klippe mit dem Rücken zu mir, die Hände hinter sich verschränkt, und blickte auf das Wasser hinaus. Aber es war nicht die Veränderung der Landschaft oder Daichis Anwesenheit, die mich mit Furcht erfüllte. Es war die Tatsache, dass er in traditionelle weiße Samurai-Gewänder gekleidet war. Unwillkürlich legte ich die Hände an meinen Mund.

Ich wusste, was diese weißen Gewänder bedeuteten.

Er hörte meine Schritte, drehte sich aber nicht zu mir um. Also näherte ich mich dem Rand der Klippe und stellte mich neben ihn. Zusammen schauten wir hinunter auf das Meer.

Die Wellen schlugen über den felsigen Strand,

der so anders aussah als der, den ich früher mit Aimi und mit Toshi besucht hatte. Der Strand war erodiert, und eine Handvoll heruntergekommener Fischerboote war an Pfosten festgemacht, die es früher dort nicht gegeben hatte.

Der Schock darüber, was Daichi vorhatte, verblasste. Wie hatte ich nicht früher erkennen können, was passieren würde? Ich wollte ihm sagen, dass er das nicht tun musste. Aber es wäre eine Lüge gewesen. Wenn ich frei sein wollte, musste er mir mein tamashī zurückgeben, und mein tamashī hielt ihn am Leben. Es gab keinen anderen Weg.

Ich vermutete schon lange, dass Daichi einmal ein Samurai gewesen war. Für ihn wäre dies ein ehrenvoller Tod. Die Samurai von einst trugen stets zwei Schwerter bei sich: das Katana für ihre Feinde und das Wakizashi für sich selbst.

Ich ließ meinen Rucksack von meinen Schultern fallen und zog das Wakizashi heraus. Er neigte seinen Kopf in meine Richtung. Sein Ausdruck war friedlich, sogar erfreut. Ich reichte ihm das kurze Schwert.

„Du hast mich nicht enttäuscht." Er ergriff das Schwert mit beiden Händen und betrachtete es. „Ich habe dieses Schwert seit einem Jahrhundert nicht mehr gesehen." Er hob es hoch und zog die Klinge aus der Scheide. Das Metall glänzte in der Sonne. Er testete die Schneide mit seinem Daumen in einer geübten Bewegung und schien mit ihrer Schärfe zufrieden zu sein. Da bemerkte ich das passende Katana, das an seinem Gürtel hing. Es hatte dieselbe blaue Scheide. Daichi zog das lange Schwert heraus und reichte es mir.

Ich blinzelte ihn verwirrt an. Dann begriff ich. Samurai, die Seppuku begingen, wurden dabei in der Regel von einem treuen Freund unterstützt. Nachdem der Krieger seinen eigenen Bauch aufgeschnitten hatte, würde der Freund ihn enthaupten, um sein Leiden zu beenden.

Ich schluckte und trat zurück. „Bitte zwing mich nicht dazu“, flüsterte ich. Doch wenn er es mir befehlen würde, könnte ich nichts dagegen tun.

Er sah mir in die Augen. Solange ich ihn kannte, hatten seine Augen immer irgendwie traurig ausgesehen. Nun wirkten sie zum ersten Mal nicht traurig, sondern erleichtert. Er hielt mir das Schwert entgegen und für einige Atemzüge standen wir wie Statuen auf der Klippe. Er wollte mir nichts befehlen, und ich merkte mit flauem Magen, dass es daran lag, dass ich ohnehin keine Wahl hatte. Ich würde ihn nicht leiden lassen, während er langsam verblutete.

Ich nahm den Griff des Schwertes, und er ließ es aus seinen Fingern gleiten. Mein Mund war staubtrocken und meine Sicht verschwamm. Geschah das hier wirklich? War ich im Begriff, meinen Herrn zu enthaupten? Daichi stand mir gegenüber und verbeugte sich. Ich verbeugte mich zurück. Als er am Rande der Klippe kniete und aufs Meer hinausblickte, wich ich zurück, um ihm Privatsphäre zu geben. Jeder Muskel in meinem Körper vibrierte in Angst davor, was er von mir verlangt hatte. Er zog einen mit Kanji bemalten Umschlag aus seiner Robe und legte ihn neben sich auf den Boden. Er hob einen Stein auf und beschwerte damit den Umschlag. Er schnallte den Gürtel an seiner Taille auf und öffnete sein Gewand bis zum Bauch.

Ich geriet in Panik. Ich konnte nicht hinsehen. Es war schlimmer, als zuzusehen, wie Raiden Fujio gedemütigt hatte. Viel schlimmer. Ich drehte mich um und ging zurück in den Wald, so weit, dass Daichi die Klippe für sich allein haben würde, und so nah, dass ich noch immer seine kniende Gestalt am Rand der Klippe sehen konnte.

„Das kann nicht real sein, das kann nicht real sein“, flüsterte ich und schaute auf die Waffe in meiner Hand. Ich zog das Schwert aus der Scheide und hielt es in beiden Händen. Ich holte zitternd Luft und drehte mich um, damit ich Daichi rechtzeitig zur Hilfe eilen konnte.

Er kniete immer noch, mit dem Rücken zu mir und dem Wakizashi auf dem Boden an seiner Seite. Er hatte den Kopf gebeugt. Ich fragte mich, was er in diesen letzten Momenten dachte. Als seine Hand nach dem Wakizashi griff, senkte ich meine Augen. Schweiß spritzte über meinen ganzen Körper und ich schlug mir eine Hand auf den Mund, um ein Schluchzen abzuwürgen. Es gab kein Geräusch. Kein Stöhnen vor Schmerz oder Wimmern. Als Daichi zur Seite stürzte, war es, als ob ich einen Stummfilm sah.

„Daichi“, wollte ich schreien, aber es kam nur erstickter Schluchzer heraus. „Nein.“

Alles in meinem Körper bedauerte diesen Moment. Es musste einen anderen Weg gegeben haben. Tränen verwischten meine Sicht und ich schüttelte den Kopf und hob das Schwert auf. Er litt und ich musste es beenden. Es wäre ein Akt der Barmherzigkeit. Wer hätte gedacht, dass Barmherzigkeit so schwer sein konnte?

Ich trat aus dem Wald heraus und blieb stehen, als ein helles Licht am Rand der Klippe aufblitzte. Ein heller weißer Lichtball schwebte über Daichis Körper. Mein tamashī. Mit großen Augen schritt ich vorwärts und hob das Katana an. Aber ich erstarrte, als die Farbe von Daichis Hals und Knöcheln von rosa zu aschgrau wurde. Dann zerbröckelte sein Körper zu Staub. Das weiße Gewand zerfiel zu einem Haufen und eine Brise sammelte etwas von seiner Asche auf und wirbelte sie in die Luft und über das Wasser hinaus. Ich hob mein Gesicht zum Himmel und beobachtete, wie das, was von Daichi übriggeblieben war, sich im Wind verstreute. Es war jetzt nichts mehr von ihm da, nichts außer dem, was ich in meiner Erinnerung hielt. Nichts als ein weißes Gewand, zwei Samurai-Schwerter und ein Brief.

Ich hätte vor Erleichterung weinen können. Ich hatte doch kein Schwert gegen ihn erheben müssen. In dem Moment, als das tamashī seinen Körper verließ, wurde er zu dem, was er schon seit Jahrzehnten hätte sein sollen. Asche und Staub. Ich wischte mir die Tränen vom Gesicht, überquerte die Klippe und griff nach dem tamashī.

Plötzlich wurde ich zur Seite gestoßen.

Ich flog zu Boden. Das Katana glitt aus meinem Griff und ich rutschte über den Fels und kam gefährlich nah am Abgrund liegen.

Das Licht aus meinem tamashī verschwand, als

eine Hand sich darum schloss.

Ich rollte auf den Rücken und krabbelte von der Felskante weg. Blinzelnd blickte ich zu einer Gestalt auf, die über mir stand und den Sonnenaufgang verdunkelte.

Raiden.

Er trug eine Sonnenbrille, und das Licht meines tamashī beleuchtete sein Gesicht und spiegelte sich auf den Gläsern seiner Brille. Wie hatte er mich aufgespürt?

„Ein Hanta tamashī." Er lachte erstaunt, als könne er sein Glück nicht fassen. „Ich hätte mir nie träumen lassen, dass es so einfach sein könnte. Auf einem Teller serviert."

„Nein!", schrie ich. Mein Herz war stehen geblieben, mein Gehirn weigerte sich zu glauben, was es sah. Nicht schon wieder! Nicht jetzt! Nicht er!

Er ließ das tamashī in die Tasche seines Jacketts fallen und tätschelte den Stoff, als befände sich darin eine seltene Münze.

Zorn stieg heiß in mir auf. Es fühlte sich an, als würde mein Kopf explodieren. Ich kam auf meine Füße und griff nach dem Katana. Wenige Augenblicke zuvor hatte ich Zweifel gehabt, ob ich töten konnte, selbst wenn es Leiden lindern sollte. Jetzt war Mord alles, woran ich denken konnte. Ich konnte es nicht ertragen, dass mir meine gerade erst gewonnene Freiheit wieder weggenommen wurde, dieses Mal wahrscheinlich für immer. Sicher würde Raiden mich niemals aus der Gefangenschaft entlassen. Der Gedanke, unter der Kontrolle einer Heerschar von Oni zu stehen, besonders nach allem, was ich durchgemacht hatte, brachte mich zur Weißglut. Ich hielt das Katana kampfbereit vor mir hoch. Die Klinge bebte in der Luft.

„Ich würde lieber sterben, als dir zu dienen“, schrie ich. „Gib es mir zurück.“ Kurz durchzuckte mich der Gedanke, die Klinge gegen mich selbst zu richten. Wenn das der letzte Weg war …

Raiden sah gelangweilt aus. „Oder was?“

Ich begann die Klinge umzudrehen, aber sie war so lang und die Handhabung eines Schwertes war mir so fremd, dass ich viel zu langsam war. Raiden drehte sich so schnell, dass ich ihn nicht einmal kommen sah. Sein Fuß kickte das Schwert aus meiner Hand und Schmerz schoss durch mein Handgelenk und meinen rechten Arm hoch. Meine Knie knickten ein und ich landete auf dem Boden. Tränen liefen mir über die Wagen und ich hatte nicht mehr die Kraft sie zurückzuhalten.

Ich war völlig allein, hilflos und das Eigentum meines schlimmsten Feindes. Die Erniedrigung reichte aus, um mein Herz zu Pulver zu zermalmen.

„Hör auf damit“, befahl Raiden. „Sei still. Und jetzt steh auf.“

Meine Tränen erstarben und ich war gezwungen, aufzustehen. Ich starrte auf den Rand der Klippe. Sehnte mich danach, mich hinabzustürzen.

„Denk nicht einmal daran“, sagte Raiden. Er wanderte dorthin, wo Daichis weiße Robe in einem Haufen lag. Er schlug das Gewand auf. Ein uralt aussehender Blutfleck hatte sich im Stoff ausgebreitet, und noch mehr Staub wirbelte in die Luft auf. Das Wakizashi klapperte auf den Fels. Raiden bückte sich, um es aufzuheben.

Ich wollte ihn anschreien, es nicht zu berühren, aber meine Kehle blieb stumm. Der Gedanke, dass Raiden irgendetwas von Daichi berührte, erschien mir abscheulich. Seltsam, da Daichi schon so lange mein Entführer war. In diesem Moment gestand ich mir selbst ein, dass ich mich trotz unserer Situation um ihn gesorgt hatte.

„War es das wert, kleine Hanta", fragte er und lachte. „Du gehörst jetzt zu mir, du –"

Plötzlich hörte Raiden auf zu lachen. Sein Blick richtete sich auf den Wald hinter mir. Ich drehte mich um.

Ein Mann stand vor den Bäumen. Sein schwarzes Haar war halb zurückgebunden, und er trug ein einfaches, hochgeknöpftes Hemd mit einem dicken Stoffgürtel, der um seine Taille gewickelt war. Ein Katana mit einem roten, lederumwickelten Griff war in seinen Gürtel gesteckt. Er sah genauso aus wie beim letzten Mal, als ich ihn gesehen hatte, genauso schön, genauso stark, und ich wusste, dass ich den Verstand verloren hatte. Es war mir einfach alles zu viel geworden, und ich war übergeschnappt. Ich musste halluzinieren.

Denn Toshi war tot.

# Kapitel 24

Mein Herz blieb stehen, dann verdreifachte es seine Geschwindigkeit. Ich schüttelte den Kopf und drückte die Augen zu und versuchte, die Halluzination loszuwerden. Aber als ich meine Augen öffnete, war Toshi immer noch da.

„Sie gehört dir nicht“, sagte Toshi leise. „Sie wird niemals dein sein.“

Raiden fletschte die Zähne. „Wer bist du?“, bellte er. „Der Dorftrottel?“

„Gib ihr das tamashī zurück“, befahl Toshi. „Und zwar sofort.“ Toshis Hand ruhte auf dem Griff seines Katana, jederzeit bereit, es zu ziehen. Abgesehen von der Waffe und seinem bestickten Gürtel war an Toshi alles unauffällig. Es war seine Stille – seine tödlich ernste Gelassenheit – die Raiden innehalten ließ. Toshi war keine Halluzination. Wie unmöglich es auch immer war, er war hier. Meine Augen blitzten zu Raiden. Größer, breiter, stärker. Ich hatte Raidens Brutalität erlebt. Er würde Toshi töten, sobald sich eine Gelegenheit dazu bot.

Raidens Lächeln wurde breiter. Mit einer Schnelligkeit, die von jahrelangem Training zeugte, zog er eine Pistole aus seiner Tasche.

„Oder was?“, fragte Raiden. Seine freie Hand griff nach seiner Sonnenbrille und steckte sie in seinen Mantel.

Ich wollte Toshi zurufen, dass er weglaufen sollte. Jeder Muskel in meinem Körper spannte sich in schrecklicher Erwartung eines Schusses. Vor meinem inneren Auge sah ich bereits, wie Toshis Körper zu Boden sackte.

Langsam nahm Toshi Kampfhaltung ein. Er stellte sich breitbeinig auf und sein Gewicht verlagerte sich nach vorne auf seine Zehen. Dann spannte er seinen Kopf ganz leicht, seine Bewegung war eine klare Herausforderung. Ich konnte das stumme, nur durch Bewegungen geführte Gespräch beobachten, das zwischen den beiden Männern stattfand. Toshi hatte Raiden eine Herausforderung zugeworfen, etwas, das Raidens Ego nicht einfach verkraften konnte.

Raiden drehte die Pistole in seiner Faust. Doch Toshi bewegte sich nicht, er schien nicht einmal anzuerkennen, dass er sich in Todesgefahr befand.

Raiden lachte und warf die Pistole zur Seite.

„Das wird Spaß machen“, sagte Raiden, und ich konnte die Stimmen der Oni unter seiner menschlichen hören. Leisere Töne zischten unter den Worten hervor und verweilten wie ein Knurren in der Luft. Raiden schüttelte sein Jackett ab. In aller Ruhe knöpfte er sein weißes Hemd auf. Die Oni-Tätowierungen leuchteten hell und furchterregend im Sonnenlicht. Ich sah, wie sein Jackett auf die Erde fiel. Alles in mir richtete sich meinem tamashī zu, aber meine Füße waren genauso fest mit dem Boden verwurzelt wie mein Mund verschlossen war. Ich blickte zu Toshi und versuchte ihm zu sagen, dass ich ihm helfen könnte, wenn er nur mein tamashī an sich nahm.

Doch Toshi starrte nur Raiden an, als gäbe es nichts und niemanden sonst auf der Welt. Ich bebte vor Liebe zu ihm und vor Bewunderung für seinen

Mut, den er angesichts eines solchen Gegners an den Tag legte.

Raiden beugte sich vor und hob das Katana auf, das Daichi gehört hatte. Er hob das Schwert mit beiden Händen vor sich. Die lange Klinge streckte sich wie ein schimmerndes Horn aus Stahl in den Himmel. Die Arme in einer aggressiven Haltung erhoben, waren seine Tätowierungen jetzt in Gänze sichtbar. Die Muskeln, die sich unter seiner Haut bewegten, brachten die Gesichter der Oni zum Lachen. Bei jedem normalen Mann wäre die Bewegung nur eine Illusion gewesen, aber bei Raiden verzerrten sich die Gesichter der Dämonen gerade genug, um klarzustellen, dass sie tatsächlich lebendig waren.

Raidens Lachen wurde zu einem knurrenden Gebrüll. Dann stürzte er sich vor. Toshi rückte nicht vom Fleck und zog sich auch nicht zurück; tatsächlich bewegte er sich überhaupt nicht. Ich wollte schreien, aber kein Laut kam über meine Lippen. Ich konnte nicht hinsehen. Aber wegsehen konnte ich noch weniger.

Der Abstand zwischen ihnen hatte groß gewirkt, aber innerhalb eines einzigen Herzschlags kam Raiden an Toshi heran und führte einen Hieb aus, der ihn wie ein Blitz von der Schulter bis zur Leiste spalten sollte.

Aber Toshi war nicht da – zumindest nicht dort, wo die Klinge niederfuhr. Er wich aus, gerade genug, um das Schwert einen Zentimeter vor seinem Gesicht vorbeisensen zu lassen.

Raidens Augen flackerten vor Überraschung, aber sein furchteinflößender Ruf beruhte nicht nur auf seinem beeindruckenden Aussehen. Er hatte sich schnell genug gefasst, um gerade noch seine Klinge herumzuschwenken und Toshis Gegenangriff zu parieren. Der Hieb, der Raiden glatt geköpft hätte, wurde von Raidens Klinge abgehalten und von seiner Kehle weggeführt. Für einen Augenblick erstarrten Toshi und Raiden Gesicht an Gesicht, die Klingen zwischen sich gekreuzt. Toshis winziges Lächeln war bedeutungsschwer. *Ich bin dran*, schien sein grimmiger Blick zu sagen.

Raiden stieß ein Knurren aus, stieß sich zurück und hackte auf Toshi ein. Toshi fing den Hieb so gelassen ab, als ließe er ein übermütiges Kind gewähren, und ging mit der Abwehrbewegung fließend in den nächsten Angriff über. Sein Katana, leichter und schneller, wirbelte durch die Luft und schoss gegen Raidens Schienbeine. Raidens Größe war nun ein Nachteil für ihn, und alles, was er tun konnte, war hastig zurückzustolpern.

Raidens dunkle Augen glühten. Er machte ein paar Schritte vor und zurück, hielt die Klinge flach und ließ Toshi nicht aus den Augen. Plötzlich hob er ein Bein nach dem anderen und schleuderte seine Schuhe davon. Seine nackten Füße berührten den Dreck.

Endlich nahm er Toshi ernst. Mit einer blitzschnellen Bewegung erneuerte Raiden seinen Angriff. Raidens längeres Katana schnitt und stieß wie ein Lichtstrahl durch die Luft, er nutzte dabei seine größere Reichweite aus. Doch Toshi hielt den Angriffen stand. Schlag um Schlag wehrte Toshi Raiden ab. Stich um Stich wich er aus. Der Kampf gewann an Tempo. Die Männer bewegten sich wie

Tänzer über die Klippe. Raiden schien immer rasender zu werden, legte mehr Gewicht in die Schläge und nutzte die Stärke seiner Schultern und seines Rückens aus. Die rothäutigen Dämonen auf seiner Wirbelsäule beugten und wölbten sich grotesk und grüne Augen funkelten mit seinem Schweiß, durstig nach Toshis Blut.

Toshi hielt mit seinen Kräften Haus. Jeder Schritt erfolgte gerade rechtzeitig, um Raidens Katana zu entgehen, er vollführte keine Bewegung zu viel. Doch trotz seiner makellosen Technik wurde Toshi zurückgedrängt, bis er mit dem Rücken zur Klippe stand.

Raiden grinste. „Jetzt entkommst du mir nicht mehr!“, rief er und schlug auf Toshi ein.

Doch sein Schlag ging erneut ins Leere. Denn Raidens Füße schlitterten über die zerschlagenen Steine. Raiden geriet nur für einen Augenblick aus dem Takt, doch mehr brauchte Toshi nicht. Mit einer Präzision, die den Eindruck erweckte, als hätte Toshi den Stolperer die ganze Zeit erwartet, zischte sein Katana durch die Luft. Die Klinge war so schnell, dass ich sie nicht einmal richtig sehen konnte; alles, was ich mitbekam, war, dass Raiden aufschrie und zurückschreckte und einen verwundeten Arm an seine Brust zog.

Die Welt schien für einen Moment stillzustehen.

Raiden atmete schwer. Aber so schnell gab er, gaben die Oni nicht auf. Er schwang sein Katana jetzt einhändig, um Toshi abzuwehren, aber seine Bewegungen waren langsam und ungenau. Toshi war jetzt klar im Vorteil.

Mit singendem Schwert trieb er Raiden zurück

zum Wald. Dann traf die Klinge Raiden erneut und schlitzte durch eine seiner Tätowierungen.

Raiders Zähne blitzten auf, als er einen Schrei unterdrückte. Wut und Angst gaben Raiden einen Schub an hasserfüllter Schnelligkeit, und er warf sich mit seinem ganzen Gewicht gegen Toshis Katana. Ein Riss erschien in Toshis Hemd und Blut befleckte den zerfetzten Stoff. Raiden wirbelte herum und versetzte Toshi einen Rückstoß. Ich hatte das Gefühl, an den in mir aufgestauten Schreien zu ersticken. Toshi flog zur Seite und krümmte sich zusammen.

Raiden nutzte die Gelegenheit und schleppte sich davon. Toshi folgte ihm, wenn auch schwerfälliger als zuvor. Als er bemerkte, dass Raiden sich auf die weggeworfene Pistole zubewegte, sprintete Toshi so schnell er noch laufen konnte los.

Doch es war zu spät. Raiden schnappte sich die Handfeuerwaffe. Toshi war ihm auf den Fersen, er riss seine Klinge für einen letzten, tödlichen Hieb in die Höhe. Schieres Glück rettete Raiden das Leben. Denn Daichis zurückgelassener Kimono lag in Reichweite. Raiden warf ihn in Toshis Gesicht. Toshi tänzelte rückwärts. Staub und Asche stoben in den Himmel auf. Toshi schleuderte den Stoff mit einem Knurren von sich.

„Feigling!“, stieß er aus. Es war das erste Mal, dass er sich Zorn anmerken ließ.

„Verlierer“, spuckte Raiden ihm entgegen.

Die Pistole feuerte und das Katana schnitt herab. Die Explosion der Pistole ließ meinen ganzen Körper erzittern, als wäre ich vom Blitz getroffen worden. Einen Augenblick lang herrschte Stille auf der Klippe. Dann hörte ich Raiden schreien.

Toshi hatte sein Handgelenk glatt durchtrennt. Toshis Klinge blitzte erneut durch die Luft und der Schrei verwandelte sich in ein nasses Würgen. Raiden tastete mit seiner verbliebenen Hand nach seiner Kehle. Dann sackte sein Körper zurück. Seine offenen Augen blickten leer zum Himmel.

Toshi atmete zitternd, und sein Blick wanderte nach unten zu der roten Linie über seiner Brust. Helles Blut strömte aus der Wunde und ein Schauer von Schmerz erschütterte seinen Körper. Seine Knie schienen einzusacken, aber er stützte sich auf sein Katana und blieb auf den Füßen stehen.

Mit Raidens Tod öffnete sich endlich mein verschlossener Kiefer. All die Laute zerbarsten, die sich in mir angestaut hatten, seit Toshi aufgetaucht war, und ein klirrender Schrei entfuhr meiner Kehle. Ich sprang auf und warf die Arme um Toshi. Er ächzte, als wir zusammenstießen. Doch er drückte mich fest an sich.

Er war real. Er war am Leben. Er war hier. Nach allem, was ich gesehen hatte, konnte ich es erst jetzt wirklich glauben.

„Akiko“, seufzte er und unterdrückte ein Ächzen. Ich zog mich zurück und sah das Blut, das sich auf seiner Brust ausbreitete und meinen Pullover verdunkelte. Ich schaute zu ihm auf. Meine Hände zitterten so heftig, dass ich sie kaum kontrollieren konnte.

„Du bist verletzt“, keuchte ich.

„Es ist alles in Ordnung.“ Er ließ mich los, um sich Raidens Jacke zu nähern. Er griff in die Manteltasche und holte mein tamashī heraus. Sein

Gesicht leuchtete auf. Er kehrte zu mir zurück und hielt seine geschlossene Hand mit der Handfläche nach unten ausgestreckt.

„Ich glaube, das gehört dir.“

# Kapitel 25

Ich öffnete meine Handfläche und das weißblaue Licht strahlte wie ein Stern. Es verschmolz mit meiner Haut und wir sahen zu, wie es meinen rechten Arm hinauf und in meine Brust wanderte. Mein Herz glühte hell auf, als mein tamashī sich zum ersten Mal seit Jahrzehnten wieder in seinem rechtmäßigen Zuhause einrichtete. Tränen strömten über mein Gesicht. Die Jahre der Knechtschaft fielen wie schwere Seile von meinen Schultern, und das warme, belebende Gefühl von Freiheit erfüllte mein Wesen. Zum ersten Mal, seit ich ein Teenager war, stand ich nicht mehr unter der Kontrolle eines anderen.

Meine Augen trübten sich, als ich zu Toshi aufblickte. Trotz seiner Schmerzen füllte Liebe seine Augen und ich konnte sehen, wie erleichtert er war.

„Aber wie?“, flüsterte ich.

Sein Blick richtete sich auf etwas hinter mir und ich drehte mich um. Ein grauer Fuchs kam aus dem Wald geschlichen. Meine Augen weiteten sich vor Überraschung. Ich schaute zurück zu Toshi.

„Du erkennst sie nicht?“, fragte er mit leicht nach oben gezogenen Mundwinkeln.

Ich keuchte. „Aimi? Das kann nicht sein!“

Die Füchsin senkte ihren Kopf, ihre Augen auf meine gerichtet. Sie ließ sich auf den Bauch fallen und legte ihre Schnauze auf den Stein.

„Aber Aimi ist schwarz, und sie hat grüne Augen.“ Mein Verstand schien in Stücke zu zersplittern.

„Ein Kitsune ohne tamashī wird grau“, sagte Toshi. „Hast du nicht bemerkt, dass alle deine Formen ebenfalls grau waren?“

Ich schüttelte den Kopf und wollte sogleich protestieren. Aber ... er hatte recht. Ein Blitzlichtgewitter von Erinnerungen spielte sich vor meinem inneren Auge ab. Die Spiegelung meines Falken-Ichs über einem glatten See, ein Aufblitzen meines Tauben-Ichs in einem Fenster über einem Einkaufszentrum in Kyoto, mein kleiner, grauer Spatz. Alle von ihnen – grau.

Ich wandte mich dem Fuchs zu, überflutet von Emotionen. Hochgefühl, Scham, Erleichterung.

„Aimi“, war alles, was ich hervorbrachte. Allein ihren Namen auszusprechen ließ meine Tränen fließen.

Der graue Fuchs raste auf meine ausgestreckten Arme zu und sprang mir direkt an die Brust. Ich schloss ihren warmen kleinen Körper in meine Arme und vergrub das Gesicht in ihrem weichen Fell. Vor überwältigendem Glück schluchzte ich auf, als Aimi ihre Schnauze an meine Wangen rieb und mein Ohr ableckte. Ich bedeckte ihr kleines Gesicht mit Küssen und streichelte ihre weichen Ohren. Sie leckte die Tränen von meinen Wangen. Ihr Körper zitterte und bebte, genau wie meiner.

„Werde eine Frau, damit ich dich sehen kann“, bat ich, als ich endlich wieder Kontrolle über meine Stimme hatte. „Damit ich dich umarmen kann und wir reden können.“

Ihre grauen Augen schauten in meine und sie schienen von Traurigkeit erfüllt zu sein. Knapp schüttelte sie den Kopf.

„Das kann sie nicht“, sagte Toshi hinter uns. „Nicht bevor ich ihr das hier zurückgegeben habe. Sie ist seit 1923 in ihrer Fuchsform.“

Ich drehte mich um und sah, wie er einen leuchtend gelben Ball hochhielt. Ich erstarrte. Aber natürlich. Wie könnte Toshi sonst noch am Leben sein? Aimi hatte ihm ihr tamashī gegeben.

Aber warum konnte sie sich deswegen nicht verwandeln? Wirkte die Magie des tamashī anders auf sie, weil sie ursprünglich ein Fuchs gewesen war?

„Warum habt ihr das getan?“, fragte ich die beiden, von einem zur anderen blickend. Mein Herz drückte sich an meine Wirbelsäule, als hätte es Angst davor, die Antwort zu hören.

Toshi lächelte. „Was denkst du wohl, warum, Akiko? Für dich. Wir haben dich gesucht und auf dich gewartet. Wir wussten keine andere Möglichkeit, dir zu helfen.“

Ich schaute zurück auf Aimis kleines Fuchsgesicht und die Erkenntnis, was sie für mich geopfert hatte, was sie beide für mich geopfert hatten, traf mich mit voller Wucht. Ich legte meine Stirn an ihre und ich weinte. Scham brannte tief in meinem Bauch. Ich hatte mir vorgestellt, Aimi sei glücklich, dass ich aus dem Weg war, dass sie Toshi jetzt endlich für sich haben konnte. Ich hob den Kopf, um Toshi neben mir knien zu sehen. Er presste eine Hand auf seine blutige Tunika.

„All diese Jahre? Die ganze Zeit?“, flüsterte ich.

Toshi atmete aus. „Ich habe so viele Fragen. Zum Beispiel, wohin du verschwunden bist, und wer es war, der dich mitgenommen hat. Wir haben ihn bis zum Hafen von Kitakyushu verfolgt, dort haben wir seine Spur verloren. Seitdem suchen wir dich.“ Er legte seine Finger an meine. „Bitte erzähl mir alles.“

Die Sonne wanderte hoch in den Himmel und wärmte uns, und die Meeresbrise strich durch unser Haar, während Toshi und ich uns alles erzählten, dort auf der Klippe, auf der wir uns vor so langer Zeit ineinander verliebt hatten. Aimi rollte sich an meiner Seite zusammen und ich streichelte ihr Fell und ihre Ohren. Sie hörte zu, während Toshi und ich sprachen. Toshi presste die ganze Zeit eine Hand an seine Wunde. Ich wollte sie verbinden, aber er hielt mich ab und drängte mich, zuerst meine Geschichte zu erzählen.

Also erzählte ich von Daichi, wie er mich auf ein Schiff gebracht hatte und wir für eine Ewigkeit gesegelt waren. Wie er mich so lange in Vogelform gehalten hatte, dass ich lange nicht einmal gewusst hatte, welches Jahr es war. Wie er mich endlich wieder hatte menschlich werden lassen und wie verblüfft ich gewesen war, als ich erfuhr, dass wir uns in Kanada befanden. Wie wir in einem riesigen Land mit scheinbar endloser Wildnis und brutal kalten Wintern gelandet waren. Ich erzählte ihnen, wie ich die örtliche Lebensweise erlernt und schließlich Freundinnen gefunden hatte, die mir das Leben erträglich gemacht hatten.

Die Sonne stand hoch über uns, als ich endlich alles wiedergegeben hatte und völlig verbraucht war und keine Worte mehr übrig hatte. Wir drei saßen eng aneinandergepresst, Toshis Arm um meine Schulter geschlungen und Aimi an meine Seite gelehnt.

Schließlich holte Toshi Luft. Furcht vor dem, was er sagen würde, füllte meinen Bauch wie Blei. Ich ahnte nichts Gutes.

„Es ist an der Zeit, dass ich ihr zurückgebe, was ihr gehört, meinst du nicht auch?“, sagte Toshi und hielt Aimis tamashī. Ich schaute ihn an, und frische Tränen rollten über meine Wangen und tränkten Aimis Fell. Sie drehte ihren Hals, um zu uns aufzuschauen, ihre Ohren spitzten sich.

Ich schob mein tamashī meinen Arm hinunter und brachte den Stern in meine rechte Handfläche. Ich hielt ihn Toshi hin und schaute ihn an. „Bitte“, sagte ich, meine Stimme brach.

„Nimm es. Ich habe dich gerade erst zurückbekommen. Bitte bleib bei mir.“

Toshis Gesicht schmolz vor Liebe, aber er schüttelte den Kopf. „Du weißt, dass ich dir niemals deine Freiheit nehmen würde, Akiko. Nicht nach dem, was du durchgemacht hast.“ Er schloss meine Finger fest um mein tamashī und es schmolz wieder in meiner Haut. Wir umarmten einander heftig und er küsste mich. Wie gut es war, ihm so nah zu sein. Ich hielt das Glück kaum aus, und es tat weh, da ich wusste, wie kurz es wahrscheinlich währen würde.

Er wischte meine Tränen weg und hielt mein Gesicht in seinen Handflächen. „Manchmal wissen wir von klein auf, wozu wir geboren wurden. Sogar als ich Käfer in dein Haar warf, als wir Kinder waren, wusste ich, dass es in meinem Leben immer um dich gehen würde.“

Ich unterdrückte ein Schluchzen, als er das tamashī hochhielt. Aimi trat über mich und in

Toshis Schoß, leckte sein Gesicht ab.

Er lachte und sagte: „Auf Wiedersehen, meine Gefährtin. Ich wünsche dir eine Ewigkeit voller Glück, jetzt, wo unsere Aufgabe erfüllt ist." Er schloss seine Augen und drückte den gelben Stern an die wollige Stirn des Fuchses. Er verschmolz mit ihr, glühte aus dem tiefsten Inneren, bevor er verblasste und verschwand.

Toshis Gestalt erstarrte und verlor jede Farbe. Ich konnte immer noch das Lächeln sehen, das auf seinen Lippen spielte, als eine Brise aufkam und er sich in Staub auflöste. Er wirbelte in einer Spirale um uns herum und wurde in den Himmel und über das Meer hinausgefegt, wobei seine Kleidung zu einem Haufen neben mir zusammenfiel. Ich legte eine Hand auf den weichen Stoff. Asche und Staub sammelten sich in der Kleidung und ich hob sie auf und befreite Toshis Überreste.

„Auf Wiedersehen, mein Liebster", flüsterte ich und sah zu, wie der letzte Teil von ihm verschwand.

Ich blickte auf die Klippe und stelle mir vor, dass Toshis Überreste jetzt über den Wellen schwebten. Frei.

Das Geräusch auftretender Füße ließ mich herumfahren. Aimi schlüpfte in Raidens Jackett. Ihre langen, schlanken Beine ragten aus dem schwarzen Kleidungsstück hervor und ihr Haar, wieder schwarz und lang bis zur Taille hängend, wehte im Wind um sie herum.

„Hallo, Schwester", sagte sie.

# Kapitel 26

Als ich auf die Füße kam, begann die Haut auf meiner linken Seite zu kribbeln. Ich runzelte die Stirn und rieb meinen Arm, um das Gefühl loszuwerden. Das Kribbeln verstärkte sich und fegte auch in die andere Seite meines Körpers. Ein Summen wie aus einem Bienenstock, nur viel tiefer und dunkler, erfüllte meinen Geist. Ich verzog mein Gesicht und legte meine Hände an meinen Kopf.

„Was ist das?" Aimis Stimme klang weit weg und langsam, wie eine alte Aufnahme.

„Warte", sagte ich und schüttelte den Kopf. Mein Blick huschte zu Raidens lebloser Form. Ich hatte vergessen, dass sein Körper noch da war. Ich biss die Zähne zusammen, als das Summen in meinem Kopf zunahm. Irgendetwas stimmte hier nicht. Ich konnte die verfaulende, schwefelige Präsenz des Bösen spüren.

Instinktiv verwandelte ich mich in einen Falken. Und da war sie: meine Hanta-Sicht. Jetzt, da ich mein tamashī wiederhatte, wurde sie mir nicht länger verwehrt. Mir öffnete sich eine zweite Dimension. Eine Welt jenseits des Materiellen. Eine Welt voller Geister und Energien.

Das Summen nahm zu und wurde zu einem langen, tiefen, nicht enden wollenden Dröhnen. Die auf Raidens Haut tätowierten Oni begannen sich zu dehnen und zu verzerren, als wäre unter ihnen ein Schlangennest und nicht ein toter Körper. Die Onis drängten sich aus der Haut und Löcher brachen durch die verzerrten Tätowierungen. Dunkle, amorphe Arme sprossen hervor. Sechs Oni krochen aus Raiden heraus, streckten sich und räkelten sich, um aus ihrem fleischigen Grab zu dringen.

In alle Richtungen und bis weit in die Ferne konnte ich dünne, sich drehende Lichtsäulen sehen, die von der Erde bis zum Himmel reichten, so weit hinauf, dass sie aus meinem Blickfeld verschwanden. Jetzt war jedoch nicht der richtige Zeitpunkt, um herauszufinden, was sie bedeuteten. Ich musste die Oni besiegen. Ich breitete meine Flügel aus, stieß mich ab und flog in den Himmel. Von hoch oben konnte ich die dämonischen Geister besser sehen, die jetzt an Größe gewannen. Ich stieß einen schrillen Schrei aus und versuchte zum ersten Mal in meinem Leben, worauf mich Yuudai gebracht hatte: mich in einen Riesenvogel zu verwandeln.

Es reichte schon aus, es zu wollen. Ich zog tief die Luft in meine Lungen, konzentrierte mich auf den Wind in meinen Flügeln und auf das Gewicht meines Körpers. Meine Flügelspannweite dehnte sich in beide Richtungen aus. Weiter … und weiter. Mit jedem Atemzug streckte ich mich noch mehr. Als ich die Klippe umkreiste, sah ich meinen eigenen Schatten über das Meer gleiten. Er war riesig. Ich flog über die Klippe und entdeckte Aimi. Sie schirmte ihre Augen von der Sonne ab, um zu mir aufzusehen. Mein Schatten glitt auch über sie und bedeckte den Felsen in seiner ganzen Länge.

Der erste Dämon brach aus Raidens Körper hervor. Während er sich um sich selbst drehte, veränderte sich sein Aussehen von einem bösen, das Maul aufreißenden Gesicht zu zwei scharfen, gebogenen Klauen und wurde dann zu einem formlosen Schatten.

Mit einem Schrei schoss ich auf ihn hinab, meine massiven Krallen ausgestreckt. Kurz bevor ich den Oni erreichte, begann mein Körper aufzuschimmern und Wärme fegte über mich hinweg. Mein Fleisch und meine Knochen verwandelten sich, als mein Körper aus der irdischen Dimension in eine spirituelle Dimension überging. In diesem Moment verstand ich, wovon Yuudai gesprochen hatte, als er sagte, dass Hanta vom Glauben angetrieben wurden. Die geistige Form wurde mir gegeben, als ich sie brauchte. Meine Krallen schlossen sich in einem Todesgriff um den Dämon, durchbohrten ihn und hielten ihn fest, während er sich wand und kämpfte. Ein Schrei der Wut ertönte in meinem Geist.

Aimis Augen weiteten sich und sie fing an, meinen Namen zu rufen und verzweifelt den Himmel nach dem kolossalen Vogel abzusuchen, der einen Moment zuvor noch dort gewesen und jetzt verschwunden war.

Ein anderer Oni befreite sich aus seinem toten Wirtskörper und wurde zu einem langen, dünnen Wurm, der sich seinen Weg die Klippen hinunter zum Strand bahnte, wo die Fischer mit ihrem Fang zum Dock hinaufzogen. Ich flog ihm hinterher, streckte meine andere Klaue aus und schlug sie in den Oni. Er wand sich wie der erste, peitschte um sich, schrie und wickelte seinen langen Körper um meine Kralle. Beide Oni drehten und spannten sich, um sich zu befreien. Ich flog nach oben und erkannte meinen Nachteil, als die vier verbliebenen Oni sich aus Raidens Leichnam befreiten.

Ich tauchte erneut herab und schoss mit eng an den Körper gedrückten Flügeln direkt auf die Dämonen zu. Ich spießte die beiden Oni mit einer einzigen Kralle auf und rammte sie beim Landen in die Erde. Etwas Seltsames geschah. Ich merkte, dass ich in meiner geistigen Form durch den Boden hindurchsinken konnte. Ich schloss meine Klauen fest um die verbleibenden Oni und flog geradewegs durch die Erde.

Alles wurde dunkel, als ich in die Erde eindrang. Noch immer kämpften und schrien die Dämonen in meinem Griff. Aber sie konnten nicht entkommen. Runter, runter, runter flog ich, meine Geisterflügel flatterten und meine Krallen hielten die Oni fest. Mein Hanta-Körper zuckte, als die Dämonen gegen mich kämpften. Ich verdoppelte meine Anstrengungen und flog durch die Erdschichten. Ich konnte die Luft sogar in der Erde schmecken, doch ich bemerkte, wie sie anfing, dünner zu werden. Dafür stieg die Temperatur. Es wurde wärmer. Dann heiß.

Als kaum noch Luft vorhanden war, begannen meine Flügel zu ermüden. Wir flogen in die tiefsten Schichten der Erde, wo es kein Leben gab. Nicht einmal Bakterien lebten hier. Trotzdem flog ich weiter, geradewegs ins glühende Zentrum. Meine massiven geistigen Flügel schlugen einen sanften Rhythmus.

Als mein Körper nach Sauerstoff schrie und ich fühlte, dass ich nicht mehr weiter konnte, bückte ich mich, öffnete meine Krallen und warf die Oni in die äther-arme Einöde hinab. Brüllen und Plärren hallten um mich herum und wurden immer ferner, immer leiser.

Ich drehte nach oben ab und begann aufzusteigen. Als ich durch die Erdschichten schwebte und spürte, wie der Sauerstoff zurückkehrte, wuchs meine Kraft. Meine Flügel gewannen Energie und ich erhöhte meine Geschwindigkeit. In dem Moment, als ich aus dem Boden explodierte, kehrte meine Fleisch- und Knochenform zu mir zurück. Ich stieß einen durchdringenden Schrei aus und schrumpfte auf meine normale Größe zusammen.

Aimi entdeckte mich und die Sorge in ihrem Gesicht verschwand. Vor Erleichterung schloss sie für einen Moment ihre Augen. Ich landete auf der Klippe und wurde wieder ein Mensch.

Meine Brust hob und senkte sich schnell. Ich fiel auf die Knie und dann auf die Seite und rollte mich auf den Rücken, splitterfasernackt im Staub. Ich blinzelte in den blauen Himmel und atmete tief ein. Langsam normalisierte sich mein Herzschlag wieder. Ich drehte meinen Kopf und sah Raidens Körper. Die Oni-Tätowierungen auf seiner Brust waren stumpf und unscheinbar geworden. Ihre Macht war erloschen. So wie Raidens Leben.

„Geht es dir gut?“ Aimis Schatten fiel über mich.

„Ja“, sagte ich. „Mir geht es mehr als gut.“ Ich stand auf, klopfte mir den Staub von Armen und Beinen und begann mich anzuziehen, immer noch weich und zitterig vor Erschöpfung.

„Das war erschreckend“, sagte Aimi ganz sachlich. „Als du verschwunden bist, wusste ich nicht, was ich denken sollte. Ich kann nicht einfach so verschwinden. Zumindest wüsste ich nicht, wie ich das anstellen sollte.“

„Ich wusste auch nicht, dass ich es kann.“

„Wie hast du das gemacht?“

„Ich war es nicht. Der Äther hat es getan.“ Ich zog mein Hemd runter.

Sie schaute zu mir auf. „Was hast du mit ihnen angestellt?“

„Ich habe sie tief im Inneren der Erde eingesperrt.“

Ihr Gesicht erhellte sich. „Natürlich! Kein Sauerstoff, kein Äther! Sie werden dort unten kraftlos sein.“ Sie hielt inne. „Für immer?“

Ich runzelte die Stirn. „Ich schätze für eine lange Zeit.“

„Gut.“ Sie sah mich an. „Oh, nebenbei bemerkt ...“ Sie ging hinüber zu einem Stein, der am Rand der Klippe saß, und beugte sich vor, um ihn zu bewegen. Sie holte einen Briefumschlag hervor und reichte ihn mir. „Ich denke, der gehört dir.“

# Kapitel 27

*Akiko,*

*ich wurde 1862 in Nagasaki geboren, mit einem stolzen Samurai-Namen und -Erbe. Nicht lange nach der Satsuma-Rebellion wurde ich von zwei Ronin angegriffen. Ich besiegte einen, aber der andere entkam. Jahre später wurde mein Haus von drei Männern überfallen. Ich glaube, dass einer dieser Männer der Ronin war, der mir entkommen ist. Meine Frau wurde getötet und ich selbst wurde schwer verletzt. Sie war mit unserem ersten Kind schwanger. Mein Katana und mein Wakizashi wurden gestohlen, zusammen mit allem, was in meinem Haus von Wert war. Alles wurde mir genommen, sogar die Entscheidung zu einem ehrenvollen Tod. Ich schwor in dieser Nacht, nicht zu ruhen, bis ich meine Schwerter wiedergefunden und das Leben des Ronin beendet hatte, der an der Zerstörung des meinen Schuld trug.*

*Als ich dich traf, war ich überzeugt, dass du ein Zeichen der Götter warst, dass ich weiterhin Gerechtigkeit für meine toten Liebsten und für mich selbst üben sollte. Rache ist mächtig genug, um einen Mann vergessen zu lassen, wer er ist und wozu das Leben da ist. Aber ich habe endlich begriffen, dass Rache wertlos ist.*

*Wenn du nach Hause zurückkehrst, findest du den Schlüssel unter der Fensterbank des Kellerfensters.*

*Alles, was wir dort haben, gehört dir.*

*Daichi*

# Kapitel 28

„Bist du sicher, dass du nicht hierbleiben willst?“, fragte Aimi und drehte sich zu mir um, als wir den Bahnhof erreicht hatten.

Ich lächelte und schüttelte den Kopf. „Ich danke dir. Aber ich muss zurück nach Kanada gehen.“ Ich hielt inne und dachte an meine Freundinnen. „Ich habe dort Familie, die ich sehen muss. Bist du sicher, dass du nicht mit mir kommen willst?“

Aimi lachte. „Ich habe hier ein kleines Chaos zu beseitigen, jetzt, da Toshi weg ist.“ Sie umklammerte meine Hände mit ihren. „Aber du hast seine Nummer, die jetzt meine ist, und meine aktuelle Adresse, also ruf mich an, wenn du etwas brauchst. Wenn ich herausgefunden habe, wie ich von nun an weitermache, werde ich dich kontaktieren.“

„Lass uns einander nicht wieder aus den Augen verlieren, ja?“ Ich zog sie in meine Arme.

„Ich wünschte, ich könnte durch den Äther reisen, so wie du“, sagte Aimi in mein Haar. „Es wäre viel einfacher, uns zu sehen, wann immer wir wollen.“

„Ja, aber ist es nicht erstaunlich, wie sich das Transportwesen verändert hat, seit wir Mädchen waren?“

Aimi lachte. „Das kannst du laut sagen. Unsere Eltern würden nie glauben, wie die Welt jetzt aussieht.“

Ich nickte, plötzlich traurig. „Nein das würden sie nicht.“ Ich sah hinauf zum Himmel. „Ami?“

„Ja, Schwester?“

„Danke.“

Wir verabschiedeten uns ohne Tränen. Wir würden bald wieder zusammen sein. Auch wenn bald in zehn Jahren wäre. Ich stieg in den Zug ein und stieg in Tottori aus.

Yuudai sah sichtlich erleichtert aus, als er mich in seine Wohnung ließ.

„Erzähl mir, was passiert ist“, sagte er und führte mich zu einem der Stühle in der Nähe des Balkons.

Die Ereignisse an der Klippe strömten aus mir heraus: Daichis Seppuku, wie mein tamashī befreit wurde, nur um sofort von Raiden geschnappt zu werden. Yuudais Augen wurden rund, aber er unterbrach mich nicht. Als ich ihm sagte, dass Toshi und Aimi dort gewesen waren, fiel ihm allerdings die Kinnlade herunter. Mir liefen Tränen über die Wangen, als ich ihm erklärte, dass ich immer geglaubt hatte, dass Aimi mich verraten hätte. Sobald die Tränen anfingen, hörten sie nicht mehr auf, und selbst als ich mit der Geschichte fertig war, konnte ich nicht aufhören zu weinen.

Yuudai hielt mich, während ich um Toshi weinte, um die verlorenen Jahre, um Daichi, darum, dass ich meine Schwester so lange falsch eingeschätzt hatte.

Yuudai reichte mir ein Taschentuch und sagte: „Weißt du, wie ich mich immer gleich besser fühle, wenn ich traurig bin?“

Ich blickte mit trüben Augen zu ihm auf. „Essen?“

Er lachte. „Daran habe ich nicht gedacht, aber

jetzt, wo du's sagst …"

„Dann meinst du Fliegen", sagte ich leise.

Er nickte. „Hast du Lust?"

Ich schluchzte. „Ja."

Also verwandelten wir uns in Adler, stiegen in die Luft und flogen hoch über Tottori hinaus. Meine Hanta-Sicht kehrte zurück und die Säulen sich drehenden Lichts tauchten wieder vor mir auf. Sie waren zart und unterschiedlich hell, aber die schiere Menge von ihnen machte mich fassungslos. Als wir über die Stadt schwebten, erkannte ich, dass jede Lichtsäule aus der Spitze eines menschlichen Kopfes unter uns kam und hoch in den Himmel reichte.

Im Inneren jeder Säule befanden sich zwei dünne Stränge, die sich in einer rotierenden Doppelhelix umeinanderdrehten. Ein Strang war rein weiß und der andere dunkelgrau. Während sich einige Fäden im Uhrzeigersinn umeinanderdrehten, drehten sich andere gegen den Uhrzeigersinn. Diejenigen, die sich nach rechts drehten, waren hellere Säulen, einige waren so hell, dass der dunkle Faden schwer zu sehen war. Die Doppelspiralen, die sich nach links drehten, erschienen dunkler, rauchiger, und die grauen Fäden verdunkelten das Licht.

Yuudai und ich flogen über die Sanddünen hinaus, und die Lichtsäulen wurden weniger. Draußen auf dem Meer gab es gar keine Säulen außer denen, die von Fischerbooten und Fähren nach oben zogen. Wir glitten in den Winden und genossen die Frische der Meeresbrise. Als wir langsam erschöpft wurden und genug hatten, kehrten wir nach Tottori zurück und machten uns auf den Heimweg. Wir segelten durch die offene Balkontür in Yuudais Wohnung und ich sprang ins Badezimmer, wo ich meine Kleider verstaut hatte.

„Was denkst du?“, fragte Yuudai, als ich aus dem Badezimmer kam, mein Hemd herunterzog und mit den Fingern durch mein Haar fuhr. Er hatte sich im Schlafzimmer umgezogen und lehnte mit einem Ellbogen auf der Fensterbank. „Ziemlich cool, nicht wahr?“

„Erstaunlich“, sagte ich. „Sind das ihre Seelen?“ Ich gesellte mich zu ihm ans Fenster und wir schauten über die Stadt hinaus.

„Ihre Verbindung mit dem Äther.“

„Der weiße Faden steht für das Gute in ihnen und der graue für das Böse?“

„Auf eine sehr vereinfachte Weise, ja. Ich ziehe es vor, mir den weißen Faden als Liebe vorzustellen und den grauen als Angst.“

Ich dachte über das nach, was ich gesehen hatte. „Wenn sie sich im Uhrzeigersinn drehen, ist es der Liebesstrang, der dick und stark ist und die Verbindung dominiert. Wenn sie sich gegen den Uhrzeigersinn drehen, ist der graue Faden dicker und es macht die ganze Säule dunkler. Habe ich recht?“

„Sehr clever“, sagte er.

Plötzlich sah Yuudai mich lange und sehr ernst an. „Sag ... hättest du Lust …“

Ich reckte mich ihm entgegen. Mein Herz klopfte.

„… zu Abend zu Essen?“, beendete er die Frage.

Ich grinste. Beim letzten Mal hatte ich kaum

einen Bissen heruntergebracht. Doch dieses Mal fühlte ich mich, als könnte ich durchaus mit seinem Appetit mithalten.

„Auf jeden Fall“, sagte ich und grinste noch breiter.

# Epilog

Im Schutz der Dunkelheit segelte ich in den kleinen Garten hinter dem Bungalow hinab und wurde wieder zum Menschen. Der Schlüssel war genau dort, wo Daichi gesagt hatte, dass er sein würde. Ich machte mir nicht die Mühe, das seidene Gewand aufzubinden und anzuziehen. Um diese Zeit war niemand von den Nachbarn draußen und ich würde in einem Augenblick im Haus sein. Mit bloßen Füßen und nackter Haut, die das Mondlicht reflektierte, schloss ich die Tür auf. Ich ließ mich in das leere Haus hinein und wurde von einem Stich der Einsamkeit überrascht. Es war das erste Mal, dass ich dieses Haus betrat und Daichi nicht darin auf mich wartete.

Ich nahm eine heiße Dusche, zog eine Pyjamahose und ein Tanktop an und kroch ins Bett. Ich rutschte in einen tiefen Schlaf und erwachte erst spät am nächsten Morgen. Vögel, die vor meinem Fenster sangen, weckten mich auf, und als ich in die leere Küche tapste, schien die Sonne durch die Fenster und warf Lichtquadrate auf den Boden. Ich schwelgte in dem Moment. Aber was sollte ich jetzt tun? Nicht nur heute, sondern in meinem Leben generell? Sollte ich in Saltford bleiben und mir hier ein Leben aufbauen? Sollte ich das Haus verkaufen und zurück nach Japan gehen, oder vielleicht ein Hanta-Leben aufnehmen und mich der Jagd widmen? All die verlorenen Jahre wiedergutmachen, in denen ich der Menschheit keinerlei Hilfe geleistet hatte? Ich dachte an

Yuudai. Er hatte mich eingeladen mit ihm zu jagen. Mein Magen reagierte aufgeregt auf die Idee. Plötzlich stand mir die ganze Welt offen. Tausend verschiedene Pfade. Welchen sollte ich einschlagen?

Ich entschied mich, mit Frühstück anzufangen.

Ich schnappte mir etwas Geld unter dem Telefon im Foyer, zog mir ein Paar Turnschuhe an und verließ das Haus.

Flagg's Cafe war voll mit Leuten und roch nach Eiern und Speck. Ich bestellte ein Frühstückssandwich und einen Kaffee und fand draußen einen kleinen Tisch unter einem Sonnenschirm. Ich fühlte mich wie die reichste Frau der Welt.

„Vielen Dank", sagte ich so inbrünstig, dass mich der rothaarige Junge, der mir mein Essen brachte, verwirrt anblinzelte.

„Gern geschehen", sagte er. „Schöner Tag für einen Brunch draußen. Guten Appetit."

Ich aß mein salziges, warmes Frühstück langsam und genoss jeden Bissen. Als ich fertig war, zog ich meinen schaumigen Kaffee heran und schlug ein Buch auf. So verbrachte ich den gesamten Morgen. Es war ein reiner Traum.

Als ich einen Blick auf mein Telefon warf, las ich die Nachrichten, die ich verpasst hatte, während ich auf meine Mission konzentriert gewesen war. Während ich las, tauchte eine neue Nachricht auf.

Georjayna: *Wie geht es euch, Leute? Seid ihr schon zu Hause? Es waren lange Wochen ohne euch! Ich habe euch so viel zu erzählen! Im Ernst.*

Ich kaute auf meiner Lippe und dachte nach. So

sehr ich meine Freundinnen auch wiedersehen wollte, ich brauchte doch noch ein paar Tage für mich allein.

Ich schrieb: *Ich werde am Freitag zurück sein. Seid ihr nächstes Wochenende alle da? Tut mir leid, dass ich so abwesend war. Es war... unerwartet.*

Ich hielt inne und betrachtete dieses letzte Wort. Aber es gab wohl kein besseres Adjektiv, um meinen Sommer angemessen zu beschreiben.

Saxony: *Hier bin ich! Ich bin auch hier. Der verrückteste. Sommer. Aller. Zeiten. Targa, bist du auch noch am Leben?*

Targa: *Fühlt sich fast so an. Kann es kaum erwarten, euch zu sehen. Ich habe eure Gesichter vermisst. Der Sommer war umwerfend. Ich kann immer noch nicht glauben, was alles passiert ist. Ich habe definitiv Neuigkeiten.*

Saxony: *Schläfst du hier? Georjie, ist deine Mutter immer noch weg?*

Georjayna: *Ja, kommt rüber. Samstagnachmittag? Ich besorge Sachen zum Grillen. Bringt eure Badeanzüge mit.*

Ich: *Klingt gut.*

Targa: *Ich werde da sein.*

Ich schaltete mein Telefon aus. Eine Woche noch. Dann konnte ich meinen Freundinnen endlich die Wahrheit über mich sagen.

Die Wahrheit.

Mein Herz schlug schneller. Ich würde nie wieder gezwungen sein eine von Daichis Lügen zu erzählen.

Printed in Poland
by Amazon Fulfillment
Poland Sp. z o.o., Wrocław

34304034R00141